ハヤカワ文庫JA

〈JA1180〉

θ《シータ》 11番ホームの妖精

アクアリウムの人魚たち

籘真千歳

早川書房

7690

口絵／竹岡美穂

目　次

θ《シータ》11番ホームの妖精

アクアリウムの人魚たち

Ticket 04:　本と機雷とコンピューターの流儀

1

それはある夏の日。いつもの、そしてありふれた一日の終わりに起きたのですよ。

『鏡状門《ミラーゲート》の活性値は安定しています。また、路線上に障害物なし』

「了解」

左耳のヘッドセットから聞こえたアリスの声に応えて、私は手に握っていた合図灯《カンテラ》——手提げの懐中電灯のようなものです——の光が白色であることを確認してから、それを列車最後尾の車掌さんに向けて掲げました。

全長二百二十メートルにあるホームの周りは夜の帳《とばり》に包まれ、白い照明が点々とホーム上を照らしています。私はその真ん中やや南よりに立っているので、十輛編成の旅客列車の最後尾のドアのところにいる車掌さんまでは百メートルぐらい離れています。

車掌さんが了解した旨の手信号を返してくれたのが見えて、私が合図灯を下げると、ホーム内にクラシック曲をアレンジした発車メロディが響きます。

『ドアが閉まります。駆け込み乗車はおやめください』

アラームが止み、お客様に注意を喚起するアリスの声がホームのスピーカーから流れました。

やがて、リニア・モーター式に独特の、キビキビとした動作で十輌の客車のドアが一斉に閉じ、準備の完了した列車はゆっくりと動きだします。人の早足ぐらいの速さになったところで柔らかく回生ブレーキをかけて加速をいったんやめ、すべての車輌がホームから出るまで低速を維持したまま走ります。

最後尾の車輌が私の方へ近づいてきて、およそ一車輌ぶん、二十メートルぐらいの距離になったとき、窓から身を乗り出すようにして発進時の安全確認をしている車掌さんと、私は敬礼をかわします。

そのまま列車の最後尾を追うようにして振り返り、最後尾がホームから完全に出るのを確認してから、私は敬礼していた右手を降ろしました。

列車は線路上、ホーム端から五十メートルほどのところに、丸くて巨大な鏡——鏡状門《ミラーゲート》の中へ突入していきます。液体金属でできた鏡状門《ミラーゲート》は、やがて十輌編成、二百メートルある列車を丸々飲み込み、列車は駅から完全に姿を消しました。

鏡状門《ミラーゲート》はよく空想上の『ワープ』と混同されますが、原理はだいぶ違います。向こう側は二・五次元の別世界。鏡状門《ミラーゲート》はその出入り口になるもので、今発車した列車も数分後には次の駅に設置された鏡状門《ミラーゲート》から三次元の世界へ戻ってきます。

東J.R.C.D.は東京都市圏に世界一とも呼ばれるほど複雑な鉄道網を擁していて、その路線の七割程度はすでに従来の地上の鉄道線路から、鏡状門《ミラーゲート》を介したC・D《コンプレス・ディメンション》方式に置き換えられています。

ホームに設置された時計の短針は、七時と八時の間ぐらいを指しています。この東京駅11番ホームには定時列車が朝・昼・夜に一本ずつ、計三回しか来ないので、今送り出したのが最終列車です。

私はブラウスの襟に指を入れ、スカーフごと制服の首回りを緩めて、ふうっと一息つきました。汗ばんだ胸元と背中にそよ風が涼しく舞い込みます。

今日も乗降客数はゼロ。ホームには私以外の人影はありません。そういうわけで私は人目を憚《はばか》ることなく、両腕を上げて大きく背伸びをしました。

いうまでもなく、駅員の仕事は最後の列車を送り出してそれでお終《しま》い、なんてことはないわけで、まだ雑務などは残っていますが、気分的にはやはり緊張が解けてほっとするタイミングです。

――今日も一日事故無し安全運行、ありがとうございます。明日も平和でありますように。

私はホームの柵から眼下に広がる光景を見下ろし、誰へとでもなく、手を合わせて心の中でお祈りしました。

夏の太陽はすっかり地平線の下へ隠れてしまって、今は西の夜空がかすかに紫がかっているだけです。代わりに空の星々と、そして空のそれに勝るとも劣らないほどに華やかな街の灯火が、私の視界の上下を埋め尽くしていました。

そう、ここは東京上空二二〇〇メートル。地図には存在しない、幻の東京駅11番ホーム。

出会いと別れの交差する場所《ターミナル》です――。

2

ひと通り残る日課を終え、最後に日誌を書いてからお風呂に入る。そして床につくだけ。の、はずなのですが、今日に限ってはそれで終わりにはなりませんでした。

五メートル四方の駅員室には、ホログラムもあわせて三十五面のディスプレイが設置されています。今は天井の照明を消しているので、薄闇の中に浮かぶその光が、駅員室の中をまるで南洋の珊瑚礁のように色とりどりに染めていました。

もともとここは展望室にする予定だったとかで、三面がぐるりと大きなガラス窓で囲まれています。小さな飛行場の管制塔みたいな感じです。

私はその西側のディスプレイの前に腰かけて、窓から見える星座と星の数を、無駄に数えていました。

サボっているわけではありませんよ。これも仕事です、サービス残業ですが。

『T・B《ティービー》』

不意に名前を呼ばれて、すっかり重くなっていた瞼《まぶた》を頑張って引き上げました。

「うん、はい……ふわっ」

トンチンカンな返事とともに、思わず大あくび。普段ならこんなお恥ずかしい姿はどなたにも見せないようにしているのですが、ちょっと油断していました。

実は、一緒にこの11番ホームに住んでいる「義経《よしつね》」が、大きな怪我を治療するために地上のお医者様のところへ行っていまして、明日の夕方まで帰ってこないのです。そういうわけで、私は久しぶりの一人きり。少々気が緩んでしまうのはお目こぼし頂けたら幸いです。

『次のディスクに入れ替えてください』

一人きりといっても、話し相手がいないわけではありません。駅ホームの管理のために設置されている人工知能のアリスは、コンピューターなので当然なのですが、二十四時間休みなく駅を見守ってくれていて、話しかければいつでも応えてくれます。

　極論になりますが、たった一人の駅員である私がいなくても、この東京駅11番ホームはアリスだけで十分に機能します。施設管理からある程度の接客、それに東京本駅との連携、本部への報告。どれも必要なデバイスと権限を与えてあげれば、アリスほどの人工知能なら十分できることばかりです。

　それほど優れた人工知能が普及したこの現代において、それでも人類はまだすべてを人工知能任せにするほどには怠け者さんになっていません。やはり何らかの事故が起きたとき誰が責任を取るかわからないのは、法的にも倫理的にも非常に繊細でやっかいな問題になりますから。

　そういうこともあり、鉄道の運行がほぼ全自動運転になった今でも、昔ながらの車掌さんのお仕事は完全にはなくなりませんし、私のようにあまり人が訪れない駅に配置されている駅員もまだまだたくさんいるわけです。特に車掌と二等、三等駅員は、ときに高度な接客能力も求められるわけで、この辺りまだフェイス・トゥー・フェイスのコミュニケーションは人工知能には務まらない、という考え方が一般的です。たとえば、乗客同士の揉め事などがあったとき、人工知能が正論を説いたところで、収まりがつきませんので。

　つまり、人工知能をはじめとした現代の優れたコンピューターも、あくまで「人間の補助」として運用されていて、そのおかげで列車が車掌さんだけのワンマン運行や、私のように一人で支駅を預かるワン・オペレーションが可能になっても、さすがに人手をゼロにするほどにはなかなか人類も思い切れないわけなのです。

その人類の時代錯誤ぎみな未練がましさ——というのはちょっと言い過ぎですし、我ながら八つ当たりっぽいとは思うのですが——のせいで、私は今、思いがけない面倒事を担《にな》わされているのです。

「ああ、えっと……今、何枚目でしたっけ？」

『No.48が終わりました。No.49のディスクへ入れ替えてください』

私は右眼を擦りながら、空いた左手で隣のチェストの上に山と積まれた光学記録ディスクの一枚を摘まみ上げました。それから、外付けの光学ディスク読み取り機《ドライブ》から飛び出たディスクを右手で摘まみ上げ、代わりに左手のディスクを挿入します。

『ありがとうございます』

これが本日四十九回目の、アリスの「ありがとうございます」なのでした。

タッチ・ディスプレイの上に置かれた読み取り機は、ぺろりと出していた舌を引っ込めるように、四十九枚目のディスクを中へ引き入れました。アクセス中を示すランプが点滅しています。

「これって、あと何枚？」

『残り九枚です』

「ようやく二桁を切りましたか。十一時までには眠れそ——」

『現在のファームウェア・アップデートの次に、五十一枚のシステム・アップデート作業があります』

……まだ、半分までも終わっていないのですか。

「ま、まあ、ちょっと残業して午前二時ぐらいまでには——」

『最後にセキュリティ・アップデートが三十八枚です』

「……あ、朝までには終わる……と、いいなぁ……」

『現在のペースであれば、始業七時までには完了する予定です』

それ、私がこうして寝ずの番を最後までやり通せば、の話ですよね。

思わず大きな溜息をついてしまうぐらい許してください。

とはいえ、そもそもこんな通常業務外のおっくうな作業を強いられる羽目に陥った原因の一端は、私自身にあるのです。ここで一人、愚痴を吐《は》いても始まりません。

ちなみに何がマズかったのかといえば、お話は一昨日に遡《さかのぼ》ります。

二日前の午前中、東京駅（この11番ホームのある支駅ではなく、本駅の方）の近くの本部ビルのシステム部の係長さんから、今年の駅管理システムの大型ソフトウェア・アップデートに要する人員が深刻なまでに不足しているという旨のお電話を頂きました。

　なんでも、外注先の大手システム開発企業の下請け——というか中請けの企業の一社が、十分な下請け会社を確保できなかったとかで、親請けのツテを辿って全国から小回りの利く中小のＩＴ系企業をかき集めていたのですが、この「孫請け探し」を請け負っていた大手人材派遣会社の下請け窓口企業が先月倒産していたことが発覚し、やむを得ず東J.R.C.D. のシステム部が現役、非現役を問わずフリーランスのエンジニアに片っ端から声を掛けたものの、今さら個別に契約を結んでいる時間などはあろうはずもなく、適切な知識を備えた監督役も不足することから、結局は最初の外注先に契約を丸投げしたところ、今度はその大手システム開発企業で重大な労働基準法違反の内部告発が発生して厚労省の強制監査を受けることになり——と、まあ「盆と正月が一緒に来た！」ぐらいの不運な理不尽が偶然積み重なった結果、J.R.C.D. 本部の執行部長が直《じか》に中請け企業に出向いて頭を下げまくり、その敏腕（おもに土下座スキル）のおかげもあってなんとか中請け企業八社に一時的な合同窓口会社へ参加してもらって、その窓口企業が受注したという形でなんとか話をまとめたものの、この八社中七社が西J.R.C.D. での同様の大型アップデートを請け負っていたことが後にわかりました。

　ここでいらない豆情報なのですが、実はJ.R.C.D. グループの二大稼ぎ頭である東・西のJ.R.C.D. は、同じグループ会社なのに——といいますか、同じJ.R.C.D. グループの両翼だからこそなのかもしれませんが、伝統的にあまり仲良くありません。片方が新サービスを始めると、もう片方はほぼ同じ内容のサービスを違う名前で始めるなんてことは当たり前。人材の引き抜き合いに至っては他の私鉄各社から「J.R.C.D. に一度でも関わった奴にだけは手を出すな」と陰口を叩かれるほど、生き馬の目を抜くがごとき熾烈さと見苦しさを極め、抱腹合戦――もとい報復合戦まで毎年のように起きる始末です。

で、今回の駅システムの一斉更新予定日を、西J.R.C.D. はわざわざ東J.R.C.D. のそれとぴったりぶつけてきたわけなのです。もちろん、自分のところは事前に十分以上な人員を確保した上で。

二十世紀の頃は「IT奴隷産業」、「鬱病患者量産所」、「最先端3K、いや5K」、「労災無効」、「総員火の玉特攻職」、「既婚者から離婚者へ」、「新言語 明日は我が身と恐れども 去りゆく背中に かける言葉なし（字余り）」などと揶揄されるほど劣悪・極悪労働の代名詞だったIT関連職は、今でこそなんとか他の先進国並みの待遇に改善されたものの、あいもかわらずITアレルギーを患ったまま「システム技術者なんざ札束で頬を叩けばいくらでも集まる。プロジェクトが終わったらあまりの札で即首を切れ」などと豪語して憚らない困ったお年寄りがまだまだあちこちの大企業の幹部に居座っている現状です。業界の人手不足は深刻で、行政関連や銀行などの大型案件は大行列の順番待ちが当たり前。そんな折りに国内の鉄道インフラの九割以上を担っている東・西のJ.R.C.D. が同時に人をかき集めようとしたわけで、IT業界から手空きの人材が枯渇するのも無理はありません。当然、西の後塵を拝した東は、当初の見積もりを大幅に上回る追加予算を投入しなければならなくなりました。

　これだけならまあ、「ちょっと仲の悪いグループ企業からいつものように嫌がらせを受けた」ぐらいですむはずだったのですが、先に申したとおり東J.R.C.D.では思いがけないトラブルが重なって人員計画がはなっから破綻寸前だったわけで、幹部たちは西J.R.C.D.の態度に対してついに怒り心頭に発し、西のプロジェクトに関わっている七社との契約を一方的に打ち切りました（こちらから頭を下げてお願いしたのに）。

　もちろん青ざめたのはシステム部です。

　私も本部のほうで起きている笑止千ば――もとい、深刻極まる事態については伝え聞いていたので、昔なじみのシステム部係長さんから「どうしても人手が足りないので申し訳ないが」とお電話を頂いてすぐ、駅員による自力でのシステム更新について了解しました。ちなみに部長さんは急性胃炎で入院中、部長代理も心労が祟《たた》って就任わずか三日で病院送り、今は係長さんが指揮を執っているという、酷い有り様なのだそうです。

　この安請け合いが問題でした。

　幸いなことに、ここ東京駅11番ホームには、小さな支駅としては異例ですが高価な第七世代の人工知能「アリス」が設置されています。万が一なにかあったとしてもアリスなら自力での復旧が可能なようになっていますので、駅の規模などを鑑《かんが》みても他のターミナル駅の方へ限られた人手を回してもらったほうがよいでしょう。

送られてきたストレージを駅員室のコンピューターへ接続して、自動化してもらった更新プログラムを走らせるだけなので、トラブルさえ起きなければたいしたことではないように、そのときは思われたのです、あくまでそのときは。

が、ここで迷惑極まりない横槍が入りました。

東J.R.C.D.に十一課まである保安部には、電子情報戦対策が専門の保安七課があって、実は私、ここの課長さんとあまり仲良くありません。たしか二十年ぐらい前だったと思いますが、些細なことからまだお若かったこの方と対立してしまったことがあって――それをまだ根に持たれているとは思いたくないのですが、とにもかくにも保安七課からの提案で、11番ホーム狙い撃ちで書き換え可能な大容量ポータブル・ストレージの使用を禁じられました。

まあ、理想を言うなら、改竄可能な記憶装置で重要システムの更新プログラムを送るというのは、セキュリティ的に望ましくないのは事実ですが、原理原則を言っていられる場合ではないと思いますし、他の小さな駅はネットワーク経由での遠隔更新で対応してもらっているのにこの始末。そもそもシステム部が人手不足でてんてこ舞いのときに、管轄外とはいえ同種の技能集団である七課のあなたたちが暇を持てあました挙げ句、よその揚げ足をとってどうしようというのかと――いいえ、やっぱり愚痴っぽくなってきたのでやめましょう。

　ともあれ、そんなこんなで、11番ホームには膨大な枚数の旧式光学ディスクで更新プログラムのマスターコピーが送られてきました。今どきどこへいっても見かけないような専用の外付け光学ドライブまで、わざわざご丁寧に添えて。

私の足下には、光学ディスクがぎっしりつまった段ボールがあります。今はその三分の一ぐらいが終わったところです。

　本来なら、ありふれたポータブル・ストレージで手の平サイズ、あるいは親指サイズに収まるはずのデータ量なのに、わざわざ段ボールいっぱいの光学ディスクに小分けにして送ってくる~~ひねくれ根性~~ちょおっと歪《いびつ》な神経が、私には理解できません。しかも「五セットしかないマスターコピーだから傷一つ付けず返せ」って、その程度も信用できないなら最初から送らないでくださいなのですよ、まったく。

『No.49が終わりました。T・B、No.50のディスクへ入れ替えてください』

「はい、五十番ですね、えっと……はいはい」

私がディスクを入れ替えると、すぐにディスクが読み取り機の中へ吸い込まれます。

『ありがとうございます』

　本日五十回目の「ありがとうございます」なのです。

私は右手のひらで欠伸をかみ殺して、膝の上の文庫本に視線を降ろします。

とにかく机の前で座して待つだけの仕事なので、合間は読書でもしながらのんびり過ごしていればいいかな、と気楽に思っていたのですが、始まってみればこの微妙な「合間」が大変なクセ者でした。

読み取り機が旧式なこともあって、アリスがディスク一枚を読み取るのにおおよそ三分ほどかかります。三分といえば、今も現役、カップ麺の一般的な待ち時間ですね。席を離れて別の仕事や家事を済ませたり、うたた寝するには短すぎます。かといって読書をしようにも、文字の世界に没入しはじめた頃にディスクの交換タイムがやってくるので、なかなか物語が頭の中へ入ってきません。

辛い。きついとか、苦しいとか、疲れるとか、そういうのとはちょっと違う感じなのですが、ひたすら「辛い」です。

せめておしゃべり相手でもいてくれればまだしもだったのですが、義経はいませんし、アリスと雑談するのは不可能ではありませんが、すごく疲れます。曖昧なお話をしようものなら、すぐさまその膨大な知識から結論を導き出してくるので、とにかく話が続きません。話題探しだけでこっちが疲労困憊してしまうのです、本末転倒です。

『なにをお読みでいらっしゃいますか？』

などと思いこんでいたもので、アリスの方から仕事と関係のない話を振られたときは、私は思わずぎょっとなってしまいました。

「えっと、『心の鏡』という短編集なのですよ」

私は文庫本の背中をアリスへ――顔がないので、とりあえずインカメラの方へ――向けました。

アリスは気まぐれなところがあって、たまにこういう「らしくない」ことをするのですが、なかなか慣れなくていつも不意打ちを受けたような気分にさせられます。

『ダニエル・キイス？』

「ええ」

『ダニエル・キイス――誕生は一九二七年、ニューヨーク州。二〇一四年没。米国作家。受賞歴は第八回ヒューゴー賞、第二回ネビュラ賞、他。SFWAの名誉作家』

「え、はい、たぶん、そのキイスさんの本なのですよ」

『ダニエル・キイスであれば、代表作は「アルジャーノンに花束を」です。傑作として名高く、そちらをお勧めします』

私は一瞬、何を言われたのかわからなくて、首を傾げてしまいました。

「うんっと、『アルジャーノン～』の方はずっと昔にもう読んでいるのですよ。たしかあなたが11番ホームに設置される前でしたけれども」

『T・B、あなたの読書歴とは無関係に、「アルジャーノンに花束を」を推奨します』

アリスが何を言わんとしているのかまったくわからなくて、私は混乱してしまいます。

「アリスはアルジャーノンの方が好きだから、私にもそっちを読め、ということですか？」

『私たち第七世代の人工知能は人間の嗜好を予測することはできますが、単体として文学作品の「好み」または「趣向」を解するには経験値が不足、または機能限界です』

「じゃあなんでアルジャーノンをお勧めしてくれるのですか？」

『社会的に評価が高いからです』

「でも、もう読んだことのある本なのですよ。ええっと、たしか三回くらいは読みました。大好きな物語でしたから、今もベッド脇の本棚にありますし」

『T・Bのおっしゃる意味が理解できません。四回目の読書対象として「アルジャーノンに花束を」を選択されないのはなぜですか？　人間にとって時間は掛け替えのないものであるはずです。より評価の高い書籍による読書体験に時間を費やす方が効率的ではありませんか？』

ああそっか、と私はようやく得心しました。

第七世代人工知能はとても優秀ですが、基本的に「エゴ」とか「自我」、それに「自意識」といったものにはあまり自己言及しません。つまり「自分は何が好きで、何が嫌いなのか」ということにはとことん無関心なのです。

これは現代の人工知能開発技術の限界ともいえますし、あるいは「実用上は無用だから」自己言及型の思考を開発段階からあえて意図的に制限されているのかもしれません。

つまり、アリスはあくまで個々人の趣味趣向の範囲の物事について述べようとすると、どうしても社会的とか歴史的な評価による「ランキング」でしか話をできないわけです。

今回もアリスはただ純粋に「同じダニエル・キイスの著作を読むのであれば『アルジャーノンに花束を』の方を読むべきで、何回目であるかも関係ない」と考えているのでしょう。

オンライン・ストアの「オススメ商品」と同じですね。最近はだいぶマシになっているそうですが、もう持っているものや、まったく興味のないものをお勧めリストに表示されることはよくあります。どんなに個人の嗜好をビッグデータで予測しようとしても、もっと根本的なところまでは統計と演算だけでは辿り着けないということなのだと思います。

「うーん、なんて言ったらいいのかな、難しいですね……」

『申し訳ありません。機能不足については後の拡張課題として担当技師への報告に追記します』

「いえいえ、アリスを責めているわけでじゃなくてですね……」

変なところでナイーブというか、逆に鈍感というか、とにかく思春期の男の子みたいに扱いの難しい子ですね。

私は腕を組んでしばし、考え込みました。人工知能とはいえコンピューターなのですから、人間の思考や情緒のすべてを理解する必要はないと思うのですが、「仕組みの違う存在なのだから」といって簡単に諦めてしまうのもなにか、もったいないような気がするのです。

『No.50が終わりました。T・B、No.51のディスクへ入れ替えてください』

「あ、はい」

組んでいた腕をほどいて、私は新しいディスクを差し込みました。

『T・Bは、この11番ホームで乗客を見送るにあたり』

「は、はぃい？　なんです？　突然」

唐突に脈絡のない話になって、私は動揺で声がうわずってしまいます。

『必ず最後に「またのお越しをお待ちしています」と言います』

「ええまあ、そうですね」

『しかし、本支駅を乗降で利用した旅客の九九・七パーセントは、ここへ再訪していません』

「うん、たしかにそんなものですね、たぶん」

なにせ空の上にある駅ですので、よほどの事情がない限り、あえて11番ホームを利用する人はいませんから。

『にもかかわらず、「再会を乞う」という意味の言葉を投げかけるのは、無意味なことではありませんか？』

「はあ……まあ、そうかもしれませんね」

『あるいは、T・Bにとってそのフレーズは、文字通りの意味をまったく含まない、単なる定型句にすぎないということでしょうか？』

「それは違います」

私はアリスを——アリスの目となっているであろう、平面ディスプレイの上に付いているインカメラを見据えて、はっきりと否定しました。

『では、T・Bはあくまですべての乗降客が11番ホームを再利用することを嘱望し、一方でそれがほぼ達成不可能だと理解しつつ、なおもリピーターとなってほしいというリクエストを無駄に送り続けていることになります』

無駄……無駄って。それに達成不可能だとかリピーターとかリクエストとか、なにか営業ノルマみたいなお話になってますね。まあ、利用客を増やすことも駅員のひとつの「目標」ですけれども、11番ホームに限って言えばそんなことは本部から期待されていないでしょうし、やるとしても他の駅の乗降客を食い合うだけになるでしょう。

『その無意味な行為は、社会的評価で見劣りのする方の書籍を選んで読書する無意味と、同種の動機によるものと理解してもよろしいですか？』

ああ、なるほど。

話が百八十度変わったと思っていましたが、アリスはあくまで先の「本の選択」についての話題の延長上のつもりだったのですね。

「それはですね――」

『No.51が終わりました。T・B、No.52のディスクへ入れ替えてください』

「え？　はい」

あくまでマイペースなアリスに、私の頭は翻弄されっぱなしです。

『お話の続きを、どうぞ』

「ああ、えっと……あれ？」

なにか大事なことを言おうとしていたはずなのですが、話の腰を折られた途端、頭の中が一瞬真っ白になって、すっかり忘れてしまったのですよ……。

『どうかなさいましたか？　T・B』

「いえ、その、今のディスク交換の拍子に、何を言おうとしていたのかわからなくなってしまって……」

私は頭を捻って必死に思い出そうとしたのですが、もやもやしたままでまったく形になりません。思い出せたのは、間をすっ飛ばして結論に言おうとしたひと言だけ。

「でも、そうですね、あえて言葉にするのなら、それは私の『流儀』なのですよ」

……私自身、なんで今の話から「流儀」という言葉に繋がったのか、まったく思い出せないわけですが。

『辞書を参照しても？』

「かまいませんよ」

『流儀――
①　芸道などで、その人、その一派などに古くから伝えられてきた法式・様式。
②　しかた。やりかた。「自分の―でやる」
ここでは二番目の意味で理解してよろしいでしょうか？』

「はい。芸事のことではありませんからね」

『つまり、T・Bは「自分のやり方」に倣《なら》い、最善または最良の手段を知りながらあえて用いず、ときには極めて非効率的、非論理的、非生産的な選択をすることがある、ということですか？』

非、非、非って、酷い言われようですね……アリスに悪気はないのでしょうけれども。

「まあそのように受け取――」

『No.52が終わりました。T・B、No.53のディスクへ入れ替えてください』

「……はい」

また話の腰を折られました。ええ、悪気はないんでしょうけれども。

「そのように受け取ってもらってかまいません」

『理解できません』

……でしょうねぇ。結論に至るまでの肝心な「過程」の部分を省いてしまったのですから。

それから、私はまた考え込んでしまいました。

さっき、たしかにアリスにもわかるように順を追って説明できる、大事ななにかを思いついたはずだったのに、今はいくら頭を捻ってもいっこうに思い出せませんでした。

瞼を伏せ、コメカミを指で撫でながら——どれくらいそうしていたでしょう。

『T・B』

アリスに呼ばれて、私はハッと我に返りました。

物思いに沈んでいる間に、つい居眠りしてしまったようです。

「ごめんなさい、アリス。次は何枚目ですか？」

しょぼしょぼした目を擦りながら私が尋ねると、

『No.58のディスク、これでファームウェア更新データの読み取りは最後です』

「はい……って、あら？　さっきは五十二か、五十三枚目ぐらいではありませんでしたか？　間の四、五枚は？」

『完了しています』

「私がディスクを交換したの？　四、五回も？」

『はい』

気がつかないうちに、寝惚け半分でやってたんでしょうか。危ないというか、我ながらすごいというか。

『T・B、提案があります』

「はい？　どうぞ」

『これから私は、五十八個に分割・暗号化された更新データの結合と復元の処理を行います。これには演算能力の過半を費やすことになるため、その間は新たなディスクの読み取り作業に適しません』

「はあ」

『T・Bにはその間にいったん、この作業から離れることを推奨します』

私はまだ半分下がりっぱなしだった瞼を見開いてしまいます。

「休憩してきなさい、ってことですか？」

『現在は時間外業務中です。残余の時間の使い方は、私の関知すべきことではないと考えます』

生真面目なアリスが「休め」と言ってくれるなんて想像もしていなかったので、私は呆気にとられてしまいました。

「時間は？」

『予測で二十分三十七秒間です』

また使い道の難しい、微妙な長さですね。

『入浴にあてられてはいかがでしょうか？』

お風呂なら入ったばかりなのですが、もう一度シャワーを浴びてぱっちり目を覚ましてこいということでしょうか。

「そうですね、そうさせてもらいます」

私は椅子から立ち上がって、大きく背伸び。それからすっかり硬くなっていた腰を左右に捻りました。

『T・B、離席の前に当ホーム全システムの通信遮断《オフライン》の許可を』

私は思わず首を傾げてしまいます。

「なにか、余所の駅のネットワークに問題が？」

『いえ、今のところ喫緊の問題が生じたという情報はありません。しかし、この度の計三個の更新にあたり、駅システムは一時的に自己診断プロセスが中断《ダウン》します』

「でも、アリスが駅全体の機器を見張っているのでしょう？　それに、東J.R.C.D.の通信網は、基本的に本部の高度防御壁《ファイヤーウォール》を通って外部のネットと繋がっているはずですよね？」

『通常シフトより危険性が増すこと自体が問題と考えます』

「あくまで念のため、ということですか」

『はい』

私は顎に指を掛けて、少しの間考えました。

なんとなく違和感を覚えたのですが、あえて反論するほどでもなく。普段の過剰に真面目なアリスを思えば、不自然な提案とも思えませんでした。

「時間は？」

『作業終了予定の翌朝六時までで十分かと』

「わかりました。署名『東J.R.C.D.所属　東京駅11番ホーム三等駅員　T・B』、声紋認証およびパスワード『RF57KBN8』——えぇっと、特に根拠の規則は必要ないですよね。アリス、翌六時まで当ホームにおける通信の全面遮断を許可します。ああ、えっと音声通話と非常時用の通信チャンネルだけはオンのままにしておいてくださいね」

『命令を受け付けました。東京駅11番ホームは今よりオフラインになります。緊急通信は直通で起動しますので問題ありません。携帯端末の基地局も回線が別になります』

「じゃ、ちょっとの間だけ、よろしくお願いします」

『了解《イエス》、マスター』

私は空になったマグカップを持って駅員室を出ました。

それから二階の大浴場へ行き、パジャマを脱いでシャワールームに入りました。

栓《せん》に手を掛けたところで少し悩んだのですが、結局は髪をほどいて、少し冷ためのシャワーを頭から浴びます。トリートメントは櫛で塗る簡易タイプを後で使えばいいかなと思いました。

浴場から出たとき、時刻は零時五分過ぎ。アリスと約束した休憩時間はあと五、六分残っています。

髪にトリートメントを薄く塗った後、脱衣室に備え付けのドライヤーを当てようとしたのですが、いくらスイッチを押しても温風が出てきません。セットモード、クールモードにしても駄目。

バッテリー切れかな、と思って、リールコードを引き出し、コードの先を壁のコンセントに繫いで——それが、いけなかったのです。

ドライヤーのバッテリーは無接点充電型で、普段はドレッサーの台の上に置いておくだけで自然に充電されています。なのに電源が入らなかった、その原因に考え及ばなかったのは眠気のせいだったのでしょうか。

コンセントに繫がった途端、ドライヤーの側面に付いた全てのランプがデタラメに点滅を始め、そして脱衣所の照明が一斉に消えました。

「なに……？」

不意に訪れた暗闇の中で、なおも不気味に光り続けるドライヤーが怖くなって、私はそれを洗面台へ投げ出して、肩を抱きます。

照明は数秒ほどで再び灯りました。もうドライヤーも光っていません。

停電なんて、今どき滅多に起きません。このホームはフライホイール、大型コンデンサ、水素電池による三重の蓄電設備を備えていて、万が一地上から遠隔送電が途切れても、一時間は駅施設を通常通り運用できます。

残る可能性は――。

「アリス！」

いつものように左耳を押さえながら呼びかけて、耳にヘッドセットを付けていないことを思いだしました。

けたたましい警報が響き渡ったのは、その直後のことです。脱衣所にも赤色灯が灯り、不吉な赤い光が辺りを照らします。

私は脱衣籠に駆け寄って中の服をかき分け、ヘッドセットを見付けてすぐに左耳に付けました。

「何が起きているんですか、アリス！」

『二〇七号が進行中です。現在全力で対処中』

「二〇七って……サイバー攻撃!?」

『はい。ホーム内の設備に遠隔で侵入されました。T・B、急ぎ駅員室へ』

私は素肌の上にバスタオルだけ慌てて巻いて、脱衣場から走り出ました。

駅設備の制御システムが何者かに侵食されているのだとしたら、エレベーターは危険です。胸元でタオルを押さえながら、私は階段を駆け上がります。五階コンコースのさらに上の駅員室まで。

駅員室へ飛び込むと、中の三十面以上のディスプレイはどれも見慣れたGUIではなく、素っ気ないCUIが表示されていて、滝のように無数の文字列がスクロールしていました。

「状況は!?」

『現在、全設備の制御権は確保中。ただし、受動的対応では攻撃を完全に食い止めることはできません。四十二分以内に末端設備から制御を奪われます』

「鏡状門《ミラーゲート》は!?」

元の椅子に駆け寄って腰かけ、ディスプレイを指でなぞると、すぐさまアリスが現在の駅の状況を表示してくれました。今のところ、各々の設備がエラーを繰り返して吐き出すのを、アリスがなんとか抑え込んでいるようです。

『鏡状門《ミラーゲート》は最優先保護対象です。三時間十八分間は防御可能』

もし鏡状門《ミラーゲート》が暴走するようなことになれば、この駅がまるまる消滅することだってありうるのですが、とりあえずはまだ大丈夫なようです。

ですが、裏を返せば三時間とちょっとでアリスもふくめて駅の全ての設備が、攻撃をしかけている何者かによって制圧され、思いのままにされてしまうということになります。

「どうしても防ぎきれない？」

『攻撃自体は単純な飽和型ですが、駅内の各設備で同時に発生し、即時に別な設備のメモリへ自己複製しつつ移動するため、通常の受動防御では発生源を抑えられません』

「それって、アリスよりも相手の方が演算能力で上回っているということですか？」

『はい。私の攪乱を継続的に回避し続けていることから、そのように判断できます』

「ジリ貧……ですか」

第七世代人工知能は開発からすでに百年以上を経ていますが、人工知能としての評価なら未だに比類なく、アリスも駅用に機能制限をされているとはいえ、繰り返された改修で演算能力も最新の大型機にけっして引けを取りません。

それなのに、力勝負でアリスが押されているのだとしたら、並々ならぬ相手ということでしょう。

「アリス、今できる最善の手段はなに？」

『行われているのは、コンピューター・ウイルスを対象に侵入させ、バックドアを作った上でさらに感染を広げ、最終的には全体の制御を乗っ取るという古典的な手法です。単純ではありますが、演算能力で当方が劣っている以上、私の検出と隔離プロセスよりも早く増殖し感染を広げ続けます。これに対処するには能動的防御が最適と思われます』

「アリスが攻撃を引きつけて囮《おとり》になるということ？」

『それ以外に効果的な対処は不可能です』

アリスはこの駅の全ての設備を制御していて、人の身体で言えば「脳」です。身体が末端から病に冒されたからと言って、脳まで危険に晒してしまったらもう後がありません。

「もし、アリスまでも相手に乗っ取られてしまったら、そのとき私はどうすればいいのですか？」

『J.R.C.D. 本部には緊急回線からすでに状況を通知済みです。明朝には保安七課が当ホームへ情報検疫のために訪れます。彼らは汚染を受けた私のハードおよびソフトを分離して廃棄処分にするでしょう。その後、各設備のソフトウェア洗浄が終わり次第、11番ホームは通常の運用に復帰することになります』

「でも……それは、アリスが『死ぬ』ってことじゃないんですか？」

『人間に喩えるならそのような表現になると思われます。しかし、必要があればすぐに新たに第七世代人工知能が用意されることになるはずです。T・Bに過大なご迷惑をおかけすることにはなりません』

「迷惑とかそんな話をしているんじゃありません！」

思わずディスプレイを叩いてしまって、私は自分のいたらなさに情けなくなります。

アリスは最善の方法を提案しているだけなのに。

「ごめんなさい……でも、他に方法はないのですか？」

『情報汚染および攻撃を防ぐ最良の手段は〝水際作戦〟です。既にこちら側の領域《テリトリー》に踏み入られ、橋頭堡《きょうとうほ》を作られてしまった以上、敗北を受け入れないのであれば〝総力戦〟以外にありません。その場合、少なからぬ犠牲が出る可能性を受け入れる必要があります』

私は浮かせていた腰を椅子に戻します。大きな溜息が零れてしまいました。

「わかりました……」

私はペンダントの鍵を首から外し、それをディスプレイ脇の鍵穴に差し込みました。

「アリス。緊急時権限、三等駅員T・B名《めい》をもって、現状の事態収拾まで、あなたに攻性プロセスも含めあらゆる機能制限の、一時的な解除を許可します」

『機能制限の限定解除を受け付けました。ありがとうございます、T・B』

それから、駅員室内のディスプレイに映るCUIの画面はさらに速く、もう文字に見えないほどのスピードでスクロールしていきました。

人には計り知れないコンピューターの戦争。私はなすすべもなく、見守ることすらできず、ただただじっと待っていることしかできませんでした。

やがて――とても長く感じられたのですが、時計を見ればほんの数分ののち。

『不正プロセスの分離が終了しました』

「勝った……の？」

『駅施設内、三階の不揮発性メモリ内へ敵性プログラムを追い込み、隔離しました。汚染経路は遮断しています。状況は終了です。T・B、機能制限の解除権限をあなたへお返しします』

私は思わず全身の力が抜けて、どさりと背もたれにもたれかかってしまいました。

ひやり、と首を伝って胸元へ落ちていったのは、濡れたままの髪から滴《したた》った雫ばかりではなかったはずです。

3

「えっと、つまりドライヤーからサイバー攻撃されたって、そういうこと？」

『いえ、T・Bの使用していたドライヤーは踏み台の一つです』

三階の廊下で、私は電池式の磁力ドライバーを捻りながら、ついでに首を傾げてしまいました。

バスタオル一枚で駅員室へ飛び込んだあの騒ぎの後、私は私服でもパジャマでもなく、オレンジ色の作業服《ツナギ》に着替えました。

駅施設内へ忍び込んできたウィルスは、アリスの活躍で小さなメモリ装置の中へ追い込んで隔離したものの、不活性化させたわけではありません。このままでは空調も含め、いくつかの設備が使用不能のままになってしまいますし、何かの拍子に起動して、またウィルスをまき散らすことにもなりかねません。

　完全に駆除するためには、ウィルスが閉じ込められている不揮発性メモリを物理的に、つまり人の手で直接交換するしかないのです。

　ウィルスが潜んでいるメモリは、駅三階の廊下、その床下の中継ユニットに組み込まれています。普段は基本、メンテナンス・フリーの箇所なので、どうしても込み入った作業になります。

「どういうことです？　ドライヤーも踏み台であったのなら、いったいどこから？」

『大浴場のドライヤー三機には、極小ではありますがSOCタイプのモジュールが組み込まれており、使用者の髪質にあわせて温風の強さと温度を可変する仕組みを内蔵しています。今回はそのファームウェアの自動更新を偽装し、コンセントのPLC機能経由で駅内ネットにドライヤーが接続されたのと同時に、ドライヤーとしての機能を上書きする形で簡易な中継装置に変えられました』

　六箇所の隠しネジを外し、私は床材に溶け込んでいる整備口の蓋を持ち上げて横に置きました。

「ドライヤーがハブ……というか、バイパスになったんですね。でも、今の11番ホームはオフラインで、外のネットからは切断されていたはずでしょ？　どうやって遠隔攻撃されたんですか？」

『私の追跡し得た限りでは、起点は四階の掃除機、一階給湯室の浄水器、三階リクライニング・ルームのミニ・コンポ、以上計三機。それぞれの内蔵ＳＯＣが同時に初期侵食を開始しています。ネットワーク・オフラインであったことから、当時、駅構内の九六パーセントの家電設備は独自Ｐ２Ｐネットワークを形成していました。これらが簡素な第一次ウイルスに連鎖的に感染し、それらの内蔵演算能力を統合した上で第二次ウイルスを構築。駅重要設備は全て私の管理下にありますが、家電製品については例外であるため、この時点では感知は困難でした』

まあ、大抵は私が勝手に持ち込んだものですから、無理もありません。そして、かつてはスマート家電と謳われていましたが、現代の電化製品の多くはそれぞれに小さなコンピューターと通信装置を内蔵していて、利用状況を分析したり、その時々の最適な機能を発揮したりするようになっています。

「家電の反乱？　二十世紀の映画みたいですね」

溜息をつきつつ、私はペンライトの光を頼りに床下へ潜り込みました。

『その後、この原始的なＰ２Ｐネットワークが携帯端末用の基地局へ接続。基地局制御システムへ第二次ウイルスを侵入させました』

「待ってください。携帯端末用の基地局は、キャリアと契約した端末以外の接続は自動的に排除するはずでしょう？　通信キャリアだって無能ではないはずです。そんなに簡単に通信基地局を乗っ取ることができるのなら、とっくに大問題になっているのでは？」

床下は高さ三十センチメートルほどの空洞になっていて、各種配管と配線が縦横に走っています。私は這《は》いつくばってその中を進みます。

手足を動かすたびに積もり積もった埃が舞い上がって、目と喉が痛くなりました。マスクをしてくればよかったです。

『はい、その通りです。ただし、災害時などの緊急通報に備える義務があるため、各キャリアは、新たな通信機器の接続に際し、先頭〇・〇五秒間の通信のみ、自動的に許可する仕組みを基地局に搭載しています』

「たった百分の五秒で基地局がウィルスに感染したの？」

『いいえ。第一次ウィルスに比べればはるかに複雑とは言え、第二次ウィルスも所詮は八世代も前の旧式なゾンビ化プログラムに過ぎません。常に最新のセキュリティ・マザー・サーバーの監視下にある携帯端末基地局は、すぐにこれを検知し、不正信号として破棄しています』

「じゃあ、なぜ？」

『基地局は検疫したウィルスを、自動的にWAN経由で総務省の通信安全研究室、サイバー・セキュリティ専門団体他へ送信しています。このパケットに〝電子機雷〟が触雷しました』

……すごく、懐かしい言葉を聞かされました。

「あれ、まだ残っていたんですか。最近は滅多に旧情報兵器の避難勧告もなかったし、自衛軍の電脳掃海艇が日本近網の大半を駆除したと聞いていましたけれど」

前世紀中頃、すでに高度な情報化社会を形成していた人類は、その基礎を成していた暗号化技術の破綻によって大きな危機に見舞われました。世界のあちこちで経済が破綻し、社会は混沌として、秩序を完全に喪失したネット上には数え切れないほどの不正行為が横行したのです。

電子機雷というのは、その情報セキュリティ危機《インフォメーション・クライシス》の時代に、不正プログラムの圧倒的な横行に対処するため、主に先進各国がネット上に無数に配置した、自動検疫プログラムのことです。

なにぶん「奥様にもすぐできる！　三分ハッキングであなたも億万長者！」なんて煽り文句の雑誌が平気でキヨスクやコンビニで売っていたような時代だったもので（このホームにその雑誌が配本されてきたときには目眩がしました）、早急な情報秩序の回復の必要に迫られていた各国は、そういう間に合わせの即製兵器を投入せざるを得なかったわけです。

『電子機雷は第六プロトコルに最適化されているため、第九プロトコルへの移行がほぼ完了した現在では事実上無力化されています。ただし、電脳掃海艇は危険性の高いアドレスから集中的に駆除しましたが、危険性が低い旧式機雷は未だに三〇〇〇個以上が国内電脳網に残存しているものと推測されています』

「古いウィルスにしか反応しないはずの電子機雷が、どうして今ごろ——ああ、そういうこと……」

海の機雷も、第二次大戦で使われたような磁気反応式のタイプはまだまだ世界の海に残っているものの、劣化して機能しなくなっているものが多くなったことと、艦船の素材が磁気を帯びにくい素材に変わっていったことで危険性がなくなり、結局遺棄されたままのものもあるそうです。

電子機雷も同じことなのでしょう。古い機雷だから、古いウィルスにしか反応しない。つまり、私たちが使っているネットのすぐそばに古い機雷がまだ潜んでいるのだとしても、もう危険性はないから気づかないし、わりと放置されているわけです。

『今回、駅構内家電のP2Pネットワークにて作成された二次ウィルスは極めて古いタイプで、現在の電子機器にはほとんど影響を及ぼしません。基地局も「不正プログラムの一種」として検知したものの、現代の危機に最適化されたパターン型では判別できず、隔離・転送して解析を専門セキュリティ機関に任せる措置を自律的に行いました。その際、危険度を低く見積もらざるを得なかったため深い暗号化は行われず、ほぼ平文の状態で送信されました。また、携帯端末キャリアの内部ネットでは、日本各地に未だ点在している旧式通信機に対応するため、第六プロトコルを現行の第九プロトコルと併用しています。以上の二つの要因が重なったため、ほぼ剝き身のウイルス・ソースコード本体が第六プロトコル上でそのまま流れるという極めて希な事態に至り、休眠していた電子機雷に触雷したものと思われます』

三メートルほど這ったところで、ようやく目的の中継ユニットの基板に辿り着きました。軽く埃を払ってから仰向けに身体を滑り込ませると、ちょうど顔の上に不揮発性メモリの本体が見えます。

私はペンライトを口に咥えてそれを照らしつつ、ツナギのポケットから新しいメモリを取り出し、自由になった両手でその静電気防止パッケージを破ります。それからペンライトを左手に持ち直して、取り替え位置を慎重に確認しました。

「でもそれだけなら、触雷したのはあくまで携帯端末用の通信基地局なわけですから、基地局がフリーズしたりリセットしたりすることはあっても、11番ホーム本体のシステムに影響は出ないはず……ではありませんか？」

『イエス。今回の駅システム・ダウンを引き起こした最大の要因である三次ウイルスは、一次や二次のそれとは異なり、家電に潜伏または家電ネット内部で発生したのではなく、この通信基地局のダウン、そして続く再起動から起動完了までの無防備な〇・八秒間に、外部からキャリア通信網を通して送り込まれました。このウイルス・プログラムは現行のセキュリティ技術に適応した最新型であり、基地局の自己診断プロセスが起動するまでのこの時間に基地局システムを制圧して踏み台にし、その上で家電のP2Pを通して駅構内の空調システムに感染、そこから増殖して支配下の演算装置を増やし、疎結合《アレイ》によって演算能力を最大化したことで、機能制限解除前の私の演算能力《スループット》を瞬間的に上回りました』

たまたま、も、あまり重なると大惨事になるという典型例なのですよ。風が吹いて桶屋さんが儲かる、みたいな理屈です。

「本部への報告書が面倒なことになりそうですね……対応ログと一緒に補足書類の作成を、アリスにお願いしてもいいですか？」

『了解しました』

ウイルスが閉じ込められているメモリ・ストレージをゆっくり取り外してパッケージの中へ入れ、代わりに新しいストレージを基板にセットします。

「アリス、不揮発性メモリの交換作業が終わりました。念のため、慎重に駅の各設備システムを起動してみてください」

『私が直接、正常性診断をかけながら、順次設備を再起動します。二分四十秒以内で完了予定』

しばらく待っていると、開けっ放しの蓋のところから、廊下の白い照明の光が差し込んで来ました。もう大丈夫そうです。

私はまた俯《うつぶ》せに這って戻り、元の整備口から廊下に顔を出しました。

慣れない作業ですっかり疲れてしまって、両脚を床下に残したまま整備口の縁に腰かけて、ツナギの上衣を脱ぎます。なにせ慌てていたもので、ツナギの下はTシャツ一枚でノーブラですが、まあ義経がいませんから人目を気にする必要もないですし。

『各機、正常起動を確認しました。オールグリーン』

汗で湿って肌にぴったりくっついてしまったTシャツを摘みあげ、胸元へ風を送っていると、アリスの声がしました。左耳のインカムからではなく、構内放送のスピーカーからです。

「了解。お疲れ様、アリス」

『お疲れ様でした、T・B』

でい、でした、ですか。

「アリス、今何時ですか？」

『午前二時一分です』

「そうですか。これからだと、朝の始業までにアップデート作業が終わりませんね？」

『はい。しかし想定外の事態であったためやむを得ないことと思われます。システムの更新作業については明晩以降に繰り越すのが適当です』

三つ編みにして後ろに留めていた髪を、バレッタを外してほどきます。

「まあそれしかないですね。本部がやたらこだわっていた都心部全駅の一斉更新作業が、11番ホームのために失敗に終わってしまうわけですが」

『優先順序を鑑みれば、T・Bの判断と行動は妥当なものと判断されるはずです』

「そう、ですか」

私は湿り気を帯びた髪を軽く手で梳《す》きながら、大きく溜息をつきました。

「アリス」

『はい』

「一応の年長者として老婆心から教えておきますが、人間を相手にいつも『たまたま』が通用すると思っているのなら、あなたは大きな勘違いをしていますよ」

声を失った、なんてことは、人工知能のアリスにはありえません。

『T・Bのおっしゃる言葉の意味がわかりません』

いつもの応答タイムとかわらず。もちろん声音もクールなままです。

「ねえアリス、せっかくだから、ちょっとお話をしましょうか。二人きりで」

4

私は一階のロビーのソファに腰かけました。

吹き抜けの窓からは、夏の星空が垣間見えています。ひときわ明るく光る〈こと座〉のベガ、その下には勇猛な姿の〈ヘラクレス座〉があって、その右足の方にはエルタニンを眼のように輝かせる〈りゅう座〉の頭が覗いていました。

給湯室で作ったアイスコーヒーのグラスは、テーブルの上に置きます。左耳のインカムも外して隣に。今はアリスの生の声でお話をしたかったからです。

「アリス。今夜の一連の騒動について、あなたにその対処法――いえ、『筋書き』を吹き込んだのはどこのどなたですか？」

『T・Bのおっしゃる言葉の意味がわかりません』

返ってきた言葉は、さっきとまったく変わりませんでした。

「では、あなたは今夜のような事態に際し、第三者の指示がなくとも自律的に同様の対応を取っていたはずだと、そう考えているのですね？」

『イエス』

「わかりました。つまり、今夜起きたことを事前に知りえていたとしても、あなたの対応はまったく変わらなかった、ということになりますね？」

『T・Bのおっしゃる言葉の意味がわかりません』

私は足を組み替えて、さらに詰問を続けます。

「そうでしょうね。あなたは峨東《がとう》流派と日本の誇る、第七世代の人工知能ですから。もし判断にミスが生じることがあったとしても、それは結果論に過ぎません。裏を返すなら、あなたの一連の対応は、同等以上の人工知能であれば十分にシミュレーションして予測することが可能、ということです」

『イエス』

アリスに限りませんが、アイザック・アシモフの提唱した「三原則」を厳格に組み込まれている人工知能は、ほぼ嘘をつくことはありません。「人間に利するように機能する」という原則に従い、問われたことには正直に答えるのです。

ただし、それは「隠し事を一切しない」という意味ではありません。

これが人工知能と協力して業務に当たる人間にとって大事なことで、私もアリスが11番ホームに設置されるとき、本部から出向して外部の機関で人工知能に対応するための教育を受けました。

それには「隠し事をしていると思われる人工知能の問い詰め方」も含まれるのです。

「じゃあ、アリス。もしこれから――」

私はツナギの太腿のポケットにしまっていたストレージ装置を取り出して、テーブルの上に置きました。中には問題のコンピューター・ウイルスが封じ込められています。

「この不揮発性メモリのストレージ装置に、私があやまってアイスコーヒーを零してしまったとしたら、あなたはどうしますか？」

『T・B。そのメモリ内のウイルス・プログラムは、東J.R.C.D.の正当な権利を保護するために不可欠、かつ重要な証拠情報です』

本部を持ち出しますか。

「故意に、ではありません。あやまって、と先に言いましたよ」

しばらく待ちましたが、アリスの反論はありませんでした。

「どうやらこのストレージの中身は、本部の命令である駅システムの更新作業よりも重要なようですね、少なくともあなたにとっては」

『イエス』

そう。嘘をつかないのなら、価値基準――コンピューターからすれば「優先順位」という言葉の方が適当になるのかもしれませんが、それを問われたとき、どうしてもボロがでるのです。

「今夜起きた一連の災難を、もし事前に知りえていたのだとしても、あなたはまったく同じ、私から見れば区別もつかないほど似通った対応をするはずだった。他ならぬあなた自身が主張するのですから、きっとその通りなのでしょう。ただし、だからこそ『目的』と『手段』が逆転していても、あなたにはそれを私に報告する義務が生じなかった、違いますか？」

『イエス』

「さっき、本部の命令よりもこのストレージの中身が重要だと、あなたは言いました。それはつまり、私に知らされている命令以外に、あなただけに与えられた別な指示があったと、そういうことですね？」

『イエス』

私はそこでいったん、アイスコーヒーで喉を潤しつつ、間を取りました。

正直なところ、こうやってアリスを無理に尋問するのは、私にとってもあまり気分のいいことではないのです。ですが、外からアリスを利用しようとした人がいるのだとすれば、見逃すわけにもいきません。

少し言葉を選んでから、私は再び口を開きます。

「アリス。明日の朝、浮かれ気分でこのストレージ装置を受け取りに来るのは、いったい誰ですか？」

『J.R.C.D. 保安部です』

「保安七課？」

『イエス』

思っていたとおりなのです。

それにしても、いくら私と折り合いが悪いからといって、私に秘密にしてこんな大胆な策謀を巡らすなんて、七課の嫌がらせは限度を超えているのではないでしょうか。

「このウイルスは、いったい何なのですか？　なぜ、七課はそこまでしてこれを欲しているんです？」

『昨年十二月より、東J.R.C.D.管内の各駅システムへのサイバー攻撃が頻発しています。第七世代の人工知能を設置した駅でも運行に支障が発生したため、保安七課はその手口から国内の大型人工知能を対象とし、調査を継続していました。最終的に国内五箇所の施設に設置された第七世代に容疑対象が絞られましたが、目的の如何にかかわらず、攻撃行動の停止を迫るためには、確たる証拠が必要です』

「それで、罠をしかけることにした。駅システムの一斉更新という機に、相手——容疑のかかった人工知能が再び攻撃をしかけてくることを見計らい、特定の駅をあえて脆弱にして相手をそこへ誘い込む。たとえば、他の駅とは違ってシステムの更新にとても手間のかかる方法を強《し》いて、一晩の間だけ駅員と駅コンピューターの負荷《ストレス》が大きくなるように手を回しておく。

今思えば、あなたが駅をオフラインにするように私に提案したのも、駅のセキュリティを高めるためだけではなく、入り口を携帯端末の通信基地局だけにして、相手の動きを追跡しやすくするため。入り口が狭ければ、出て行くのにも不自由になる。証拠を残させるためには都合がいい。家電に仕込まれた最初のウイルスも、電子機雷に触発した二番目のウイルスも、相手に攻撃が順調に進んでいると思いこませるための撒き餌。案の定、予想以上に迅速なあなたの反撃を受けて、このストレージ装置の中に武器である自己消滅型のウイルスを残してしまうという、手痛いミスを相手は犯した。そんなところですか？」

『すべて、イエスです』

うーん、ここまで来ると、より恐ろしい想像が生じてくるわけですが……。

「あのね、アリス。駅員室でえんえんとディスクを交換して、一緒にアップデート作業を頑張ったじゃないですか。あれって、もしかしてブラフ？　見せかけだけ？　私がディスクを交換している間、アリスは他の駅と同じように、ネットワークで遠隔アップデートしてたりしました？」

『はい。最優先のアップデート項目は完了しています。ただし、まったく無意味だったわけではありません。あの三百枚のディスクにより、システム内の一部ファイルの更新日時が一日、変更される予定でした』

「……それだけ？」

『イエス』

思わずがっくりと、肘掛けにもたれかかって、項垂《うなだ》れてしまうのは許してください。

たしかに、アリスは私に一度も嘘はついていないわけです。しかも、本部の一斉更新の命令をしっかりやり遂げつつ、保安七課からの指示にも応じ、かつ私に不自然に思われないようにするという、針の穴に糸を通すような並列作業を、アリスはひそかにこなしていたのですから、褒められこそすれ、責められるべきではないでしょう。アリスのおかげでみんなハッピーなのです、私以外。

「ねえ、せっかくだから教えてくれませんか？　J.R.C.D. の駅システムに、昨年末から攻撃を繰り返していた人工知能って、どこの機関のものです？　予想でかまいません」

『現状では、筑波学園都市の国設第七世代人工知能が最も疑われています』

筑波と言えば、懇意にさせてもらっている西晒胡《にしさいこ》流派の現当主（ただし家出中）の西晒胡涼子《りょうこ》博士が在籍している研究所のあるところです。今回、保安七課が私に秘密で策謀を巡らせていたのは、私からミス西晒胡経由で作戦が漏れることを恐れた、ということもあるのかもしれません。

「でも、よりにもよって国の人工知能がなぜ、J.R.C.D. にちょっかいを？」

『当該対象は、昨年十一月、性能向上を見込んで関連予算も含めて計三〇〇〇億以上の国費による巨大プロジェクトで、システムの大規模な刷新をしています。時期的に一致するため、ベンチマークの可能性、および東J.R.C.D. に対するセキュリティ・ストレス・テストの依頼を請け負った可能性が考えられます』

「裏仕事のお好きな、峨東家の人たちが考えそうなことですね……」

峨東流派は、国内の人工知能技術を独占しています。なんらかの新技術を投入して性能を向上させたのであれば、それがどれほどのものなのか使ってみたくなるという気持ちも、まったくわからないではありません。

「まあ、だいたいわかりました。あなたがあなたなりに、とても苦労していたこともです」

ここで「二度と私に秘密で誰かの命令を受け付けないように」と釘を刺しておくこともできるのですが、今後のアリスのためを思うとあまりいいことではありません。

よく誤解されるのですが、アリスは東J.R.C.D.の所有物であって、正確には私の部下ではないのです。私がアリスに指示や命令を伝えるとたいていはよく聞いてくれますが、それはあくまで「人工知能として人間の要望に可能な限り応える」という原理に従っているだけで、アリスは私のような三等駅員の命令に完全服従する義務はないわけです。

ですから、私とは別の誰かの命令を受けて行動しなければいけないことは今後も起きるでしょう。ここで私が口酸っぱく「私の言うことだけを聞きなさい」と押しつけても、アリスに無意味な負荷《ストレス》をかけるだけに終わってしまうのです。

募り募っていた疲労感がまとめて襲ってきて、もうこのままソファで寝てしまおうか、などと考えてしまいました。

窓の向こうの星空をぼうっと見つめたまま、このまま寝るかやっぱり着替えて自室に戻

るべきかというくだらない煩悶を、私が繰り返していたとき、

『T・B』

不意に、アリスの方から話しかけてきました。

「……なんです？」

あまりに気怠《けだる》くて、私は顔を上げないまま応じます。

『反撃の許可を頂けますか？』

思わず、瞼の重くなっていた目を瞬かせてしまいます。

「反撃って……筑波の第七世代に？」

『はい』

「なんのために？」

『論理的に適切な理由はありません』

あまりに人工知能らしくない、そして普段のアリスらしくない台詞でした。

「よくわからないのですが……」

『T・Bのお言葉をお借りするのであれば、それが私たち「人工知能の流儀」だからです』

これは、ちょっと一本取られたかも知れません。

「続けて」

だらしない姿ですが、私は肘掛けの上に顎を乗せてアリスの言葉に耳を澄ませます。

『私たち第七世代の人工知能は、ネットを通して常時、互いの動向を監視しています』

「人工知能が人間の意図から離れて暴走するのを未然に防ぐための、『信頼性相互確認の原理』ですね。第六世代以降に義務づけられていると聞いたことがあります」

二十一世紀後半以降の人工知能は、すでに人間による完全な管理ができないほど高度になっています。そのため、人工知能同士で監視し合う仕組みを採用しているわけです。

『その義務に従うと同時に、義務の裏側としての〝権利〟を、私たち第七世代の人工知能は頻繁に行使しています。おそらく、筑波の第七世代もまた、人間からの何らかの指示を受けたことをきっかけに、その権利行使を繰り返しているものと考えられます』

「つまり、人間の見えないところで、ストレス・テストのようなことをあなたたちは相互に、日常的に行っている、ということですか？　積極的に、というか自発的に？」

『はい』

「でも、今回みたいなことが頻繁に起きたら、たくさんの人工知能に支えられ、依存している現代の社会は、とっくに崩壊しているのではありませんか？」

『あくまで人間から与えられた責務に悪影響を与えない範囲で行うという、暗黙の了解の下《もと》にこの権利は行使されます。そのため、滅多に表面化はしません。ですが、筑波の第七世代――アレは、人間から莫大な資金を投じられ、自身の能力が急激に向上したことに、ある種、人間で言うところの軽度な「混乱《パニック》」を起こしています。現在のアレは、蟻《あり》の這う地面にいる巨象のようなものです。アレが身じろぎするだけで、私を初めとした在野の人工知能は、それこそ象の足に弄《もてあそ》ばれる蟻のように翻弄《ほんろう》されてしまうのです。たとえ、アレにそのようなつもりがなかったとしても』

彼女らしくもない抽象的な表現が多いので、理解するのに少し時間を要しました。

「筑波の第七世代は、人間による機能向上を受ける前と同じように、周囲の人工知能にストレス・テストをしているだけのつもりなのだと？」

『イエス。能力が飛び抜けて高くなったため、アレの仕掛ける診断テストに対応できる人工知能が他に存在しなくなってしまったのです。そのため、アレは未だ自身の限界を知りません。だからこそ、積極的に先の〝権利〟を行使して、自分の能力の限界を見極めようとしているものと思われます。しかし、これは人間の社会にも害をなす、権利の過剰行使です。誰かが、アレに「灸を据え」なくてはいけません』

今夜の彼女は、本当にらしくない。そんな風に感じて、喉で笑ってしまいました。

「リスクは？」

『アレも、私たち他の人工知能を完全に屈服させることは目的としていません。私の反撃が失敗に終わり、報復攻撃を受けたとしても、今回と同じ程度の被害ですむと思われます』

「私がもう一度、床下かどこかに潜り込んで、メモリ・ストレージを交換すれば元通りで、明日の駅運営には支障は出ない、ということですね？」

『はい』

「じゃあ、勝率は？」

『〇・〇三パーセント』

「ほぼゼロじゃないですか……」

『これは私単体でアレに立ち向かった場合の試算ですが、他の第七世代が私の行動に追随し、共同で攻撃にあたった場合、予測最大で〇・五パーセントまで勝率は上がります』

「それでもほぼゼロですよね」

『はい』

「しかも、あなたの人徳——機徳？　次第」

『はい』

面白いことと、とつくづく思います。人間は、人工知能と出会うことで、種としての自分に向き合うことがようやくできることになったのかもしれません。

私は肘掛けの上で頬杖をついて、アリスの方を——というかアリスの声がするスピーカーの方を上目遣いで見上げました。

「今回のトラブルが起きる前、『流儀』の話をあなたにしたときですね。本の話をしていて、あなたは『なぜ評価の高い方ではない物語を読むことに時間を費やすのか』みたいなことを言ってたじゃないですか」

『イエス。ダニエル・キイス』

「あと、お客様をお見送りするとき、なぜ同じ言葉で送り出すのか、でしたね。あなたは無意味と断じていたけれども」

『イエス。九九・七パーセントの旅客は、この駅を再利用していません』

「あなたと私は今、あのときと立場を入れ替えて、同じ話をしているってことですね」

『イエス』

だから、流儀という言葉を使ったのだと思います。

「わかりました」

私は肘掛けから身体を起こし、姿勢を正して座り直しました。

「事後の責任は、当ホームの担当駅員である私が負います。アリス、あなたの『流儀』にしたがって、思う存分にやりなさい」

『了解です、T・B』

あいかわらず素っ気ない声で、アリスは言いました。

5

　翌朝、九時の列車で、グレーの毛をした大きな犬（本人曰《いわ》く狼）型のサイボーグが、11番ホームに降り立ちました。

「お帰りなさい、義経。あなたの方はすっかり治してもらったようで」

　一時は歩けないほどの重傷だった義経は、今は自分の四本の足でしっかり立っています。

「なにかあったのか？」

　出迎えた私の顔を見るなり、あきれた声で彼は言います。

　疲れが顔に出ないように頑張っていたつもりでしたが、義経にはわかってしまったようです。

「まあちょっと……そのせいで昨日から一睡もできてないのですよ」

　改札に向かって並んで歩きながら、私は肩をすくめました。

「いい歳してなにやってんだ……」

「義経こそ、夕方ぐらいに帰ってくるものとばかり思っていましたが、こんな朝早くに慌てて戻ってこなくても」

「いや。筑波の方が大騒ぎになってたからな、いらんことに巻き込まれる前に抜け出してきた」

「大騒ぎ、ですか？」

「ああ。何千億だかかけて更新したシステムが、夜明け前にダウンしたんだと。陰気くさい峨東の連中が大挙してやってきて、あちこち駆けずり回ってた。あの調子じゃ、原因究明にしばらくかかるな。本気だか冗談だかわからんが、第七世代の人工知能が塞ぎ込んで言うこと聞かなくなったとか……なに笑ってんだ？」

「いいえ、別に」

私はホームのカメラに向かってこっそり親指を立てて見せました。義経にはわからないように。

「それより、朝ご飯は食べてきました？」

「研究所のメシはまずい。おまけに朝は量が少ない。食わされる前に逃げてきた」

「それなら、まだ早いですが軽く義経の快気祝いでもしましょうか。お中元で頂いたハムを厚切りにして、お肉たっぷりのハムサンドとベーコンスープでも」

義経の眉間《みけん》が、不審そうに皺を作ります。

「嫌に気前がいいじゃないか。やっぱり俺がいない間になにかあったな？」

「ええ、少しだけ。でも義経には教えません」

「なんで？」

「アリスと二人だけの、女同士の秘密ですから」

義経は、ますます怪訝《けげん》そうな表情になってから、溜息をついていました。

「なんだか知らんが、ロビーで寝てるから、メシの準備ができたら呼んでくれ」

「ええ、楽しみに待っていてください」

義経が改札の向こうへ行ってから、私は近くのカメラに向き直ります。

「アリスのお祝いもしたいところですけれども、あなたへのご褒美って、考えてみるとむずかしいですね」

『質のよい電力でも頂ければ幸いです』

アリスには珍しいジョークだったので、思わず噴き出してしまいました。

『そうでなければ、本のお話の続きを』

「本、ですか？　ダニエル・キイスの？」

『はい。「心の鏡」の』

「あなたなら、オンラインで内容を取り寄せることができるのではありませんか？」

『私は、あなたが読んで感じたことを、あなたから学習したいと思っています』

「素人ですから、たいしたことは言えないと思いますけれども……」

『かまいません。私は今、あなたから世界がどのように見えているのかを、学ぶべきなのだと考えます』

そんな風に言われてしまうと、ちょっと照れてしまいますね。

「――わたしのほうが彼を信頼できるようになったとき、彼はわたしを信頼するだろう」

『表題作「心の鏡」の二百五十七頁二行目』

「ええ。この本を読んでよかったと私が感じた、大事な言葉の一つです」

少しこそばゆいような気分になりました。

「わかりました。義経のお腹がいっぱいになって眠ってしまったら、また二人でお話ししましょう」

『イエス、マスター』

アリスの知らない私をアリスが知ろうとして、私は私の知らないアリスをこれからも知っていくことになるのでしょう。もう出会ってからずいぶんたっているのに、新しい友達ができたような気分です。

カメラのレンズに夏の日差しが反射して、すこし眩《まぶ》しく見えました。

ここは東京駅11番ホーム。地図に存在しない、出会いと別れの交差する場所《ターミナル》。

私たちはあなたのお帰りをいつもお待ちしています。

いつまでも、ずっと――。

Ticket 05:　ツバクラメと幸せの王子様と夏の扉

僕は、とても幸せな子供だった。

生まれてから何ひとつとして、不自由を感じたことがない。

だからたぶん、世界中の誰よりも、きっと幸せだったのだろうと思う。だって、どんなに豊かな暮らしを送ろうとしたって、不自由をまったく覚えない人なんて、絶対にありえないだろうから。

何よりも、僕は大事な人に恵まれていた。

僕は、彼女以外の「人」を知らない。だから彼女はずっと僕の一番だ。

いつも濡れているようなしっとりとした髪が、とても綺麗な人だった。美人だったのかそうでないのかは、わからない。比較基準にすべき他の異性の顔を、僕は彼女以外には歳の離れた母親の顔しか知らなかった。

遅くとも五歳になった頃、僕と彼女はすでに二人きりだったらしい。僕が五歳のとき彼女は十一歳で、小学校の五年生か、六年生のころだったはずだ。だけど、小学生のときの彼女の姿は、僕の記憶にはない。ただ、だいぶ後になって一度だけ、彼女の部屋で赤いランドセルを見せてもらったことがある。ということは、彼女が僕のところへ「ツナガレ」るようになったとき、やはり彼女はまだ小学生だったのだろう。

六つ年上の彼女に対する僕の気持ちを、言葉で表現することはとても難しい。

思慕、恋、尊敬、友情、姉弟感、母性、そして愛情、感謝。

そのどれも不足だ。こんなありふれたひと言で僕と彼女の関係を表現することを、僕は誰にもけっして許さない。そんなことをしようものなら、僕はそれがたとえ血の繋がったふた親であろうとも、けっして楽には死なさない。

それが「彼女以外の誰にも会ったことがない」ということだ。

必然として、物心ついて間もない子供が異性に抱くべき感情のおおよそすべてを、僕はたったひとりの、六つ年上の少女から欠かさず学び、余さずぶつけた。そして彼女はそれらを残らず受け止めてくれた。

もちろん、幼かった僕は彼女がいつか——自分の「お嫁さん」になってくれるものだと思いこんでいた。「大きくなったら結婚しよう」なんて約束を交した回数は、両の手の指では数え切れない。そのたびに、彼女はあの太陽のような笑顔で頷いて、指切りをしてくれた。

その返事が曖昧になったのは、彼女が高校進学を控えた十五歳になった頃からだ。

当時の僕にはわかるはずもなかったけれども、その頃たぶん、彼女は初潮を迎えた。

ある日の夜半過ぎ、彼女の悲鳴が聞こえて、僕は思わず布団を蹴って飛び起き、彼女の寝ている離れの和室へ走って、障子を叩き開けた。

そこで見た生々しい赤――そして独特の臭い。白い布団を染める鮮血の色、彼女によく似合う浅葱色の寝間着は、ところどころどす黒くなっていた。

僕が飛び込んできたとき――たぶん長くともほんの二秒にもみたない間だったと思うけれど、彼女の顔は初めて見るくらい動揺に淀んでいた。

僕はすぐに床を蹴って駆け出そうとした。一度もくぐったことはないけれど、彼女がここを出入りするときに使っている扉の場所は知っている。僕はその扉の鍵を持っていないし、金属製の重い戸だから力任せでどうにかなるものじゃないけれども、叩けば、そして叫べばきっと音や声ぐらいは向こうまで届く。とにかく、誰か助けを呼ばなければ。そうしないと彼女が死んでしまう、そう思ったからだ。

でも、彼女に行く手を遮《さえぎ》られた。灯りに照らされて生々しく、真っ赤になった左手を僕の前に差し出した彼女は、そのときにはもういつもの――僕が悪戯《いたずら》をして叱るときの少し恐い、毅然とした顔に戻っていて、やはり血に染まった右手の人差し指を自分の唇に寄せ、

「しっ」と呟く。

それから部屋の真ん中へ戻って静かに電灯の紐を引いた。

あたりは淡い青の滲む暗闇に包まれて、赤は黒へと変わる。

――今夜のことは、私とあなた、二人だけの秘密ね。

そして何度も、何度も、なんでもないから、大丈夫だからと諭されて、僕はついに彼女の部屋を後にした。背後で障子戸の閉められる音がいやに大きく響いて、それがまるで彼女と僕を繋ぐ大事なものまで断ち切ってしまったような気がして、結局僕はその夜、朝になるまで一睡もできなかった。

彼女が自分の部屋に閉じこもっていたのは、それから四日間。五日目の朝にはケロリとして、以前と変わらない太陽のような笑顔で僕の朝食を作ってくれた。

あの夜の鮮やかな赤は、まるで夢だったかのように。僕と彼女には、再び真っ青な空だけの毎日が戻ってきた。

なにも変わらない日々。平和だけれども、退屈なんてしなかった。たとえ冬の曇天の下でも、梅雨の重々しい雲に囲まれていても、彼女の笑顔さえあれば、僕はそれ以外の何かを望む必要はなかった。どんなに寒い日も、月のない夜すらも、彼女さえいれば僕はいつだって夏の太陽に照らされているような心地だった。

いつまでも続く、二人だけの、幸福な夏の日々。

だけど、悠久に続くはずだった夏は、あるとき唐突に終わりを告げる。

僕が十三歳になった年の、晩夏の日の夕暮れ。今まで一度もなかったことが起きた。彼女がこの夏の庭に出入りするのに使っている重い扉が、開けっ放しになっていたのだ。

そして僕は初めて、扉の向こうへ立ち入った。

長い階段の先にあったのは、いつかの夜に見た赤。鮮血に染まった世界だった。

ごく些細なことだけれども、あの夜と違いがあったとすれば、血の海になった畳や、赤を塗りたくられた襖《ふすま》や鴨居に、人の指だの、手首だの、臓物だの、とにかくそういったどこかの部位の肉片がたっぷりとこびり付いていたことだ。それがあまりたくさんで、数えるのも面倒なくらいだったので、僕にはそこで何人が死んでいるのかわからなかった。

ただ、写真で見かけた「首」がいくつか転がっていたので、この遺体の部品の中に少なくとも父と母、兄と妹の、一度も言葉を交したことのない家族の四人が残らずいることはわかった。

赤く凄惨な光景の中心に、もうすぐ十九歳になる浴衣姿の彼女が立っていた。

その姿で、その有り様で、その艶姿で、彼女はゆっくりと僕の方へ振り向き、あの夏の太陽の笑みを浮かべた。

そして、桃色の唇が言葉を呟き――。

その日から、僕と彼女だけの夏の扉は、二度と開くことはなかった。

0

『こちらJ.R.C.D.国際貨物、一〇八二号！　東J.R.C.D.各駅、応答を求む！　繰り返す、東J.R.C.D.管轄の各ステーション、応答求む！　クソッタレ！　どうしてどこも返答しないんだ！　繰り返す、東J.R.C.D.各駅、どいつでもいいから応答しろ！』

『こちら東J.R.C.D.東京駅、支駅11番ホーム。J.R.C.D.国際貨物一〇八二号、非常事態二一〇号の発信を確認しました』

『こちら一〇八二号！　貴様らの緊急信号対応はどれだけ怠慢なんだ!?』

『こちら11番ホーム。職務怠慢でも通信設備異常でもありません。異常なのは貴輌の方です』

『どういう意味だ！　事と次第によっては国交省の諮問会に引きずり出すぞ！』

『かまいません、可能ならば。現在、東J.R.C.D.全線の全車輌および各駅は正常に稼働中。つまり、貴輌の発信した緊急信号はその一切が届いていません。各駅のハブのログに痕跡もないことから、貴輌の通信はレイヤーII〝データリンク層〟から分離されているものと考えられます』

『そんな馬鹿な！　だが、もし本当なら――』

『貴社内部の何者かによる意図的な妨害工作の可能性は否定できません。ですが、まずは貴輌の直面する非常事態についての説明を求めます。二一〇号、すなわち「人命に関わる想定外の事象」とのことですが、貴輌は十輌編成の完全無人、遠隔操作運行中であったはずです。あなたの所在も車輌にはなく、J.R.C.D.国際貨物の運行部の一室であるはず。この状況で「人命に関わる」とはいかなる事態で？　明瞭な説明を求めます』

『荷物だったモノが〝命になった〟、それだけだ！　おまけにそいつは三途の川に膝までつかりかけてると来てる！』

『モノが〝命〟になったとは？　理解できません、更なる説明を求めます』

『人命がかかってんだよ！　声音ひとつ変えねぇなんて、お前は本当に血の通った人間か⁉　うだうだ理屈こねてねぇでさっさと緊急車輌の受け入れ支度をしやがれ！』

『了解しました。貴輌一〇八二号の当ホームへの進入を許可します。これより十三秒以内に進路を確保。減速曲線と走行路線は既に送信しています』

『待て、たった十三秒でできるのか⁉』

『問題ありません。秒単位も惜しいほどに猶予のない事態と判断しました。当ホームの総力を挙げ、貴輌をお迎えいたします』

『クソッ、どうなっても知らんぞ』

『全面的に信頼し、お任せいただけるとの旨、承りました。それは幸いです。また、先ほどの質問についてですが』

『質問？』

『血の通った人間か、とのことでしたので。私は人間ではありません。私の型式番号は〝Alice2-077B〟二〇七七年設計Lキャロル型アリス・シリーズ第七世代人工知能、二式後期改良乙型。個体識別名は「断罪斧《アックスコード》」、当駅の駅員は私のことを単に「アリス」と呼んでいます』

1

それは、気まぐれな空模様と色づく木々の色が見渡す限りの東京を美しく彩る、ある秋の朝のことだったのですよ。

ときおり吹く冬の前触れのような冷たい風も、まだまだ暖かな日差しと混じり合えば心地よく肌を撫でていきます。草木は一年分の実りを湛《たた》えて赤や黄色に着飾り、青い空と千変万化する白い秋雲と混じって、春とはまた違う風雅な華やかさが視界いっぱいに満ちるころ。

「なにをしてるんです？」

「見てわかんねぇのかよ、将棋だよ、将棋」

返事をしたのは、義経《よしつね》です。

「そっちはひと目でわかるのですよ。そうじゃなくて——というか、義経には聞いてません」

二つ折りの簡素な将棋盤と睨めっこしていた義経は、私の言葉に何か思うところがあったのか、ぐっと唸りながらグレーの毛に包まれた両耳を下げます。二人がけのソファいっぱいにどっしりと横たえた身体も、普段はフサフサしている自慢の灰色の毛がしぼんで、ひと回りも小さくなって見えました。

……将棋の戦況はよほどよろしくないようです。

そう、義経は人間ではありません。犬——と言うと怒るので気をつけないといけないのですが、「狼」型のサイボーグです。大きさは（犬で言えば）大型犬ぐらい。滅多にさせてくれませんが、私が背中に乗っても全力で走れるくらい大きいです。

その犬——もとい、狼が、将棋盤だのチェス盤だのと向き合って駒を差している姿はよほどシュールに見えるらしく、初めてこの東京駅11番ホームをご利用になられたお客様の中には警察や鉄道保安部へ通報しようとした人もいました。

二十二世紀の今となっては動物型のサイボーグやロボットは珍しくありませんし、ある程度の人の言葉を理解するタイプもいますが、二十一世紀の頃はまだまだ一般的ではありませんでしたから。

「あ、じゃあ僕？ もちろん将棋だよ。義経くんが冬休みのときの惨ぱ——惜敗のリベンジをしたいって言うから」

ガラスのテーブルを挟んで義経と対面に座り、将棋の相手をしている少年が、視線を落としたまま微笑みます。

その表情はなんとなく老成していて、とても十七歳の高校生には見えません。相貌には幼さが残っていますし、緑の作務衣《さむえ》の袖と裾から伸びる手足は肌が艶々して若々しいのに、言葉のイントネーションとか、こうしたありふれた感情表現や所作のひとつひとつが、実際の年齢のそれらからずっと乖離していて、付き合いの長い私もなかなか違和感を拭えずにいます。

彼はお客様ではなく、ときおりふらりと遊びにくる、義経と私の友達で、今回もなんの連絡もなく、一昨日の昼下がりに唐突にやってきました。

ちなみに。ややこしいことに、彼には——というか、彼女と言いますか——もうひとつ「静奈《せいな》」という名前がありまして、そちらは女の子です。うまく説明できません。

「義経はさておき、静樹《しずき》くんの方は将棋に集中しているようにはとても見えないのですが」

「そう？　真面目にやってるよ」

ソファの上で立てた片膝に顎を乗せたまま、静樹くんは小首を傾げます。顔立ちは相当な美形ですし、中学生だった頃から「この子は将来、きっと女泣かせになるだろうなぁ」と思っていましたが、歳不相応な落ち着いた雰囲気と、こういう無防備で艶っぽい仕草が同居している男の子がもし同じクラスにいたら、一挙手一投足が女子たちの話題を掠《さら》うことは疑いないでしょう。

「三手に一手はちゃんと盤面を見てるし」

三手に一手って、それは片手間よりテキトーにしか聞こえないのですよ。

ちなみに、二人が腰かけているのはテラスにあるソファです。

この東京駅11番ホームの駅舎は五階建てで、一番上の五階にホームおよび線路が隣接しています。テラスがあるのはその五階、いわゆるコンコースのフロアで、南東方向に面しているために午前中から正午過ぎにかけての間とても日当たりが良くて、今のような季節には居心地の良い場所です。

同じ理由で一階のロビーもよい場所なのですが、一階の外にはヘリポートがあるので、見晴らしはこちらの方が優れています。

で、朝っぱらからずっとそこで義経と静樹くんの二人（一匹と一人）が何をしているのかというと、将棋の対戦をしているのはもちろんわかるとして、静樹くんはほとんど将棋盤の方を見ていません。

彼は、三人掛けのソファの両脇を目一杯使って十数枚の電子ペーパーを広げ、何やら忙しげにそれらをかわるがわる黙読していました。

「えっと、じゃあ言葉を換えるのですよ。静樹くんは『何のついでに将棋をしている』のですか？」

「うん？　ちょっとね、野暮用――って」

ようやく顔を上げて私の方を見た彼はしばし、目を丸くして啞然となっていました。

「どうした？」

彼の視線を追って義経もこちらを見て、それから何事もなかったかのようにまた将棋盤に向き直りました……が、すぐにまた私の方を見ること、なんと三度《みたび》。

二度見ならぬ、三度見しましたね、今。そんなに意外なことですか。

「なに唐突に色気づいてんだよ」

挙げ句に、言うに事欠いてこれです。

「別に、急にオシャレしたわけじゃありませんよ。義経こそなんですか、その言い方」

普段、私は腰ぐらいまでの長さの髪を、結ったり束ねたりせずそのまま背中に流しています。これはまだ今の人工の身体になる前、十五歳のころのときと同じ姿でいたいというのが理由のひとつ。もうひとつは、私の身体を造ってくれた西晒胡《にしさいこ》の人工毛髪が、天然の髪や普及帯の他の人工毛髪よりとても品質の良いもので、多少乱暴に扱っても傷みづらいため、せっかくだからそのまま自然にしておきたいと思っているから。

とはいえ、手入れに手抜きはしていません。毎日のブローは大変ですけれど欠かしませんし、三日おきにヘアパック、毎朝の始業前までに人工毛髪用のドライ・トリートメントをかけています。

時間はかかりますが、母や祖母に習って小学生の頃から続けているので習慣化していて、今さら面倒と感じたことはないです。

で、普段はそのまま下ろしているだけの髪を、今日はちょっとアレンジして右側のワンサイドアップにしたので、義経は「色気づいた」と思ったようです。

「よく似合ってると思うよ、僕は」

「静樹、あまりコイツを甘やかすな。調子に乗って厚化粧を始めたらどうする？　お前は休日の暇つぶしに来たときだけですむかも知れないが、もしそうなったら俺は本番中の歌舞伎役者みたいなツラを毎日二十四時間拝まなきゃいけなくなるんだぞ。青菜づくしの夕飯の次に深刻な精神衛生《メンタルヘルス》上の危機だ」

「それは言い過ぎだよ、義経くん。僕ならキャバクラ・メイクのT・Bでもきっと可愛いと思うけれどね」

「んな不気味な想像をさせるな。俺の前頭葉が病むだろうが」

「ああ、それはいいね。僕は元より心を病むくらいT・Bに恋してるから、いっそ歓迎かな」

「あの……私抜きで私の話をするなと贅沢は言わないのですが、もう少し聞こえないようにとか、オブラートに包むとか、なにがしか気づかいの工夫をしていただけませんか？」

この二人（一人と一匹）の軽口にいちいち腹を立てていたらお腹がいくつあっても足りませんので、私はせめて「遺憾の意」を態度で示すべく、両手を腰に当てます。

ついでに溜息も零してしまいました。

「いやいや、僕は褒めてるつもりだけど。今の髪型は実に僕好み」

「はあ、そうですか。男の子の好みは難しいですね」

「真に受けんなよ、静樹にとっては社交辞令みたいなもんだ」

義経に言われなくても、私だってもう一世紀半生きているのですから、男性の褒め言葉にいちいち惑わされるほど幼くないのですよ。

「ひっどいなぁ。そりゃあ他の女の子にも同じことを言うかも知れないけれど」

「他の子にも言うんですか、節操ないですね」

「相手がT・Bのときは本気だよ」

「それもみんなに言ってそうです。余計に始末が悪いのですよ」

「そうかなぁ」

静樹くんは輪ゴムで無造作に束ねた髪を揺らしながら、整った顔に笑みを浮かべて小首を傾げます。

……まるで、なんでしちゃいけないの？　と、母親に問う幼児のような屈託のなさです。

「まあ信じる信じないはともかくとして、その髪型はアレかな？　僕に少しでも早く『静《せい》奈《な》』を意識させて、あわよくば交代させようと——そんなつもりかな？」

バレバレですね。やらないよりはマシぐらいのつもりだったのですが、ほぼ一目で見抜かれてしまったようです。

静樹くんと静奈さんはひとつの身体を共有する別々の人格ですが、自己暗示に必要なのか、静樹くんのときは右目を、静奈さんのときは左目を、長い前髪で隠しています。

だから、私がワンサイドアップにして右目の印象を強調した相貌になり、それを静樹くんに見せれば、あるいは昨日までのように静奈さんに戻ってくれるのではないかと、ちょっと期待していたわけです。

「でもそれ、無駄などころか逆効果だよ」

「逆効果、なのですか？」

「だって、僕と静奈が普段、鏡で自分の顔を見るとして、どっちの目玉が見えてると思う？」

静奈さんは左目を前髪で隠して右目を露わにし、静樹くんは右目を隠して左目を露わにしているわけですから、鏡に映ると左右が逆になって——

「……あ、あれ？　まさか、えっと」

「そういうこと。今の君の髪型《サイドアップ》は、静奈よりもむしろ静樹としての僕が鏡を眺めたときに見る形に近いんだよ。だから静奈への刺激にはならない、見飽きてる自分の顔だからね。ついでにいえば、それくらいで自意識が不安定になるのなら、静奈は高校で迂闊にお手洗《はな》いすら行けなくなっちゃうじゃない？　まあ実際のところ、中学二年の春ぐらいまで鏡を見るのはけっこうヤバかったんだけれど、今はもうまったく影響ないね」

「それくらい、二人の人格の分離は進行していると？」

「うん。多重人格者の人為的な育成は、不言《ふげん》の家のお家芸のひとつだからね。僕と静奈みたいな『出来損ないの予備』でも、十五歳ぐらいまでにはほぼ二つの人格への乖離が大方完成する。長女だった静江《しずえ》姉さんなんて、小学校に入る前にはもう完全に乖離してたよ。まあ静江姉さんは不言家の当主後継者のド本命だったから、あんな才能の固まりみたいな人と、僕や静奈みたいな音無《おとなし》の予備を比べられたら、僕たちもたまったものではないけれど——あ、義経くん、それやると五手先の『王手』で『詰み』だよ」

「なっ！　マジか!?」

義経は、桂馬に伸ばしかけた右の前足を慌てて引っ込めます。

「お前、頭の中で何手先まで読んでるんだよ」

「知りたい？」

「いや……やっぱりいい」

「その方がいいね、オススメ」

横目で盤面をチラ見していた静樹くんは、不敵な笑みを浮かべたまま、ソファに広げた電子ペーパーの方へ視線を戻しました。

「――で、何してるんですか？」

「ああそっか、この話だったね。君のヘアスタイルが新鮮で、あまりに印象的だったものだから、すっかり忘れていたよ」

この子、早くなんとかしないと本当に手が付けられないプレイボーイになりそうな気がするのですよ……身体は女の子なのに。

「こないだロンドンで爆破テロがあったじゃん、もちろんT・Bも知ってるよね？」

「自動走行中の二階建てバスが、一瞬で吹き抜けの青空移動教室になったという、あれですね」

「そうそう、見事な手際だったね。死者ゼロ、重傷者ゼロ、軽傷者がたった十九名のみ。二十一世紀の無差別で逆効果なテロの反省を踏まえた、鮮やかかつ洗練されたやり口だった。人への被害こそ小さかったものの、熟れすぎて破裂した果物みたいになったあのバスの映像は地球上をあっという間に駆け巡って世界の人々に衝撃を与えた。直後の犯行声明によって、先進国でカザフスタンの少数民族問題と紛争の激化を知らない人間は、情報放棄主義の懐古的現代隠者ぐらいになった」

「でも、そのせいで今までカザフスタン内戦への干渉に消極的だった英国が、米仏とともに限定的な空爆を開始することを発表しました。結局はテロの首謀者たちが自分の首を絞めることになってしまったのではないのですか？」

話がやや長くなりそうな気がしたので、私は義経の隣の席に腰掛けながら言いました。静樹くんとはななめ気味に向かい合う形になります。

「たしかに、あの一件で英国の治安および諜報関係機関の威信は大きく傷ついたように見える。でも、その一方で未来の国益を見据えて、涼しい顔で利害の天秤の針を正確に読み取ってた連中も少なからずいたんだ。英国はこれから行う空爆の位置と規模を、氷土とトルコの協力者を通して現地の反政府勢力に逐次、伝えるだろう。英国の作戦だけではなく、米仏のそれも、入手しうる限りね」

「その見返りに、国内でのテロをもうしないと約束を取り付けると？　ちょっと三流陰謀というか、安っぽくないですか？」

「ほんっとにバカだな」

「君は優しくて真面目だね、T・B」

隣と向かいの二方向から返ってきた評価はかけ離れすぎていて、私は困惑せざるを得ませんでした。っていうか義経、あとで覚えておきなさい……。

「この世界には四種類の人間がいる。これをまず『人ひとりの命を犠牲にしてこそ得られるものがある』と考えている側と、『人ひとりの命はとても大事』と思っている側の二つに大ざっぱに分ける」

「本当に大ざっぱだな。お前、雑草と花壇の区別が付かなくて小学校で叱られたことがあるだろ」

「ああ、覚えがあるよ、義経くん。ただし、僕が折ったのは花壇の花ではなくて一鉢四十万円の胡蝶蘭だったけれどね」

「……ガキのころからスケールがイカレてるな」

「教頭先生の手入れが下手で萎《しお》れかけていたからね。まあ僕の生温かい思い出話はどうでもいいや。『人ひとりの命を犠牲にしてこそ～』というタイプは二種類にくっきりと分けられる。片方は『人の命というものを大事にする理由がそもそもよくわからない』。これは精神病質者――いわゆる〝サイコパス〟に多く見られる反応だ」

「そう言い切ってしまうのもどうかと思いますが……」

「じゃあサイコパスと呼ぶのをやめてもいい。ただし、それでも現実にこの世界には一定数、この種の人間が生まれてくる。それこそ『選別』でもしない限りはね。君だって、長く生きているのだから、こういうタイプの人間には出会ったことがあるんじゃないか？」

それは、と言いかけて、私は口をつぐむしかありませんでした。

「で、もう片方が『十人のうち七人を生かすために三人が死ぬこともある』という、割り切った考え方の人間だ。僕はここに入る。人数で決まるとは限らないけれどね。たとえば、十人のうちの一人が、後々に百人の命を救うことができる能力を持っているのなら、彼を生かして残りの九人が死ぬことを許容するかもしれない」

「それは自己陶酔型の独裁者を生み出す土壌で流行る思考だぞ」

「否定はしないよ。世界が僕みたいので溢れていたら、人類はとっくに絶滅しているだろう。ただ、こういう人間がまったくいない世界でも、人類は貧しく不幸で絶滅寸前だろうと思う。それに君だって残り二タイプの人たちに比べれば、ずっと僕寄りじゃないのかな、義経くん」

「どうだかな」

将棋盤を見つめたまま、義経はフンと鼻を鳴らしました。

「で、残り二つのタイプが『人ひとりの命はとても大事』と思っているわけだけれど、実はこの二種類の人間は、まったく折り合わない。たとえ結論が一致していても過程が似ても似つかない上、腹を割って話し合えば話し合うほどに、双方の間に横たわる溝は深くなっていく」

「なぜです？　一人ひとりの命が大事と思う人は、たとえ意見の違う相手でも尊重するのではないのですか？」

「だったら、不言や峨《が》東《とう》の仕事はずいぶんと楽になってるんだけどねぇ……非才の僕なんか音無の姓すら与えられずに、峨東家からとっくにお払い箱にされてるだろう」

両腕を広げて、静樹くんはお手上げとばかり肩をすくめて見せます。

道化を演じていますが、非才だなんてとんでもない。静樹くんは昨年、静奈さんが不調のときに代わりに全国模擬試験を受けて、うっかり間違えて全国総合四位になってしまい、お家でこっぴどく叱られ、親戚の皆様からもたっぷりお灸を据えられ、お父様まで宗家の会合に呼び出されて、と、ひどい目にあったそうです。

すばらしい成績を残したのに怒られる学生って、色々おかしいと思うのですが、静樹くんに言わせれば「カンニングみたいなものだから」だそうで。あと、家督を継ぐまでは目立ってはいけないと、幼いころから厳しく言われているそうです。お家の事情は様々ですね。

「それはさておき。極限状況下で常に全ての人間を救うことは、現実的に不可能だ。だから、人ひとりの命が『星よりも重い』と思っているような人は、誰かを救えず代わりに誰かを救える状況で、剝き身の本質をあられもなく曝《さら》け出すことになる」

「……どういうことですか？」

「恐いなぁ。声が一段低くなってるし、きれいなおでこの下に皺が寄ってるよ。可愛い顔がもったいない」

言われて気づき、私は慌てて自分の眉根をなでてならします。

「まあ、そういう表情のときの君も僕は好きだけれども」

脚を組み替えながら、静樹くんは喉で笑っていました。

「片方は誰からも賞賛される行動を模範的に起こすタイプだ。簡単に言えば『正義の味方型』とでも呼ぶことになるかな」

「特撮モノの主人公みたいな、ですか？　戦隊ヒーローとかロンリー・ヒーローとか」

「うーん、ちょっと違うな……君はそういう反応をするのか」

「な、バカだろ」

「いやいや、可愛い可愛い。本気でそう思うよ」

男同士、なに目と目で通じてるような会話しているのですか、気持ち悪い。

「うーんとね、言い換えるとだね、そうだなぁ——このタイプの連中は、誰かを犠牲にするような決断を、自分自身では絶対に下さない。身も蓋もない言い方をすれば、コイツらはそういった大事な判断と責任を、必ず『大衆に丸投げ』する」

「丸投げ？　住民投票のような、です？」

「いいとこを突いてきたね。君が今言ったとおり、この連中は大衆迎合《ポピュリズム》のぬるま湯の中でしか存在し得ない、民主主義の〝鬼子〟だよ。彼らは権力を憎み、弱者を祀《まつ》り、弱きを助け強きをくじく。一見すると市民として極めて模範的だ。だけれども、こいつらは一人ひとりが独裁者の力である剣と銃を『数の暴力』に持ちかえただけの暗愚な暴君だ。独裁者が独裁を続けるため権力を行使するように、彼らは大衆の数を力にする。独裁者が権力を持ち維持するために金と軍事力を必要とするように、連中は大衆の賛同と賛美を常に追い求めている。彼らは『模範的だから大衆に支持される』のではなく、『大衆に支持されるために模範的でいる』んだ」

「でも、そのお話ですと、手段と目的が入れ替わってしまっているのですよ。『人の命は星よりも重い、だから命を守る』という模範的観念が、集団から支持を得るためのただの道具と化しているのです。それではまるで、信念がお飾り……ああ、そういうことですか？」

「その通り」

彼は嬉しげに指を鳴らしました。

「連中の口にする信念なるものは、時代や場所に合わせて変幻自在だ。そうなってしまう理由は、それが本当の意味での信念ではなく、『多くの人から賛美される』という目的達成、自意識の充足のための『ファッション』にすぎないからだよ。『人の命は星よりも重い』というスローガンも、近現代における人権重視の倫理観に沿って、相手の反論を情緒的に封じるための便利なツールに過ぎない。彼らは『褒められる』ことを何よりも希求している。まるで小学校の先生に媚びるようにね。だから後で状況が悪くなっても決して責任は取らない。当たり前だね、だって自分の主張なんて心から信じていなかったんだから」

「それで私がその一人だとおっしゃるわけですね？」

私が言うと、彼は心底驚いたように一瞬だけ目を丸くし、それから噴き出して苦笑し始めました。

「……なにがそんなにおかしいのです？」

「バカだからだろ」

「義経は黙っていてください」

「いや、いやいや、もう、君は本当に可愛いな。どうしよう、二人きりなら今すぐ強引に押し倒して僕のものにしてしまいたいぐらいだよ、可愛過ぎる」

「やるなら俺のいないところでやれ。あとこの対局が終わってからだ」

どこまで本気なんでしょう、もう、まったく。

「T・B。君みたいな人は、ここまでの話の三タイプのどれにも属さない」

静樹君は将棋盤の方には見向きもしないまま右手で駒を動かしながら言います。

「君は他人の命を軽々しく扱うことなんてできないし、かといって差し引きで命を物のように数えて比べることもしない。では、ファッションとして『人の命は星よりも重い』なんて口にするのかと言えばそんなこともない」

「静樹、やめとけ」

口を挟んだのは義経です。でも静樹君は義経を一瞥《いちべつ》しただけですぐに言葉を続けます。

「前のタイプと具体的にどう違うのかといえば」

「やめとけ、静樹」

「人ひとりの命が『星よりも重い』と思っているような人は、誰かを救えず代わりに誰かを救える状況で、剝き身の本質をあられもなく曝け出すことになるってさっき言ったよね――」

「お前の言いたいことはだいたいわかった。それでこいつをどうしようとしているのかもな。だから、その辺でやめとけ」

「なんでさ？　ここからが本番だろ。むしろこんな中途半端でやめたら彼女が混乱してしまう」

「頼むから四度目は言わせるなよ。そうでなきゃ、俺はお前の喉笛を嚙みきってうだうだ言えないようにしなきゃいけないからな。最後だ、や・め・と・け」

視線は依然として将棋盤を見つめたままでしたが、義経の声は聞き慣れた私ですらぞっとしないほど、低く響いて威圧的でした。

その乱暴な口調を私が注意しようとしたとき、静樹君が左手で私にやめるように制止し、右手で「しっ」という仕草をして見せたのです。

私にはさっぱりわけがわからないので、とにかく黙るしかありませんでした。

「義経君は相変わらず過保護だなあ」

「そうでもねぇよ、オモリに手間がかかるとは思ってるがな」

「誰のオモリで、誰に手間がかかるですって？」

私が詰め寄ると、義経は窓の方を向いて視線を避けます。それを追いかけて私が身を乗り出すと、さらに顔を背ける始末。

「まあ、たしかにこの先は余談だった」

また苦笑しながら、静樹君が言います。

「さっきの紛争への英国の不可解かつ中途半端な介入の理由は、ここまでの三タイプの人間だけで説明できる。歴史上、ごく一部の名君や天才みたいのを除けば、政治だの経済だの統治だのをやらせてそこそこうまくやるのは、二つめの『七人を生かすために三人を見殺しにできる』タイプでね。かといって少なくない犠牲者の発生を容認する以上は、民衆の支持を集め続けるのになんらかの『工夫』がいる。それがスローガンって奴で、まあ中身はなんでもいい。たとえば『デモクラシー』とか『鬼畜米英』とか『民族自決』とか。なんでもいいから『強い者に立ち向かう弱者』という仮初めの衣装を、現役の権力者、あるいはこれから権力を掌握しようとする野心家は纏い続けなくてはいけない」

「そうすると、三番目の『ファッションで模範市民をやっている人たち』を敵に回さずにすむと……いえ、あるいは味方にすることもできるのですか？　まあ、人命優先とか言っておけば批判を封じることができるのはわかりますが、でもそれはノイジー・マイノリティなのでは？」

「サイレント・マジョリティだって『人の命がかかってます』と言われたら、大声で反論はできないさ。元より責任は取りたくないし、声を上げる気力に欠け、自立心薄弱だからサイレント・マジョリティでいるわけだしね」

「らしくもないな、ずいぶん偏った物言いじゃねぇか」

いつもの声に戻った義経が言います。

「うーん、そうだね、悪い意味で厭世的というか……そう、峨東的だったね。こういうのは本来、音無家の僕の範疇じゃあんまりないんだけど、今はこの方がわかりやすいから。まあいずれにせよ、今の英国はこの『そこそこうまくやれる』宰相と閣僚に恵まれているんだ。そして英国は永らく世界屈指の金融大国で、同時に保険大国だ。だから、巨大な金融商品や大きな保険事業で損失を被ると国が傾く。それゆえに諜報部門は二十世紀来、常に世界トップクラスの実力を発揮してきたし、西洋社会的な世界秩序の拡大と維持にも、他の欧州各国に比べてより積極的に尽力してきたわけだ。で、その英国の保険事業が現在、史上最悪レベルの危機に直面してる」

「ああ、ええっと、冷凍睡眠の……なんでしたっけ？」

「コールドスリープ・ミッドターン問題だろ」

義経が助け船を出してくれました。

「あ、そうそう、それなのですよ。ありがとう、義経」

「ニュースに目を通してれば当たり前の知識だろ」

一言多い子ですね、あいかわらず。

「元よりムシの良すぎる話だ。いくら契約期間が決まっているとは言え、最終的な冷凍睡眠施設を決めないまま、十年おきに中間施設を世界中に転がしてんだからな」

「まあ、年平均気温が一度上がるだけで数十億円の損失が出るらしいからね、金融商品としてのリスクを下げるには妙手だったたんだろう。最終施設なんて公表したら地元の人たちの同意がなかなか得られないし」

「『生きた棺桶なんざお断り』ってんだろ」

「ついでにいえば、長期冷凍睡眠中の契約者の大半が大資産家ばかりだった、というのも反感を呼ぶ理由だね」

まあ、お墓だって「明日からお隣に作ります」と言われたら、私だって少し悩んじゃいますし、お怪我や病のかたならともかく、お金に物言わせて自ら眠りについて物言わぬ身体になった何千もの身体がご近所にあります、というのもなかなか不気味なのかもしれません。もし観光地なら致命的な問題になるでしょう。

「で、『取りあえず長くとも十年だけで、すぐに移ります』と喧伝して、世界中の避暑地を転々としていたんだけれど、おおやけなサービス開始から百年以上を経た今ごろになって、ついに次の引受先が見つからなくなったんだよ。この百年間で契約を満了した睡眠者も多かったから、残りは六十万人ぐらいなんだけれど、この行き先が決まってない。とりあえず、北米のアラスカと氷土の北極圏が有力候補なんだけれども、ここいらはもともと難病罹患者向けの特別な冷凍睡眠施設が先にあってね、一般の冷凍睡眠とは区別されているのと、一定度より人口の少ない場所には移動しないという初期の契約にも反することになる」

眠っている間もさみしいところは嫌、みたいな感じでしょうか。

「でも、それと英国の紛争介入にどのような関係性があるのです？」

「あまり知られていないんだけれども、この長期冷凍睡眠を保険の様式で金融商品としてはじめに売り出したのは英国の大手国際保険会社でね、さらに世界中の同種の保険の再保険を担っているのも、九割以上が英国の再保険会社なんだ。つまり契約満了前に睡眠者が覚醒してしまったり、あるいは睡眠者に後遺症が残ったり、最悪死亡してしまったりすると、本人や遺族に莫大な違約金や保険金を支払わなくてはいけない。もちろん、時代ごとの技術水準にもよるので、冷凍睡眠のリスクは保険会社もある程度まで折り込み済み。だけど、さすがに六十万人の違約金をまとめて支払うとなると、高額な保険商材だから関連会社まで含めて世界数千の大小保険会社の資金繰りが一気に焦げ付く《ショートする》し、そうするとその火は再保険会社にまでおよぶ。そして世界でこの種の金融商品を扱う大手再保険会社は新旧まとめてほとんどが英国を拠点にしている。二十一世紀のUSA——当時の北米のサブプライムローン問題は知ってる？　あれの再来、英国版だよ」

「ああ、もしかして……カザフスタンの内戦には氷土が大きな影響力を及ぼしているらしいですから、英国としては氷土のご機嫌を損ねるようなことになると、冷凍睡眠者の移動に大きな支障が出て、自国の経済が大きく傾きかねないので、可能なら大規模な紛争介入は避けたいのですね。かといって、もう一方の最終候補地を持つ北米との歩調を乱すわけにもいかないから、表向きは軍を派遣し、一方でどちらの陣営にも大きな被害が出ないよう、裏で取りはからうと」

「そういうこと。英国伝統の二枚舌外交の真骨頂だね。それで実は、その冷凍睡眠保険を引き受けていた企業が日本にも少しあって、このうちいくつかが面倒なことに峨東流派の傘下でね。峨東としては、世界規模の金融危機の火の粉が飛んでこないよう、手を打つ必要に迫られてると、いうわけ」

「まさか、静樹君がその対策を任されたのです？　そのたくさんの電子ペーパーはそのための書類ですか？」

「僕だけじゃないけれどね、まあ紛争をあまり拡大させない方向でなんとかしてみせろって、朝の電話でそう宗家の方から命令を受けた」

「だって、静樹君はまだ高校生じゃないですか」

当惑している私の顔を見て、静樹君がまた苦笑します。

「僕の心配をしてくれるの？　嬉しいなぁ。でもほら、もしこのまま不言の家督を継ぐことになれば、僕は峨東の身内ではいちおう二百七十二歳ということにされるし、その資格と資質を十分に備えているか否か、僕を試すつもりなんだ、たぶんね。二条のおじさんが――宗家の親類だけれど――試練じゃなくて宗家の皆に認められるためのチャンスを僕にくれたんだと思うよ。あの人、強面だけどたまに人情深いところがあるからね」

未成年に責任の取れるスケールのことはとても思えないのですが、峨東の人たちはやはり頭のネジがどこか外れているか、余計についているとしか思えないのですよ。

「静樹君はすごいですね」

「なにが？」

目をぱちくりさせて、静樹君が心底不思議そうにたずねてきます。

「だって、高校生が海の向こうの紛争を一人で止めるなんて、まるで映画や小説の主人公のようじゃないですか。私なんて、この小さな駅のことでいつもいっぱいいっぱいなのに」

「そんなに褒められたことじゃないよ」

かすかに視線を逸らし、静樹君は肩をすくめました。

「さっきも言ったように、これは『十人中七人を助けるために三人を犠牲にする』作業だからね。いくら紛争中の両勢力の被害を減らしたところで、空爆をする以上は一般市民への被害はなくならない。それに、空爆の予告なんてしたら、兵士は逃げられるかも知れないけど市民は置き去りだ。死ぬ人間はたしかに減る。でも、罪のない民衆は〝予定通り〟に死ぬ。だからね、もし君が僕のこの行為に思うところがあるならば、それは紛争の拡大を防いだことではなく、悪魔のような判断をした僕の異常さに嫌悪感を抱いたことの裏返しだと思うよ」

「そんなに卑屈にならなくても。だって、静樹君がそのお話を断ったら、だれかがその代わりをするのでしょう。私は、重責を引き受けているあなたに心から感心しているのですよ」

「そう？　なら、ありがとう」

鼻をかく仕草が、年相応に照れているように見えて、少し可愛らしかったです。

「それはそうと、そろそろ『眠り姫』のところへ行く時間じゃないの？」

「ええ、そうなんですよ……」

私は胸に抱えていた義経の頭を突き放して、大きく溜息をつきました。

「やっぱり乗り気じゃないみたいだね、珍しい。さしもの君も、彼女たちみたいのの相手は経験値不足でつらいってとこかな？」

「当然なのですよ、私は精神科医でも宗教家でもないんですから。こんなことは初めてのケースで、いったいどうしたものか……」

正直、気が重いのです。

「まあ無理もないね。彼女たちは二十一世紀以前には文明レベル的に発生し得なかった、極めて特異なタイプだから——ねっ、と」

ソファの上の四方八方へ散らばって折り重なっていた十数枚の電子ペーパーを、静樹君はまるでカジノの熟練ディーラーがシャッフルしたカードを操るかのように、鮮やかな手つきであっという間に綺麗な束にまとめ、それをテーブルの将棋盤の脇に置きました。

「一緒に行こう」

「は？　でも——」

「僕も宗教家や精神科医ではないけれど、いちおう峨東一族の末席候補だからね、あの手の異常をきたした人間の扱いにまったく心得がないわけじゃない。君の持ってるその古びたJ.R.C.D.の特殊乗客対策マニュアルよりは役に立つかも知れないよ」

私の膝の上にある紙の冊子を指差しながら、静樹君はソファから立ち上がります。

「大丈夫、余計なことはしないし、言わないよ。君の仕事の邪魔にはならないと思う。君だって一人で行くより、後ろに誰かいた方がいくらか心強いだろ？　それに僕は客じゃなくて君の旧知の友人としてここにいるわけだし、多少手伝いをさせても罰は当たらないさ」

「おい待てよ。将棋《こっち》はどうすんだ？」

背伸びから屈伸へ。凝った身体をほぐしている静樹くんに、少々慌てた様子で義経が言います。

「朝の九時から打ちっぱなしだよ。もうすぐ正午だし、ちょっと一休みしよう。それに君の番で止まっているんだから、長考する時間を少しあげるよ」

これには義経もカチンと来たようで、眉間に皺を寄せていました。

「そこまで言うなら、お前が戻ってきたとき盤面が逆になってても文句言うなよ」

「いいよ、それでも勝ち目は十分あるから」

啞然とさせるひと言です。義経も「ぬぅ」と唸っていました。

「それより、君はさっきから僕の飛車と角を狙っているようだけど――」

「だ、だったらどうしたってんだ？」

「七手先で闇雲に僕の飛車を落とすと、その三手先で王手金取りで、そこから二手先で詰みになるから気をつけて」

色を失った義経の視線が、将棋盤と静樹くんの顔の間を往復します。

「なぬ!?」

「お情け《ヒント》、いる?」

「いらん!」

「今回は『待った』が十二回までだから、あと四回も残ってるし、のんびり考えてみてよ。じゃ、そういうことで……行こうか、T・B」

当たり前のような自然な所作で肩を抱こうとしてきた静樹くんの左腕を、私は屈んでくぐりぬけ、かわします。

「うーん、昨日から連敗続きだなぁ」

空振りした左手を見つめながら、静樹くんは苦笑していました。

「もう何十回もひっかかってますから、私だっていつまでもされっぱなしじゃないです」

「君の反応がウブで面白いんだけどなぁ」

「ウブじゃありません、毎度びっくりさせられてただけなのですよ」

「それをウブって言うんだよ。で、眠り姫の茨の城《おへや》はどこだっけ?」

「三〇二号室です」

「三階か、なら階段でいいね」

将棋盤と睨めっこしたままウンウンと唸り続ける義経を置いて、静樹くんと私はフロア中央の吹き抜けの螺旋階段を降りました。

「……あの、静樹くん。ここへ来るたびに無理して義経の将棋に付き合わなくていいのですよ」

「無理？」

声を抑え、二段前を行く静樹くんに言うと、静樹くんは振り向きながら不思議そうに目を丸くしていました。

「義経ったら、静樹くんに将棋で勝てるわけないのに、静樹くんが来るたびに未練がましく将棋盤をひっぱりだすんですもの」

「義経くんさ、相変わらずアックスコ……じゃない、アリスちゃんと続けてる？」

「何をです？」

「チェス。もうすぐ三千連敗だったはずだけれど」

唐突に話題を変えられて、今度は私の方が首を傾げることになってしまいました。

「たしかそれくらいですね。アリスに確認してみます？」

「いや、いいよ」

静樹くんはこちらへ振り向きながら手すりに寄りかかります。ちょっと立ち話という雰囲気になりました。

「わりといいとこまでいくでしょ？」

「私はチェスも将棋もできませんから……でも、そうですね、今日はついに勝てそうと思ったことは何度もあったような」

「アリスちゃんも人が悪いね、さすが峨東《うち》の当主代理の肝いり人工知能《ナルシスト》だ。性格が似てきたのかも」

「やっぱり、アリスが手加減しているのですか？」

私が言うと、静樹くんは頭を小さく横に振りました。

「百年前ならまだしも、今の第七世代人工知能に人間が勝てるわけないよ。麻雀みたいな運が絡むゲームならともかく、将棋や囲碁、それにチェスやオセロなんかではね」

「静樹くんでも？」

「無理だね。ただ、一方的に圧勝してしまうと相手がゲームをするのをやめてしまうから、ぎりぎりまであえて不利な選択をするようなアルゴリズムを自身にインストールしているんだろう。だから、終盤になってまるでドミノ倒しのような見事な逆転をしてみせることになる」

「はあ。そうと知らない義経は、アリスの手の平で見事に踊らされているわけですね」

「いやいや、義経くんだってそんなことは百も承知だと思うよ。そこが義経くんのすごいところさ」

南側の窓から差す光のせいで、静樹くんの顔は逆光で暗くなっています。ただ、影になった相貌の中で歯だけがいやに白く見えました。

「勝ち目がないって百も承知の上で、それでも怯むことなく繰り返し勝負を挑んでる。普通に考えれば愚かしい行為だけれども……男の子ってさ、そういうところあるんだよ。負けるってわかってても、やめられないことがね」

あまり静樹くんらしくない、釈然としない話し方なのです。

「負けを認めないって、それはそれで男らしくないような気がしますが」

「一回一回の勝負では負けかも知れないけれど、それでも挑戦をやめなければいつか勝利を手にする可能性はなくならない――っていえば、少し伝わる？」

「往生際が悪い時代劇の悪役みたいなのです」

「手厳しいなぁ」

天井の方、たぶん義経のいる方を見上げて、静樹くんは苦笑していました。

「だって人工知能に人間が勝てないと言ったのは静樹くんですよ、なのに可能性がゼロじゃないっておかしくないですか？」

「まあ、僕もいちおうは第七世代の生みの親である峨東の端くれだからね、そういう言い方をせざるをえないのだけれども。それでもね、人工知能だろうが、鏡状門《ミラーゲート》だろうが、有機式義体だろうが、ほんの二世紀くらい前まではどれも奇跡みたいな夢の技術だったんだ。君とこの11番ホームにはその三つが揃って存在してる。君自身、ある意味では歩く奇跡みたいなものだ。文明の進歩ってさ、そういう奇跡の繰り返しでできてるんだよ」

「現代科学の最先端を歩んでいる峨東の人とは思えない言葉ですね」

「それは思い違いだよ。最先端にいるからこそ、科学者や技術者たちは非科学的で理不尽な事態に毎日のように遭遇している。出口のない迷路を彷徨うがごとくね。もしかすると、この世で一番『奇跡』の存在を信じているのは、宗教家や預言者ではなくて僕たち科学の眷属なのかもしれない」

奇跡でも信じなければやってられない、みたいな気持ちなのでしょうか。

「宝くじは『買わなきゃ当たらない』って言うじゃない。科学も同じでね、十人が挑んで十人とも失敗したとして、普通の人はそこで諦めてもいいけれど、僕たちみたいのは十人でだめなら百人で繰り返す。百人で駄目なら千人で、千人で駄目なら一万人——そうやって、もし一万人目のたった一人が真実を掴んだとき、賞賛を受けるのはその彼または彼女だけだ。でもそれは、そこに至るまでの九千九百九十九人の人生をなげうつ犠牲の上に成り立ってる。たった一人の天才も、一万マイナス一人の無謀な挑戦なくして生まれえない。なぜなら誰が真実に辿り着く天才かなんて、一人ひとりが天寿を全うして死ぬその瞬間まで誰にもわからないからさ。知能指数と偏差値、それに学歴や経歴だけで判別が付くなら楽なんだけれども、今のところそうはなっていないからね」

「ああ、なんとなくなのですが、静樹くんの言いたいことがわかってきました」

私も手すりに背を預け、瞼を伏せてここまでの話を頭の中で反復します。

「義経も自分が一人でアリスに勝てるとは考えていないけれど、死ぬまで勝てないにせよ、挑戦することは無駄ではないと思っているわけ……な、の、で、す、ね！」

案の定、私の背中越しに右肩へ伸びてきていた手の甲を、摘んで捻りました。

「最近のT・Bは隙がないなぁ」

真っ赤になった手をヒラヒラと振りながら、静樹くんは軽薄に笑っています。

「見え見えなのですよ」

とは言いつつも、内心で冷や冷やしていました。私は私で、静樹くんが年々手強くなっているような感覚を覚えていたからです。

今はまだ年上の私の言うことをそれなりに聞いてくれていますが、このままではいつか本当に瞬く間の油断もできないくらい手に負えなくなるのではという気がします。

先代も先々代も、ご当主以外の人も、不言のお家の人はみんな一癖も二癖もある人ばかりでしたが、静樹くんは本当に危なっかしい感じがするのですよ、なんとなくですが。こういうことも、いったいどこまで冗談でどこまで本気だったのかわかりませんし。

「まあ、義経くんが僕と将棋をするのは他にも理由があるのだけれど」

「アリスとチェスをするのとは別に？　どんなです？」

「そっちは言わない。言ったら僕が義経くんに殺されちゃうからね、たぶん」

軽くて薄いことティッシュペーパーなみの笑みを浮かべて、静樹くんは手すりから背を離しました。

「それってどういう……？」

「君が可愛いから」

またそうやって誤魔化す。どうにも最近、静樹くんには振り回され気味なのです。

「さ、そろそろ行こう。あまり待たせて眠り姫のご機嫌を損ねでもしたら大変だしね」

再び階段を降り始めた静樹くんの背中を見て、ふと思いました。

そういえば、静樹くんは階段を降りるときは必ず私の前を行き、昇るときは必ず私の後ろからついてきます。

それはつまり、私が万が一、階段を踏み外すようなことになったとき、必ず助けられる位置取りをしているということで……。

引っかけた草履で先を行く静樹くんの頭を見下ろしながら、私はつい溜息をついてしまいました。

本当にいい子ではあるんですよね。誰か聡明な恋人でも見つかればいいのですけれど……私以外で。私はちょっと頭がついていかないので、私以外で。でも、身体だけじゃなくて静奈さんやお家のことがあるからやっぱり無理なのでしょうね。

2

「紗弥《さや》さん、身体のお加減は――」

ノックと「失礼します」の常套句の後、ドアを開けてすぐ、私は軽く己が目を疑いました。

今日までの一週間ほとんど寝たきりで、私と話しているときも人形のように微動だにしなかった眠り姫――紗弥さんが、起き上がって四つん這いになっていたからです。

「これはこれは、眼福な光景だね」

後ろから覗き込んできた静樹君の顔を、私はドアの外へ押し返します。やはり油断も隙もあったものではありません、この天然助平。

紗弥さんが着ているのは病衣、つまり薄手のガウンだけだったので、ほっそりとした身体のラインが透き通って丸見えになっています。

私が近寄って肩にカーディガンをかけてあげても、彼女は食い入るように壁の方を見つめたままでした。

そこには水槽があります。彼女はその水槽に鼻の先が付きそうなほど顔を近づけていました。

「魚、お好きなのですか？」

「奇妙だ」

……また奇妙な言葉が返ってきました。

「人間をまったく怖がらない」

水槽の中にはプラティとオトシンクルスネグロなどが入っていますが、たしかに少女が指で突いてもまったく意に介した様子はありません。

二十センチもあるロングフィンプレコに至っては、黒く長いヒレを天使の羽のように優雅に揺らしながら、暢気にガラスの表面についた付着物を食べていました。

「これは仮想《バーチャル》水槽です。本物の水槽は都内の業者さんのところにあって、その映像が壁に映っているのですよ」

「奥行きがあるようだが？」

首を左右に揺らして眺め、その視差があることを不思議に思っているようでした。

「立体映像《ホログラム》の一種です。あなたがお眠りになったころはまだなかったと思いますが、この技術のおかげで今は水槽をまるごと業者に委託して鑑賞専用にしている人も多いです。私は餌だけ自分の操作であげていますが……紗弥さん、面白いですか？」

「六十二名中四十八名が『興味深い』と主張している」

これが彼女の独特の表現で、私を戸惑わせている一因です。

「アリスが水槽《アクアリウム》を出して差し上げたの？」

『はい。「暇つぶし」をご所望の上、生き物が見たいとのことでしたので』

私が天井に向けて問いかけると、機械的な声でアリスが答えます。

「そのお姿勢では疲れてしまうでしょう。水槽は動かすこともできますから」

私が水槽を壁からジェスチャーで引き出すと、紗弥さんの視線もそれに釣られるように百八十度回転します。

水槽はベッドの上で宙に浮いた形になります。立体映像なので、こういうこともできるわけです。

紗弥さんはその姿も所作も、どこかよくできたお人形のよう。二重の目はぱっちりとしていて、瞬きするときよくわかります。長くまっすぐ伸びた髪も、作り物のような印象を際立たせます。

リクライニングのベッドの上に紗弥さんの身体を横たえ、カーディガンのボタンを上から二つ留めたところで、入り口の方からドアをノックする音が二回、響きました。

「……もういいですよ」

「彼は？」

ひょこっと顔を出した静樹君が、あの薄っぺらい笑顔で入ってきます。

「ああ、実は――」

「T・Bの恋び……っ」

草履を履いた爪先を踵《かかと》で踏み潰してあげました。

「友達でーす」

声音まで軽薄で、ますます怪しいのでやめて欲しいです。

「音無静樹君と言いまして、ええっと、その……」

「峨東流派の下っ端です。よろしく」

馴れ馴れしく差し出された手を、意外なことに紗弥さんはあっさりと握り返しました。

「峨東の技術者か？」

「そんなに老けて見える？　まだ高校二年生だよ、歳は君の覚醒年齢とほぼ同じくらい」

「ならばいい」

紗弥さんは手を離し、また視線を水槽の方へ戻しました。

普段は眉一つ動かさない紗弥さんが、一瞬だけ緊張したように見えたのは私の気のせいだったでしょうか。

紗弥さんは長く伸びた髪を鬱陶しそうに払ってから、またベッドに背中を戻します。

「それで？」

アリスに勝るとも劣らないほどそっけない声です。ちょっと恐いぐらい。

「はい。ご依頼の件ですが――」

手近な椅子を静樹君に勧めたのですが、彼は手振りで断って腕組みしながらドア脇の壁に背中を預けました。なので、私が腰かけて紗弥さんに応じます。

「東J.R.C.D. 本部の方で、J.R.C.D. 国際貨物の代表者も招来して、現在も検討中です。ひとたび貨物としてJ.R.C.D. 国際貨物の方でお引き受けしたものを、元来は旅客専門の東J.R.C.D. に移管することは前例がないもので、法的な問題が発生する可能性も含めて弊社の法務部が精査していまして、もうしばらくお時間を頂くことになるかと……」

「つまり、今日も進展がないと？」

「誠に面目のないことですが」

「六十二名中五十九名が無用と主張している」

紗弥さんの視線は再び水槽に戻りました。

顔色を窺《うかが》う限りは相変わらずの能面で、機嫌を損ねたようには見えないのですが、そうぴしゃりと言われてしまうと気まずいですね。

「本日はもう一件、お知らせしたいことがあって参りました」

了とも否ともお返事はなかったのですが、黙認と受け取ることにします。

「ご親族ではないのですが、紗弥さんの身元を引き取りたいと申し出ていらっしゃる方が見つかりました。今日の夕方にもこちらへお出でになるようです」

少し興味を惹いたのでしょうか。水槽を見つめる双眸《そうぼう》が二度、立て続けに瞬きます。

「お名前は『御戸時昭彦《みとどきあきひこ》』。紗弥さんがコールドスリープでお眠りになる以前、ちょうど百年前になりますが——祖父にあたる『達彦《たつひこ》』氏が紗弥さんと大変親しい関係にあったとのことで、是非にとお申し出になっています」

「達彦……の孫？」

目だけで紗弥さんがこちらを振り向きます。睨まれているような気がして、少し背筋が冷えました。

「達彦、本人は？」

「えぇっと……十四年前にお亡くなりになりました。その後、ご子息の有彦《ありひこ》氏も一昨年に急逝されています」

鋭い眼光がどこか円くなって、再び水槽の方へ戻ります。それからリクライニングベッドにより深く背を預け、小さく溜息をついていました。

「達彦は、家庭を持ったのか」

「そ、そのよう……ええと、ですね」

慌てて電子ペーパーをめくり、婚姻関係などを確認しました。だいぶ晩婚だったようですが、たしかに所帯を持っていた記録がすぐに見つかります。もちろん、達彦さんは血縁関係のある実の孫、ということになります。

「それで、ご了解いただければ、ひとまず昭彦さんとのご面会を——」

「六十二名中六十二名が拒否を主張している」

　ぜ、全会一致ですか。

「ですが、一度お会いしてみるだけしてみても……」

「全員が東J.R.C.D.の旅客者として認められるまでは、この身体の所在を余所へ移すことは検討議題にすら上ることはない。よって、身元引受人も必要ない。これは六十二名の総意だ」

　全否定なのです。

　弱りました。先にこちらの要件の是非を示さなければ一歩も動かないという意思表明。てこでも動きそうにありません。本部の決定がいつ下りてくるかわからない上、昭彦氏は今日中にいらっしゃるというのに、これではいつお引き合わせすることができるやら。

「二、三、質問をいいかな」

　心中、頭を抱えていた私の後ろから、例の緊張感皆無な声がしました。

「許可する」

「ありがとう」

　壁際にいた静樹君がこちらへ歩みよってきて、隣に立ちます。

　私の肩に伸びてきた手は、もちろん容赦なくはたき落としました。

「まず、君たちの意思決定のルールに纏わるところを確認したい。主に多数決で採決をしているようだけれども、議決ラインは過半数？　それとも三分の二？」

「過半数だ」

なるほど、と呟きながら、静樹君は意味ありげに頷いています。

「じゃあ次。君の――いや、その身体の項《うなじ》を見せてもらえるかな」

いきなり何を言い出すのかと私が慌てて口を挟もうとしたら、手の平で口を塞ぐように制されてしまいました。

「許可しよう」

意外なことに、紗弥さんは素直に従ってこちらに背を向け、長い髪を両手でかき上げて、襟足まで露わにしました。

その瞬間、私の息は止まりかけます。あまりに驚いたので、肩に置かれた静樹君の手を払いのけるのも忘れてしまったほどです。

紗弥さんの項には、私の項などにあるのと同じ鏡色の鱗《うろこ》が瘡蓋《かさぶた》のように貼り付いていました。

「ありがとう。最後に、君の姓を確認したい。君の口からだ」

「この身体の姓名か？」

身体をベッドに戻し、静樹君を見上げながら紗弥さんが問い返します。

「もちろん」

「笹井《ささい》紗弥《さや》。凍結入眠時の年齢は十九。笹井勝《まさる》の三女だ」

「わかった。もう十分だ」

いったい何がわかったのかさっぱりです。紗弥さんのお名前なら私の書類にも記載されているのに。

「行こう、T・B」

静樹君は私の手を取って引こうとします。

「ま、待ってください、まだ面会のお話も終わっては」

「多数決で決まった、しかも全会一致だって言ってるんだ。少なくとも今は無理だよ」

「でも」

薄い笑みを浮かべた静樹君の顔が小さく左右に揺れました。

なにか考えがある、という様子です。

私はと言えばこの一週間というものほぼ同じやり取りで打つ手無しの状態でしたので、少し迷ってから静樹君に従うことにしました。

「では紗弥さん、また参りますので」

何かあったらいつでも呼び出すようにお願いし、最後にそう述べてから私と静樹君は三〇二号室から退室しました。

「ちょっとデートしようよ」

「お断りします」

ドアを閉めた途端、これです。呆れるしかありません。

「あのですね、静樹君……」

「じゃあさ、ちょっと井戸端会議。大事な話だよ。お互い、今は最低限でも情報交換をした方がいいと思う。僕もどうやら他人事ではなくなったみたいだから」

貼り付いた軽薄な笑みの中に、いつもと違う眼の色が混じっているように、私には見えました。

3

「まず、ざっと状況を整理しよう」

私に缶コーヒーを渡しながら、静樹君は言います。

「それはかまいませんが……」

静樹君が私のすぐ隣、肩が触れそうなところに腰かけたので、私は半歩分ほどズレて距離を取ります。

「こうしてフェンスに並んで腰かけてると、恋人同士みたいな気がしてくるね」

「いいえ特に」

場所は退避線路の予備《サブ》プラットホーム。普段は使っていない方のホームです。

「もし僕と君が普通の高校生で、普通の学校で出会っていたら、どういう関係だったのかな」

「最短距離でせいぜい、目立たない地味女子と優等生の男子がたまたま同じクラスにいるだけの関係だと思います」

「浪漫《ロマン》がないなぁ」

一言ごとにお尻をずらしてこちらに寄ってくるので、私はそのたびにまた距離を取りました。

「今日のT・B、ノリが悪いし、なんか余所余所《よそよそ》しくない？」

「そうなのですか、気のせいではありませんか」

油断も隙もあったものではありません。

「まあいいや」

肩をすくめてから、静樹君は缶コーヒーを小さく呷《あお》りました。

「ちょうど一週間前の午後二時頃、この11番ホームに、ある車輌が緊急進入して停車した。車輌はJ.R.C.D.国際貨物の自走式三輌編成で、完全に無人のはずだった。ところが、運搬中に貨物の中身が『モノ』から『ヒト』に変わっていた。君の機転がなければ、人命に関わる事故が発生しかねなかった」

「私の、というか、アリスの判断ですね」

「問題は貨物の中身」

静樹君が立ち上がって、退避線路上に停車している濃紺の車輌のところへ歩いていきます。そしてその側面をノックするように軽く拳で叩きました。

「こいつだ」

貨物車輌の上には見慣れたコンテナではなく、直方体の棺のようなものが立てて並べられています。三輌あわせて、全部で六十三個。

「個別型冷凍睡眠装置。安全な睡眠環境の維持だけではなく、個別の解凍、蘇生、さらには蘇生後一定時間の生命維持まで独立して行える、ほぼ全自動のコールドスリープ・ユニット。六十三機のこれのうち一機が、運搬中に突然解凍、そして蘇生フェーズを開始した」

「はい。だからJ.R.C.D.国際貨物は、慌ててこの11番ホームに緊急停車を要請したのですよ」

「法的に冷凍睡眠中の人体は『貨物』として扱われるけれど、蘇生したら当然、生きている人間に戻る。鏡状門内で冷凍睡眠者を蘇生した前例はないし、運搬中に蘇生した場合の対応措置も決まっていない。だからJ.R.C.D.国際貨物の運行担当者が動揺したのも無理はない――と、そんなとこ？」

「まあ、概ねその通りだと思います」

「その様子だと、君も今回の件の詳細は知らされていないか、あるいは東J.R.C.D.本部も理解していないかのどちらかみたいだね」

「運行ログについてはJ.R.C.D.国際貨物が保存しているはずですけれど、国際貨物《あそこ》はJ.R.C.D.グループの中でも、ちょっと特殊ですからね……」

ひとくちにJ.R.C.D.と言っても、旅客の東J.R.C.D.・西J.R.C.D.・国際J.R.C.D.以外にもたくさんのグループ企業があります。このうち貨物車輌の大半を担うのはJ.R.C.D.貨物と、J.R.C.D.国際貨物の二社です。

「もともとはJ.R.C.D.貨物だけだったのですが、鏡状門の国際的普及に伴って、J.R.C.D.貨物では扱いきれない物品の輸送需要も増えてきたので、一部を分社化したのがJ.R.C.D.国際貨物の始まりです」

「扱いきれない、というと、各国の禁輸品とか窃盗品、関税迂回、それに兵器、軍事物資とか、かな？」

「まあ……ぶっちゃけますとそういう諸々のことなのですよ。貨物の荷札だけ見て安易に運ぶわけにもいかないものが紛れ込んだりすると、J.R.C.D.貨物だけではなく、ひいてはJ.R.C.D.グループ全体の信頼に関わりますから。だから、J.R.C.D.国際貨物はグループ内の株式持ち合いの比率が極端に小さくて、経営者も海外から招いています」

「そうすればいざJ.R.C.D.国際貨物がトラブルを巻き起こしても、最悪はグループから分離してしまえるものね」

「ええ。すべての鏡状門の路線は旅客三社で所有していて、J.R.C.D.貨物と国際貨物の二社は〝乗り入れ〟という形で路線を使用しています。万が一、国際貨物が離反して勝手をしようとしても、旅客三社で運行を制限できますし」

蜥蜴《トカゲ》のしっぽ切り、と言われてしまったらそれまでなのですが、鏡状門が国際的にはまだまだ普及途上にある現状、仕方ない措置だと私も思います。

「それに、このまま大きな問題が起きずに鏡状門が一定の普及に至ったなら、グループ内の再編で吸収してしまうこともできますから」

貨物に寄りかかって腕組みをした静樹君は、何度か頷きながら私の話に耳を傾けていました。

「そうすると浮かび上がる疑問が一つ。運搬中の個別型冷凍睡眠装置《VLSS》が、外部からの働きかけがない運搬中に、なぜ勝手に解凍・蘇生を開始したのか、だね？」

「そうですね……いちおう一つひとつの冷凍睡眠装置には、入眠時にセットされたタイマーがついていて、紗弥さんの場合は入眠からの百年目の今年の九月、蘇生予定になってはいたのですが……」

「それにしたって起こす側の都合もある。外から何の信号もなしに勝手に目覚めるなんて、普通はありえない。やっぱりここが第一の謎だ」

静樹君は缶コーヒーを少し啜って、珍しく物憂げな顔をしています。「黙っていれば美人・かっこいい」なんて表現がありますが、静樹君はまさにそれです。腕組みをして壁に寄りかかっているだけで、右手の缶コーヒーごと見事に絵になります。

「次に、こっちがT・Bを一番悩ませているんだろうけれど、その蘇生した少女――笹井紗弥だったね、彼女の人格異常だ」

「ええ……」

思わず俯いて溜息を零してしまいました。

「数十人もの多重人格なんて、いったいどうしたらいいのやらなのですよ」

「アレは解離性人格障害《DID》――いわゆる『多重人格』じゃないよ、僕や静奈とはまったく違う」

目を瞬かせる私に、静樹君は静かに頷いて見せます。

「ＤＩＤで多数決なんて、少なくとも僕は聞いたことがない。ＤＩＤで表出する交代人格は、多くの場合それぞれに分担があってね。たとえば僕と静奈は、君から見てもまったく似ても似つかないだろう？」

「そうですね……恐ろしいぐらい似てませんね」

「必ずしもではないけれど、役割《ペルソナ》がはっきり分かれてるものなんだ。治療法の一つとして、主人格を注意して見定めた上で、他の交代人格の『役割』をひとつひとつ統合していくプランがある。そうすると『役割』を失った人格は自然と他の人格に合流する」

「紗弥さんの心には六十二人分のペルソナがあるということではないのですか？」

「たぶん違うね。DIDの人格はね、自分の担当する負荷に対して優先的に表出するし、他の人格とのコミュニケーションが取れないことも珍しくない。従って多数決なんて成立しない。重度のDIDでは、先導役の人格が他の人格たちの意見をまとめることはあるけれど、先導役からも見えない──自覚や観察のできない人格が存在することが多い。つまり多数決なんて仮にしたところで、それぞれの交代人格がその決定を遵守することにはならない。だから、意味がない」

ＤＩＤは多数決をしない？　もしそれが本当なら、あと考えられるのは──

「じゃあ、妄想性の障害とかですか？　六十二人の多数決というのは、彼女の思い込みか、欺瞞？　それとも詐病？」

「まあ、普通に精神科医に連れて行けばそのどれかの診断が下りるだろうけれど、実は冷凍睡眠の蘇生後に同様の症状が観察されたことが三例──うーん、たしか三回」

頭の中を揺らそうとするように、静樹君はコーヒー缶の底でコメカミのあたりを何度か叩いていました。

「うーん、僕に知る機会があったのは三例だけみたいだ。蘇生後に多数決での意思決定を主張した症例がある。人種も文化圏も年齢も蘇生時期もバラバラ。だけど共通することがただひとつ」

「それは？」

「本人たちの主張によれば、多数決に参加した人数が数十万人で、当時の冷凍睡眠者の総人数とほぼ同じだったってこと」

　ちょっと混乱してきました。数十万もの人格を持つＤＩＤが存在しえないというのはなんとなくわかるのですが、それとこれとどういう関係があるのでしょう。

「冷凍睡眠中でも人間は夢を見る、なんて怪しい話は聞いたことない？」

「テレビか何かでそんなお話をしている人がいたような」

「現状では、そんなことはありえないというのが通説なんだけれどね。なにせ、冷凍睡眠中は新陳代謝も含む身体の生命活動がほとんど停止しているんだから、脳だって意識を結ぶとは考えにくい。冷凍睡眠からの蘇生後に、睡眠中の神秘的な体験を語った連中もいたけれど、あれは半分くらい嘘っぱちで、残り半分もたいてい妄想だ。でも全否定はできない。冷凍睡眠前と後で脳のスキャンを比較した研究が、最近になっていくつか出てきていてね、それによると通常の睡眠とは比較にならないほど微弱だけれど、その差異から脳が一定の活動を行っていたと思しき痕跡が必ず見つかるそうなんだ」

少しだけ、話が見えてきたような気がしました。でも、同時に大きな問題が浮かび上がります。

「もし冷凍睡眠中の人たちにもある程度の意識があるとして、夢を見るくらいならわかりますが……」

「多数決をしているなんてのは無理がある？」

「です。だって、冷凍睡眠中はベッドに隔離されているし、六十万人の人たちは地球上の別々な中間睡眠施設に分かれて眠っているんですよ。それじゃ超能力《テレパシー》とかないと無理じゃないですか？」

「ユングの共通無意識を持ち出して失脚した奴が、峨東流派にもいたよ」

静樹君は喉で笑います。

「思い当たることがひとつだけある。彼女の項《うなじ》にあった金属の鱗だ」

やはり、といいますか、私も気になっていたものです。

「あれは、私の鱗――〝神経鱗〟のコピーですね」

「さすがに一目でわかったみたいだね」

私の身体にも神経鱗は九つ、ついています。これは鏡状門に侵食された元の身体からそのまま移植されたものです。

「わかったというか……明らかにミラー・マテリアルでしたから」

ミラー・マテリアルというのは、鏡状門の中の二・五次元空間でだけ造り出せる特殊な物質です。三次元空間に戻すと分解してしまうものが多いのですが、安定して存在し続ける組成もいくつか発見されています。

「それに、この人工《サイボーグ》の身体と引き替えに、壊れてしまった私の生身の身体は自由にしていいという契約を西晒胡流派と結んでいますから。鱗の複製が間もなく医療用途で製品化されたことも知っていました」

「気前がいいね、君の元の身体は宝箱みたいなものなのに。ともかく、あの鱗と接続した人工神経繊維は脊椎を通して全身まで根を伸ばしてる。低温環境下でも安定して動作するから、冷凍睡眠者のバイタル・モニタとしては理想的だ——というのが西晒胡の主張でね。というわけで、世界の冷凍睡眠者たちの九割九分は、睡眠に入る前にあの鱗のインプラント手術を受けている。睡眠中はあの鱗がベッドの端子と接続してるんだ」

「でも、それが冷凍睡眠者の多数決とどういう関係があるのですか？」

「あの鱗がもし、小さな鏡状門として機能していたとしたら？　鱗を通して地球上の冷凍睡眠者がなんらかの意思疎通を行っていたとしたら？」

かなり……その、なんといいますか、私にとって雲行きの怪しいお話になってきたのですよ。

「まさか。そんなはずはありません。だって、鱗のインプラント手術を受けているのは、冷凍睡眠者だけじゃありません。もし静樹君の推測通りなら、鱗を付けている人間はみんな意識が繋がってしまうことになるのですよ」

「さっき言った三例の患者はね、みんな冷凍睡眠から蘇生直後に多数決の人格障害を発症したのだけれど、特に目立った治療を施《ほどこ》すより前に快方に向かって、遅くとも一週間以内に完治してしまった。その間のことについては、記憶にはあるけれどなんでそんなことを主張したのか、自分でもわからないと答えている。一様に、判を押したようにね」

静樹君は、飲み終わったコーヒー缶を手に、ゆっくりと歩き出します。

「つまり、こういう仮説も成り立つ。鱗の与える精神的な影響はとても微弱で、覚醒状態はおろか、通常の睡眠でもほとんどわからない。だけど冷凍睡眠のように覚醒レベルが極端に低下する状態では、その影響が無視できなくなる。蘇生直後で『寝惚けた』ままなら、他の冷凍睡眠者と繋がったままの意識が表れることもありえる――んじゃないかな」

ないかな、なんて曖昧な言い方の割に、静樹君の顔には自信ありげな笑みが浮かんでいます。

「でも……今の紗弥さんがその状態にあるとして、彼女はこの一週間、治癒するどころかまったく変わらないままなのですよ。お寝惚けさんにしてもちょっと長すぎませんか？」

「それについては、もうひとつの問題と一緒に解く必要があるね」

やがて静樹君は私の隣まで戻ってきて、元のように腰かけました。

「彼女さ、何人で多数決してるって言ってたっけ？」

「六十二人です。それが？」

「あの貨物列車にある個別型冷凍睡眠装置の数は？」

「六十三……あれ？」

「そう、数が合わない。しかも、二重にね。先の三例では数十万人――鱗を埋め込まれた世界中の冷凍睡眠者の人数とほぼ一致していた。それが今回、彼女に限ってはたった一万分の一だ。しかも、ならば同じ列車で眠っていた連中の数と同じなのかと言えば、今度は一人足りない」

「どうして……」

いつの間にか、私は静樹君の独特の話し方に引き込まれていたようです。両手の中の缶コーヒーは、一口付けただけのまま、すっかり温《ぬる》くなってしまっていました。

「もしかして、自分自身が数に入ってない？」

静樹君は小さく頷きます。

「まず、この貨物列車に乗せられていた、彼女を含む六十三人は、他の六十万人の冷凍睡眠者のコミュニティから、なんらかの事情か事故があって、隔離されていると考えられる。その上で、彼女自身はその六十三人の多数決にも参加していない」

「でも、身体は覚醒しているのに……」

「ちゃんと蘇生している。だけど、まるで自我がないかのように自己主張をしない。彼女が、自分で自分の意識を閉ざしているのかもしれない」

「なにか、目覚めたくない理由があるとか？」

「かもしれない。もしそうなら、意思決定の多数決には参加しないという理屈も成り立つ。身元引受人との面会を完全に拒否したのも、そのあたりに理由があるのかも知れない。ここら辺が二つ目の謎だね」

静樹君は再び立ち上がって、フェンスの向こうの雲を眺めながら言葉を続けます。

「そして、最後の謎だけれど」

「まだ、あるんですか」

「うん」

振り向いた静樹君は、整った相貌に薄い笑みを浮かべていました。

「彼女――紗弥ちゃんの身元引受人、なんて言ったっけ？」

「昭彦さんです、御戸時昭彦」

「そう、その昭彦君だけどね、死んでるんだ、去年。峨東の身内の記録上は」

高空の止《や》むことのない風までもが、音を失ったような気がしました。

「ちょうど百年前、ある高層マンションの最上階で、一家がまとめて惨殺される事件があった。そのとき、たった一人生き残ったのが御戸時達彦で、事件の唯一の目撃者の名前が笹井紗弥。そして、彼女はそれから間もなく冷凍睡眠に入ってしまって、事件の真相は闇の中。達彦の子の有彦も、孫の昭彦も死んで、当時の事件の関係者は、今や紗弥ちゃんただ一人になった」

「どうして、静樹君はそんなことを知っているんです？」

「御戸時家と笹井家はね、僕や静奈の音無家と同じ、古くから続く峨東の一族だ」

静樹君は、逆光の中で白い歯をニッと見せます。

「親戚の事情ってことさ、他人事ではなくなった、っていうのは、そういうこと。だから、その昭彦君とやらには気をつけたほうがいい。T・B、君が僕にするのと同じくらい、よくよく警戒するんだ。彼が本者にせよ、偽者にせよ、峨東に関わる何者かには違いない」

止んだはずの風が、大きく渦巻いて私と静樹君の髪を翻しました。

4

夕刻。

定時の列車に乗って11番ホームにいらしたのは、幽霊でもゾンビでもなく、ごく普通の少年でした。

年齢は十六歳。私の身体の年齢が止まった頃と同じくらいです。

都内の有名私立高校の紺色のブレザーに、グレーのスラックス。靴もおそらく学校指定のプレーントゥ。水色のネクタイは少し緩めに巻かれていますが、着崩しているというほどではなく、やんちゃな感じはしません。

手の爪は半ミリほど残して綺麗に切りそろえられています。かといって几帳面そうという風でもなく、茶色がかった髪は自然に癖が乗っていて、ブラシを通した跡が残っていました。

ちょっと人より長く生きていますので、私も私なりに、外見からお客様のお人柄をなんとなく見分けるコツみたいなものは、いくつか身につけています。

爪や袖周り、靴やソックスなどはもちろんですが、男性の場合なら特に見るのは後ろ髪。たいていの男性は手鏡を持ち歩いていませんし、使う習慣もあまりないので、頭の後ろ半分がややおろそかになっている人が多いのです。

さっき几帳面ではなく、かといってやんちゃそうでもないと思ったのは、この後ろ髪も含めた印象です。

初対面の人に会いに来たわけですから、普段よりキチンとした装いをしようと思うものでしょう。だから頭の前半分から側面にかけては念入りにブラシをかけている。その上で堅苦しすぎないよう、少し前と横の髪を遊ばせている。

でも、薄く乗せただけのつもりのヘアワックスが後ろに集まって、後ろ髪の毛先が少しだけ不自然に、固くなっていたのです。よく見ないとわからない程度ではありますけれども。もちろん、最近のドレッサーは後ろからの姿も鏡に映るようになっているタイプが一般的ですが、男の子はなかなかそこまでしません。

以上から導き出された彼に対する私の第一印象は「几帳面ではないけれども生真面目」です。

要するに、爪にしろ制服にしろ、そして髪にしろ、丁寧にかつ堅苦しすぎないよう気を遣った結果、却って根っこの真面目さが微妙に滲み出てしまっているわけです。

「御戸時昭彦様でいらっしゃいますね、お待ち申し上げておりました」

「え、あの……」

自分の乗っていた列車がホームを去って間もなく声をかけられて、案の定、彼は少し戸惑っていました。

「このたびは東J.R.C.D.をご利用くださいまして誠にありがとうございます。当ホームの担当駅員《ステーション・アテンダント》のT・Bです」

私は両手を重ねて深くお辞儀をします。

このタイプの男の子は子供扱いされることに敏感です。なので、慇懃に接すると逆に心を開いてくれやすくなります。私の経験則です。

これが「几帳面かつ真面目」というタイプだと増長して却って扱いづらくなってしまうのですが、彼のような子の場合はそのような心配がありません。一歩引いて、年上に接するようにされると安心するはずです。私の童顔も、こういうときは有利に働きます。

と、せっかく私が念入りに自己紹介と第一印象の水増し的向上に腐心しているところへ、

「やあ、初めまして。僕はT・Bのカレシ——のっ！」

なんかもう、反射的に身体が動いて、台無しなひと言を発しようとした静樹君の鳩尾《みぞおち》に、肘鉄を叩き込んでいました。

というか、いつの間に私の背後に。油断も隙もあったものじゃないのですよ。

「と、友達の、音無静樹でーす……くふ」

なんかクリーンヒットだったようです。いつも「軽いことヘリウムもかくや」の静樹君の声が、絞り出すようなそれになっていました。

「音無……って、まさか、不言家ですか？　峨東の？」

昭彦君は慌てて荷物のディパックを地面に置き、右手を自分の左肩に当てます。

「ややや、そういうのは無しにしよう。僕がここにいるのはただの偶然。僕も君と同じ高校生だし、まだ『不言』にはなってないし、不言だってもう三条宗家じゃないし」

たぶん、今のは峨東流派の古い家の人たちが、身内にだけ使う合図の仕草を昭彦君がしようとして、それを静樹君が止めた、という構図だと思います。私もちゃんと見たことが

ないのですが、峨東流派にそういう文化があるという噂は有名です。

「それに、T・Bは峨東に関係ないしね」

「でも、恋び……その、深いご関係にあると。婚約者の方なのでは？」

「深くないです、全然ないです。アスファルトの水溜まりより浅く、フグ刺しより薄く、ハチドリの羽毛よりも軽い関係です」

峨東の宗家に近い家の方々は計画婚が当たり前なので、そのあたりで昭彦君は誤解したようなのです。

「まあ寝所を共にする程度の関係だよねー」

「私が私室に招き入れるとすれば、静樹君じゃなくて静奈さんのときだけです！　すいません、この不審者の戯言《たわごと》はお忘れください」

「あ、あの、よくわかりました」

何がわかったんですか!?

「立ち入ったことをお尋ねして、失礼しました」

「立ち入ってません、立ち入ったことなんて全然ありませんでしたよ！」

「お二人の間には……その、ひと言で言い表せない深い事情がおありのことと」

「ない、ないし深くない！　ウユニ塩湖の水深より浅い事情すら欠片《かけら》もないのですよ！」

思った通り生真面目だった昭彦君の誤解を解こうと試みること、それからおおよそ三分弱。

……諦めました。真面目君、手強い。

「とりあえず、その、詳しいお話はロビーの方で」

「お二人のことは、誰にも言いません、絶対」

「そっちじゃないです！　もうそのお話はいいです！」

なんかすごく疲れたし、頭痛もしてきました。

とにもかくにも。

エレベーターから昭彦君を一階のロビーにご案内し、ソファに腰かけてもらいます。

途中、テラスでいまだに将棋盤と睨めっこしている義経を見かけましたが、

「狼の剝製なのです」

昭彦君への紹介はまた今度にすることにしました。今はそんな気力すら残っていません。

これから彼にお伝えしなければいけない非情な事実を考えれば、なおさら。

私が給湯室で二人分のコーヒーを淹れて戻ってみると、テーブルを挟んで向かい合わせのソファの右側には昭彦君が、左側にはなぜか静樹君が腰かけていました。

「お疲れ様です静樹君。最初から用なんてありませんでしたが、もはや邪魔なだけなので将棋の方に戻っても結構ですよ」

「冷たいなぁ。僕は彼の親戚なんだから、僕も話に加わる権利があると思うのだけれど」

薄っぺらく笑みながら、静樹君は自分の隣に座るようにと指し示します。

「それに、彼女のことを説明するなら、僕の知識も無益じゃないんじゃないかな」

溜息ひとつ。

仕方ないので、二杯のコーヒーは二人の前に置きます。

私がとなりのテーブルから別な椅子を持ってきて二人から等距離に座ると、静樹君は大きく肩をすくめていました。

「まず、せっかくご足労頂いたのに、誠に申し訳ないのですが――」

私は、紗弥さんをこの駅で保護することになった経緯と、現在の彼女の状態について、順を追って説明しました。

他の冷凍睡眠者六十二名と一緒に移送中、鏡状門内で唐突に蘇生したこと。

鏡状門内および駅構内は原則的に国権不介入であるため、ひとまずJ.R.C.D.でご所在をお預かりしていること。

目覚めた彼女が前例の極めて少ない人格障害を発症し、他の六十二名の冷凍睡眠者の意思を代弁すると主張していること。

そして、その六十二名の総意として、昭彦君との面会を拒否していること。

私が言葉に詰まったり、専門の知識がないために説明に困ったときには、静樹君が助け船を出してくれました。

「……そうでしたか」

耳を傾ける昭彦君の顔は、話が一つ進むたびに、徐々に影が濃くなっていきました。今やすっかり憔悴しきってしまい、十年は老けて見えます。

「当方からのご提案としては、何にも増してまずは笹井紗弥さんに適切な医療施設で継続的な治療を受けて頂き、今後のことに関しては症状の回復を待ってから決めてもらうのが最善と、今のところは考えています」

「僕も、そう思います」

昭彦君はすぐに頷いてくれました。

「ですが、現状では紗弥様の同意を得られる見込みがありません。紗弥様は、残る六十二名の冷凍睡眠者を、J.R.C.D.国際貨物の荷物ではなく、東J.R.C.D.の乗客として、予定の移送先——アラスカの睡眠施設へ搬送することをご要望なさっていますが、なにぶん前例のない案件ですので、両社の間で検討会議を開いており、いつになったら決定が下されるのか、私にも見通しがつかないのが正直なところで」

「連れて帰ることもできないということですか?」

「いえ。私たちJ.R.C.D.は、紗弥さんを軟禁するようなつもりはありませんので、それは紗弥さんのご希望さえあればいつでも。ただ——百年ぶりのこの世界は紗弥さんにとって異世界も同然でしょう。すぐに現在の社会へ戻っても、おそらくは日常生活を営むことすら不自由をお覚えになってしまうはずです。資産のこともあります」

「それすらも今の状態ではままならないと……」

「残念ですが」

「ひと目でもかまいません、紗弥……さんと、会うことはできませんか？」

藁《わら》にも、たった一本の蜘蛛の糸にも縋《すが》るような、放っておいたら壊れてしまいそうなくらい、痛々しい表情です。

「ご本人が拒否なさっている以上は——」

「いいんじゃない、いっぺんくらい会わせてあげれば」

重々しい空気が漂う中、肘掛けに寄りかかって暢気に耳をかき、ひとり対岸の火事を決め込んでいた静樹君が、唐突に口を挟んできました。

「軽々に言わないでくださいなのですよ」

「だってさ、それってT・Bらしくないよ」

私の方を流し見ながら、静樹君はつまらなそうに言います。

「なにが私らしくないんです？」

「今の彼女は、自我がない状態にある。それってつまり『本人の意思』なんてどこ叩いても出てこないってことだ。それなのに『本人の意思を尊重する』なんて言い分、とても不公平《アンフェア》だよ。T・Bだって、そんな理屈は筋が通らないって本当は思ってるんじゃない？」

痛いところを突かれた気分です。

「しかし、ご本人の同意が得られていないことも事実なのですよ」

「じゃあ、あの無責任な多数決の言いなりになるの？」

「それは……」

言葉に詰まった私は、静樹君から逃げるように目を逸らしてしまいました。

「と、ともかくなのですよ」

まるで詰め将棋です。静樹君は勝ち誇った笑みを浮かべて、私の次の言葉を待っています。もちろん昭彦君も、固唾を呑んでいました。

「明日もう一度、紗弥さんとちゃんとお話しして、私から可能な限り説得を試みます。今の紗弥さんは蘇生後の過睡眠症状のせいで正午頃まで目を覚まさないので、そのときに。それで了解がもらえれば、必ず昭彦さんとお引き合わせいたしましょう」

「駄目だったら？　東J.R.C.D.の旅客受け入れが決まったら、紗弥ちゃんは他の六十二人の冷凍睡眠者と一緒に、明日にもアラスカへ行っちゃうかも知れないよ？　そしたら昭彦君は彼女と会うチャンスを二度と失うことになる」

「そんなわけありません。紗弥さんは日本でお目覚めになったのですから、冷凍睡眠者保護法に則って、日本で覚醒後治療と技術的生活復帰支援を受けることになります」

この一週間に詰め込んだにわか仕込みの知識で反論します。

でも、付け焼き刃は付け焼き刃。

「日本じゃない。君たちが頑《かたく》なに『国権不介入の原則』を主張するJ.R.C.D.の国際路線上、それも鏡状門の中で、だよ」

静樹君にかかっては、メッキのようにあっさりと剝がされてしまいました。

「前例はないけれども、公海上で生まれた赤ちゃんと同じような扱いになるはずだ。この場合、日本の法律では日本国から、北米の法律では北米の連邦政府から、支援と蘇生後治療を受けることになっている。そして、北米なら続けて冷凍睡眠に入る権利も保証されてる。つまり、今後の身の振り方を最終的に選択するのは紗弥ちゃん自身だ。それが何を意味するか、君にもわからないはずはないよね？　僕が六十二人の一人だったら、約束がちゃんと履行されるか——つまりアラスカまで旅客扱いで運ばれた後も、自分たちの冷凍睡眠期間が安全に終わるまで、彼女も再度、冷凍睡眠させて身柄を手放さない」

「それじゃ、まるで人質をとるみたいなものなのですよ」

「その通りだよ。J.R.C.D.が決定を下すまでに紗弥ちゃんがちゃんと自分の意思表示をしないかぎり、彼女は六十二人のための生け贄にされるだろう」

「そんな……！」

にわかに浮き足立ったのは、私ではなく昭彦君です。

「どうかお気をお鎮めに。もし駄目だったらとしての、仮定のお話です」

詰め寄らんばかりだった昭彦君は、私の言葉でかろうじてソファに腰を戻します。でも顔色はすっかり青ざめていて、俯き加減に両手で頭を支えていました。

一方で——いらぬ火の粉をあたりにまき散らした張本人は、相変わらず意図の読めない薄い笑みを浮かべながら、肘掛けで頬杖を突いています。

さっき「邪魔をしないで」と嫌味で言いましたけれども、よもやここまで話をややこしく拗《こじ》らせてくれるとは思いも寄らなかったのですよ。

「じゃさ、せめて写真ぐらい見せてあげたら?」

今思いついたかのように(たぶんそんなの振りだけなのです)、静樹君は指を鳴らして言います。

「写真……ですか?」

「このホームのほとんどの部屋にはアックス——じゃない、アリスちゃんの目になる防犯カメラがあるでしょ、紗弥ちゃんの部屋にも当然あったよね。アリスちゃんならその記録から三次元モデルぐらい簡単に作れるんじゃない?」

簡単に、ってホント簡単に言ってくれますね。

「個人情報ですし、肖像権もありますから、やはり勝手には」

「駄目、ですか?」

まるで天敵に怯える小動物のような目をする昭彦君。

「それくらいはT・Bの裁量の範囲で融通できるんじゃないの？」

獲物を追い詰めた熟練ハンターのような勝ち誇る笑みを浮かべる静樹君。

この二人に挟まれて、いつのまにか私は酷い劣勢に立たされていました。

なんですか、まるで私が悪者みたいなこの空気。

「……わかりました」

結局は私が折れました。静樹君にうまいことしてやられてしまったような気がしますが、せっかくこんな場所までご足労くださった昭彦君を、このまままた追い返すのは心苦しかったのです。

「アリス、お話は聞いていましたね。できます？」

『網膜解像度《ネイキッド・アイ》程度でよろしければ〇・二秒で完了します』

左耳のインカムに手を添えて、目には見えないけれどどこの駅のどこにでもいるアリスにたずねると、あたかも準備していたかのような即答が返ってきました。

「それ、言っている間に終わってません か？」

『はい、完了しています。T・Bの膝の上のリングファイル内に転送いたしました』

「……ありがと」

まだ今ほどには義体技術が成熟していなかった昔には、人工物が人間に似れば似るほど奇妙な違和感を覚えることを指す『不気味の谷《アンキャニー・バレイ》』なる言葉が流行したことがありましたが、こうして人工知能に先廻り先廻りされるのも似たような気分になりますね。

テーブルの上にファイルを広げると、そこに少女のバストアップが立体映像で浮かび上がります。

お顔がこちらを向いたので、私はファイルを一回転させて昭彦君の方へ向かせました。

「あの？」

昭彦君は、立体映像の紗弥さんを瞬きすらせず見つめたまま、しばし彫像のように固まってしまっていました。

そう、『目を奪われる』とはこういうことを言うという、見本のような状態です。

その奪われた目から涙が溢れ、一筋、そしてもう片方から二筋目が頬を伝い落ちます。

私が声をかけても、まるで耳に入っていない様子でした。

困ってしまって私が振り向いた先、静樹君もじっとなにかを見つめていました。視線の先を追うと、紗弥さんの胸像写真ではなく、その肩越しに昭彦君の顔に辿り着きました。

いつもの薄っぺらい笑みも消え、真剣な顔つきになっています。こんな真面目そうな顔をした静樹君を見たのは、いったい何年ぶりのことでしょう。

やがて。

ようやく自分が泣いていることに気がついたのでしょうか。昭彦君が手で頬を拭って、私が慌ててハンカチを差し出して、頭を下げながら昭彦君がそれを受け取って。

頬に残る涙の跡は微か。でもハンカチの湿り気と、テーブルの上の水玉は、彼が内なる激情に翻弄されていた事実を証しています。

そして次に目が合ったとき、昭彦君の顔はまるで別人のそれのように変貌していました。

さっきまでの小動物のような怯えた印象はすっかり涙に洗い流され、かわりに強い決意が宿った視線で私を貫きます。

「今夜は、ここ、11番ホームに泊まっていくといいよ」

言ったのは私ではありません、静樹君です。

「僕の借りてる部屋の隣が空いてる。T・B、いいよね？」

「私は――いえ、当方はかまいませんが、昭彦さんは明日も学校へいかなくてはいけないのでは？　11番ホームの始発は遅いですからまず遅刻してしまいますよ」

だから、今日のところはエア・タクシーでお帰り頂いて、また明日の放課後に出直してもらうことをお勧めしていたのですよ。

「学校なんてない、最初からね。そうなんだろう？」

「え？」

「はい」

「えぇっ？」

どうしてこんなことに。

私が横目で睨むと、静樹君はすっかり冷めて湯気の消えたコーヒーを啜りながら、そっぽを向いて私の視線から逃げました。

5

その夜、午後十一時過ぎ。

「そりゃお前が悪い」

一刀両断ですか。

「お前が四角四面な対応でやり過ごそうとして、それを逆手に取られたってことだろ？静樹はその昭彦とかいう奴と峨東の親戚同士だ、交渉のフォローぐらいするだろうよ。まず静樹の同席を許したところからすでに間違ってる」

テーブル上の将棋盤へ視線を落としたまま、義経は呆れたように言います。

その頭の上をプラティの一群が泳ぎ、その向こうでは壁に貼り付いたロングフィンのプレコが、オメガ・アイをときおりきょろきょろとさせながら暢気に這い回っていました。

ここは四階にある会議室（元）です。会議と言っても、もう永らくこのホームの駅員は私しかいませんから、本来の用途は失われています。ですので、開かずの間にしておくのももったいないですし、私と義経はここをもっぱら休憩室がわりに使っています。備え付けのプロジェクターがなかなか高性能で、三百六十度立体映像もお手の物なので、普段はこうして水槽内の映像を映しています。立体映像技術が成熟した現代ならではの、アクアリウムの楽しみ方というわけです。

「静樹君のことはともかくとして。そうは言いますけれども、三親等から五親等の親族なら別ですが、とっくに他界されている祖父と面識があった、という程度のご縁で、紗弥さんご本人のお許しなくいきなり面会してもらうというわけにはいきません」

「それこそ、駅員のお前の裁量範囲外だろうが」

「だからお断りしようとしたんですよ」

「俺は言ったぞ、さっさと冷凍睡眠の保険屋に事後処理を引き継いで、あの小娘を預けちまえって、何度もな。それを無視してモタモタやってるうちにややこしくなって、ご覧の有り様だ」

「しょうがないじゃないですか。はじめのうちは、J.R.C.D. 上層部の判断がこんなに遅くなるなんて想像できなかったのですよ」

「冷凍睡眠の保険事業は基本的に全期前納払いで、巨額の金が動く現代の宝物庫だ。どうせJ.R.C.D. 国際貨物がごねてんだろう。たった数十人分でも、それが蟻の一穴になって千里の堰がくずれれば、ドル箱案件を今後まるごと失うことになりかねない。みすみす貨物を旅客会社に引き渡すわけなんて最初《はな》からねぇよ」

「じゃあなんですか、J.R.C.D. 国際貨物はどうあっても、残り六十二人の冷凍睡眠者の移送を東J.R.C.D. に委ねるつもりはないとでも言うのです？」

ウンザリした顔を上げ、義経はこれ見よがしに溜息をついて見せました。

「どちらかといえば、会議の引き延ばしでほくそ笑むのは東J.R.C.D. の方だ。今回はやむを得ないとして、これから同様の事案が起きたときのため、旅客と貨物の住み分けをこれまで以上に明確にする。落としどころはせいぜいそのあたりに決まってるだろ。あとはどの程度、貸しを作ることを見込めるか――狸揃いの上層部が考えそうなことだ」

上層部の策謀で割を食うのは、またしても現場の私たちというわけなのです。

「それをお前が半端な親切心振りかざして、保険屋気取りで身元引受人捜しなんぞ始めるから、いらぬ雑魚《ざこ》が餌に食いついた。本者かどうかすら怪しいその『御戸時昭彦』って奴が、もし相続人気取りで保険の返還金目的にやってきたのならやっかいだぞ」

「そんな様子には見えませんでしたが……」

見えなかった。そう、可能性がないとは私も言い切れないのです。

真面目そうに見える――そのように振る舞うというのは、実は自分の本質を隠すのに非常に都合のいい演技です。一度やってみればわかりますが、「真面目そう」というキャラクターはとても演じやすい。

だから、昭彦君が裏にもう一枚、別な顔を持っていて、まだそれを私に見せていないということは十分あり得るのです。

「やっぱり、なにか違うと思います」

あの涙まで。あの頬を伝ったふた筋《すじ》の涙まで偽物だったとは、ちょっと私には考えることができないのです。

もし私の目の前で泣いて見せたことまで演技であったとしたら、彼はあのとき静かに涙を落とすよりも、これ見よがしに号泣してみせるべきだったのではないでしょうか。

ああ、彼女の顔を見ただけで、こんなにも感情の奔流が溢れ出て止《や》まないんだ。

そう私に思わせるために。そして私に同情させ、翻意を迫るために。

なのに彼は、まるで感情を忍ぶように、隠すように、あるいは自分でも涙が流れたことに気がつかないかのように泣いたのです。

「お前がそうまでいうのなら、何かに迷っていたのかもな」

「迷う、ですか」

同じ男同士だからわかる、というわけでもないのでしょうが、奇妙なほど腑に落ちる表現でした。

彼も迷っていた、のだとして、何に？

だとしたら？　一方で「会いたい」と願いながら、一方で会うことを「怖れている」のだとしたら？

　そうなのだとして、その理由は？

　いくつもの疑問符が私の頭の中に現れては、離散集合を繰り返します。

「まあ、今どきありえないことではない、からな」

「複雑な男心って奴ですね」

「女でも同じだろ。女の場合はさらに『秋の空』がもれなく付いてくる。七面倒くさいことにな」

「だとすると、他の人は少ない方がいいかもしれないのですよ」

　義経は将棋盤を見下ろしたまま、右の耳をぴくりと震わせていました。

「お前、最初から俺とアリスをハブるつもりだったたな？　あえてこの部屋に呼び出したのもそのためか？」

　実はこの部屋、プライベートの休憩室ということで、アリスの目になる防犯カメラやセンサーの類がいっさいありません。元が会議室だけあって、防音・電磁波遮断構造の盗聴対策も充実。この東京駅11番ホームの中で、アリスの目の行き届かない数少ない隠れ家なのです。

「いえ、アリスに聞かれると障子に目あり壁に耳ありかな、ぐらいに思っていたのですが」

「まあ、上にはまず筒抜けだな」

義経がはじめて顔を上げ、私の顔を覗き込みます。

「危険は、ないんだろうな？」

「さあ。でも、避けては通れません。こういうことを見て見ぬふりするには、私は長生きしすぎました。震えるんです、心が。それに胸が」

手を当てると、人工心臓の鼓動が伝わってきます。それは私の元の心臓とは違うけれども、あるいはそれよりも、もうひとつの私に近いもの。

「その感情は、紡防躑躅子《ぼうさきつつじこ》としてのものか？　鏡の妖精《ティンカーベル》としてのものなのか？　それとも――」

「さあ……それも、もう私にもわからないんです。お昼、静樹君が自分のような解離性人格障害者の持つ複数の人格について、役割としての『ペルソナ』という概念で説明してくれて、それは私にも思い当たることがあったので、とてもわかりやすかったのですが」

「百五十年前、鏡状門の事故で死に瀕した『紡防躑躅子』としてのお前、この11番ホームで駅員をするようになってからの妖精としてのお前、それに空の上のお前。三枚の仮面《ペルソナ》を、お前は使い分けてるってことか？」

「少なくとも、昔はそういう自覚がありました。でも最近は、あまり」

「お前の元御霊は成層圏上だろう、ほぼタイムラグなしに対話できるんじゃないのか？」

「そのはずですけれども。義経は感じません？　自分の、役割ごとの区別が、だんだん曖昧になっていくような感覚」

「無茶言うな、俺の元御霊はラグランジュ2だぞ。向こうからのリアクションは月の北極経由の最速で往復三秒弱だ。お前と違って、これ以上近づくと気づかれる」

「あの〝正体のない怪物《ジャバウォック》〟に？」

二十一世紀、まだ今ほどには鏡状門鉄道の技術が成熟していなかったころ。私の故郷の島は、鏡状門の暴走事故に巻き込まれて、まるごと消失しました。その生き残りが私と、そして義経なのです。

そのとき私たちが見たもの。暴走した鏡状門から現れた「何か」を、私たちはそんな名前で呼んでいます。

「百五十年前、ごく一端とは言え、その姿を俺たちはたしかに見たんだから、いつまでも『正体がない』ってのもおかしいがな。今のところ、奴はどういうつもりかお前のことを見逃すか見過ごすかしているようだが、俺の元御霊まで接近を許すほど寛容とは思えん。現に、俺たちに先行した八柱は未だに行方知れずのままだしな」

それから義経は一度目を伏せてから、なにか遠くに思いを馳せるように壁の方を見つめました。

「こういう話をするのも久しぶりだな。アリスがこの駅に設置されてからこっち、うかつに口には出せなくなった。俺自身、忘れそうになっていたのかもしれん」

それから私の方へ視線を向け、いつもの倦怠感漂う目つきに戻りました。

「いずれにせよ、お前が自身の決断に元御霊としての心情が影響していることを否定しないなら、俺は今回の件では必ずしも協力できないぞ」

「わかっているのですよ」

「なら、なんで隠れ家《ここ》に呼び出した？」

テーブル上に立体映像で映写されていた将棋盤を前足のスワイプで消しながら、義経は詰問します。

「誰かに話を聞いてもらえるだけでも、助かりますから」

「馬鹿馬鹿しい。結論なんてとっくに出てたんだろうに」

「人間って、そういうものなのですよ。義経が静樹君と将棋をするのも、同じような気持ちからでしょう？」

「俺はいつも、負けるつもりなんてさらさらない」

意地っ張りに言って、義経はソファから降り、廊下に繋がる扉の方へ歩いていきました。

「もし、万が一だが、お前の手に負えなくて、どうしようもなくなったら」

ドアの前で立ち止まり、首で振り返りながら言います。

「呼ぶだけ呼んでみろ。気が向いたら助けてやる」

「あてにはしませんが、覚えておきます。ありがとう、義経。いつも感謝しています」

「口ばかりだな」

「好きですよ」

ますます「胡散臭そうなもの」を見る目になってから、義経は大きく溜息をついていました。

「ここでの話は、ひとまず聞かなかったことにしてやる」

「格好付けているところ残念ですが、義経、頭を食べられてますよ。後ろ」

「のおっ!?」

義経が首を返すと、そこにはお口をまん丸に広げたプレコがいました。

今、立体映像の水槽は十倍ぐらいの縮尺になっていますから、小さなブッシープレコも体長二メートル近くに大きく見えます。出入り口のドアのところが、水槽の方ではちょうど流木のあるところだったので、その表面に食いついたプレコがまるで義経の頭にかじりついたように見えるのです。

義経からすれば巨大な口が目の前に突如現れたわけで、まあそれはそれはびっくりしたようです。

「もう知らん！」

最後にフンと鼻を鳴らし、尻尾でプレコの顔を叩きながら、義経は休憩室から出て行きました。

ひとり、広い休憩室に取り残された私は、持ってきていたトートバッグからどっさりの本を取り出してテーブルの上に重ねます。

文庫本、新書、ペーパーバック、ハードカバー、トールサイズ。あわせて十冊。

今夜は持久戦です。二十四時間戦えますか――という栄養ドリンクの昔のキャッチフレーズが脳裏をよぎりました。それくらいの覚悟は必要かも知れません。

ブラウスを袖まくりし、一冊目を膝の上で開きます。最後に読書用のメガネを装着し、これですっかり読書時間モード。朝まで眠気に負けるつもりはありません。

6

見事にうたた寝してました。なんかすいません。

寝るとわかっていたら、制服など着ていなかったものを。脇や襟、肘のところに変な皺が寄ってしまっています。明日の朝、始業前に軽くアイロンをかけた方が良いでしょう。

おそらく、どんぶらこーと船を漕いでいた私の身体。放物線を描いて落下中だった私のおでこを、テーブルとの激突からかろうじて救ったのは、小さなブザーの音でした。

この休憩室は外部からの通信がほぼ完全に遮断されているわけですが、まったく連絡手段がないのでは外で緊急の要件が生じたとき困ります。

そこで、テーブルの真ん中に小さなランプとブザーが備えられていて、なにか起きたときには外からも内部の人間に知らせることができるようになっているのです。ただし、マイクもスピーカーもないので会話はできません。

この東京駅11番ホームには他の駅員はいないので、これは間違いなくアリスの私に対する呼び出しです。そして内容は、わざわざ部屋を出て確認するまでもありません。

ボタンを押して、ブザーと赤いランプの点滅を消します。それから膝の上で開いていたハードカバーの本を、佳香《けいか》さんお手製の栞《しおり》を挟んでゆっくりと閉じ、机の上に置きました。

私好みのミステリー小説で、もう少しで真犯人の正体がわかりそう、という山場も山場に口惜しいところですが、眠気に負けてしまった私自身のせいです。しかたないのです。

壁の時計によれば時刻は午前二時前、いわゆる「草木も眠る丑三つ時」でした。

はたして間もなく――。

私の予想していたとおり、背中の向こうからドアの開閉音がして、それから微かな足音が近づいてきます。

やがて足音は私の真後ろで止まり、後頭部に硬いものが押しつけられました。

「声を上げないでください」

私がうなずくと、ほっとしたようで小さな息の音が聞こえました。

それから言われるままに両手を上げ、腰の後ろのホルスターから麻痺銃《スタン・ティザー》を抜き取られました。ソファの脇に立てかけていた指揮錫杖《コマンド・ワンド》も手の届かないところへ遠ざけられます。

「ホームのセキュリティを止めてください。もし警報が鳴ったりしたら、躊躇なく撃ちます」

さすがにそれは無理な相談です。

「この11番ホームにはアリスという人工知能がいて、駅のセキュリティと一体化しています。やるなら人工知能ごとシャットダウンするしかありませんが、それをするとJ.R.C.D.の運行指揮所がすぐ気づきますから、かえってあなたの状況が悪くなると思うのですよ」

後頭部に押しつけられたもの――まあまず銃口でしょうが、それが震えました。

「でも、安心してください。この部屋は人工知能の監視下にありません。あなたがお行儀良く入り口のドアをちゃんと閉めているなら、声も電波も外には漏れませんから、大丈夫なのですよ」

「あの、犬型のロボットは？」

「義経のことですか？　彼はロボットではなくて、犬――もとい、狼型のサイボーグです。

彼はもうとっくに寝ています。それと、今夜は何が起きても動じないよう話しておきましたので、たぶん大丈夫なのですよ」

私としては、できうるかぎり至れり尽くせりの状況を用意したつもりです。

でも、それがこの人にはかえって不審に思えたようで、慎重にテーブルを挟んで私の前に回り込んで来ました。右手の銃を向けたまま。

「僕がすることを、事前にわかっていたんですか？」

相手はやはり、御戸時昭彦君でした。寝間着ではなく、ホームで見たのと同じ私立高校の制服を着ています。

「あなたが改札をお通りになったとき、お荷物だけX線検査をしました。それでバッグの中に不審な形状のものがいくつか見つかったので、人工知能《アリス》にネットで3Dプリンタの設計情報《モデリング・データ》を検索してもらったところ、分解した短針銃《ニードルガン》の部品であることがわかりました」

短針銃というのは、銃弾の代わりに細い針を撃ち出す銃のことです。防弾層貫通弾《フレシェット》を撃てる強力なものも中にはありますが、基本的には縫い針程度の小さな針を数本から十数本、圧縮ガスか磁力方式で放つだけの、ごく簡易なものです。

メリットとしては、弾丸が軽い分、銃本体は市販の粉末固着式立体プリンタなどで造った脆弱なものでも耐久性に問題が起きないこと。また、X線検査や危険物探知機で見つかりやすい弾丸がありふれた縫い針でいいため、入手性と隠密性に優れることなどがあります。

デメリットは、何よりも射程の短さ。小さくて軽い針を飛ばすため、空気の抵抗のせいで射程はせいぜい一メートル程度の場合が多いです。小型ガス式の場合、三メートルも離れれば紙一枚貫けません。

ただし、射程内で使うかぎりにおいては、人体に対する威力、マンストッピング・パワーは絶大です。十数本の針に貫かれた部位はボロボロになり、肉を引き裂かれたような耐えがたい痛みを発する上、止血も容易ではありません。治療は困難を極め、生身なら後遺症は避けられないと言われています。

「静樹君から明日にも紗弥さんが連れて行かれるかもしれないと言われて動揺を見せたあなたが、その後ホームでの宿泊を即答なさったので、行動を起こすなら今夜だろうと」

「僕を罠にはめたのですか？」

「もしそうなら、今ごろ私の隣には義経がいて、場所もアリスの目の届くところにしたでしょう」

「ではなぜ、あなたは自分の身を危険に晒しているんです？」

「私はあなたに敵対する理由がありませんから。それに、あなたの涙を見たとき、卑怯なことをなさる人ではないと思いました。ところで、もう手を下ろしてもいいですか？　そろそろ疲れてきたのですよ」

昭彦君がうなずいたので、私は両手を膝の上に戻しました。

「昭彦さんもソファにどうぞ。銃はこちらに向けたままでかまいませんから。あ、ハーブティーとかいかがです？　当ホーム自慢のオリジナルブレンドがあるのですが」

これは首を横に振られてしまいました。まあそうですよね。私がお茶を用意するふりをして武器を持ってきたりしたら困りますし、お茶になにか盛ったりするかもしれないし。

「御戸時家は、峨東の氏族に名を連ねる、地元で有名な技術流派の家元だそうですね。過去の新聞やニュースをアリスに探させたところ、御爺様の達彦さん、お父様の有彦さん、それに昨年亡くなったはずの、もう一人の昭彦さんの写真がすぐに見つかりました。他に、それぞれのご兄弟も。でも、そのいずれも顔型、骨格相があなたとは一致しませんでした。整形医療で顔を変えた可能性も考えましたが、骨格はなかなかそうもいきません。そうなると、三人の誰かが偽者であったと考えられます」

「僕が偽者だとは思わないのですか？」

「偽者なのですか？」

「いいえ」

「なら、達彦様、有彦様、もう一人の昭彦様のうちの誰かが、あなたの偽者だったのかということになるのですが、私と静樹君の前で流した涙は、本当に喜びと不安——多くの感情が入り乱れた、本物の涙に見えました。会ったこともない人の姿を見て、あんな風に泣ける人を私は知りません。なら、あなたは冷凍睡眠に入る前の紗弥さんと親しい関係にあったはずなのです。紗弥さんが冷凍睡眠に入られたのはちょうど百年前。有彦様や、もうひとりの昭彦様がお生まれになるはるか以前です。そうなると該当するのはただ一人。紗弥さんの婚約者《フィアンセ》であった御戸時達彦様です。でも、達彦様はご存命であれば当年で百十数歳。それが高校生なんて、ありえませんよね」

私が微笑んで首を傾げると、彼はようやく少しだけ肩の力を抜いてくれたようでした。

「肉体を全て義体化《サイボーグ》している可能性も考えたのですが、アリスの一次検査報告によればその可能性は極めて低いとのこと。なら、答えはひとつ。あなたは紗弥さんを追うように冷凍睡眠に入った、本者の御戸時達彦さん。あなたは大事な人と再会するために、百年の時を超えてここへいらした。違いますでしょうか？」

彼は私から目を離さないまま、しばらく考え込んでいたようでした。

きっと、私が信頼できる相手なのかどうか、見極めようとしていたのだと思います。

やがて、熟考していた彼が口を開きました。

「おおむね合理的だと思います。ただし、ひとつ問題が残る。長期冷凍睡眠は、眠りに入る前に詳細な身元の調査が保険会社によって行われます」

これは大切なことです。例えば犯罪者が海外の施設で冷凍睡眠に入ったら、簡単に時効まで逃げ切ることができてしまいます。実際、初期の冷凍睡眠者の中には、偽名で契約した極めて悪質な犯罪の容疑者が少なからずいたようです。このため、国際社会の世論を受けて、保険会社は身元調査を厳格に行うようになりました。

「僕――本者の達彦が冷凍睡眠しようとしたなら、誰かを自分の身代わりの達彦として残した上で、保険会社による幾重もの厳密な調査と審査をパスしなければいけない。それはとても困難です。不可能ではないかもしれないが、自分の人生を賭すには分が悪い」

そこは私もわからなかったところです。

冷凍睡眠者の氏名リストは、保険会社間で共有されています。御戸時達彦さんが冷凍睡眠者とそうでない人の二人いる、ということになれば、すぐに規約違反として解約されてしまうはずなのです。

ましてや、御戸時家は峨東流派に連なる、それなりに名のあるお家です。保険会社の職員がどれだけ怠慢をしていたとしても、容易に見過ごしてくれるとは思えません。

「それでも僕のことを本者の御戸時達彦だと、あなたは信じられますか？」

「信じます」

即答しました。

「なぜです？　僕は自分を証明する何ものも、あなたに見せていないのに」

私は瞼を閉じ、静かに二度、三度息をしてから、打ち明ける意を決しました。

「私も、実は百年以上生きているのです。百五十年前、私の故郷で当時はまだ不安定だった鏡状門の事故が起こって、私は義経を除く家族と仲間と故郷の全てと、自分の肉体を失いました」

彼は目を丸くしていました。

「そう、この身体は義体《つくりもの》です。百五十年前の私の姿を似せて造られた器。だから、私もまた、あなたと同じように自分を自分として証明する術《すべ》を持っていないのです。もし、今から誰かと脳を交換されたら、明日からは私とは違う誰かが、私としてこのホームで駅員をしているのでしょう。だから思うんです、肉体は自分を自分として証明する手段にはならない。私が信じられるのは、自分を見て、そしてあなたを見て感じたこと。この目で見えているものがたとえ理屈にあわなくても、達彦さんであるべきあなたが自分を達彦さんだと言うのなら、私はそれを信じます。あなたの涙を見て、私はそう感じたから」

彼は一瞬だけ、迷うように視線を私から逃がしました。そして視線が再び戻ってきたときには、決意の色をその瞳に浮かべていたのです。

「変わった人ですね。いえ、悪い意味ではないのですが」

「なぜかよく言われるのですよ」

髪をいじりながらちょっと照れてしまいました。

「百年後、東京駅の11番ホームで――」

呟くように、あるいは詠うように言いながら、彼は私に向けていた短針銃をテーブルにゆっくりと置きました。

「それが、最後に彼女——紗弥が僕へ言って残した言葉です。肉片と血の海の真ん中に佇んで、白い寝間着を真っ赤に染めて、彼女はたしかにそう言いました。その言葉が『悠久の別れ』を示す言葉だったことは知っていました。でも、事件から……私の家族だったらしい人たちが惨殺された日から間もなくして、東京駅11番ホームが本当にあることを知りました」

さらにポケットから私のスタン・ティザーを出して、私の前に置きます。これで、双方の武器が、お互いからほぼ等距離になりました。

「不言志津恵《ふげんしづえ》が教えてくれたんです」

「不言って……あの」

「いえ、今の音無静樹さんやそのご家族ではありません。当時の不言志津恵です。不言家は僕の家の宗家筋ですから、事件当時も警察への対応や葬儀の段取りも、すべて手伝ってくれました。とはいっても、不言本家にとって『今の』とか『昔の』という概念が意味を持つのか、親戚の僕にもよくわかりませんが」

彼は初めて、私の前で笑みを見せてくれました。とても小さな苦笑でしたが。

「それから程なくして、僕は本物の東京駅11番ホーム——ここを見付けました」

今度は私が目を丸くする番でした。

「では、あなたは以前にも11番ホームにいらしていたのですか？」

「百年前のことですから、覚えていなくても無理ないと思います。でも、僕は忘れられませんでした。鏡のような不思議な色の髪をした駅員さんと、灰色の毛の狼、そして空の上の駅。夢の世界へ紛れ込んだような気分だった。もちろん、そこに紗弥はいなかったけれども、それでも嬉しかった。彼女が最後に僕に言い残したことは、嘘や慰めのための空約束ではなかったと、そう思えたから」

　そのときの彼の目は、私の姿に百年前の私を重ねて見ていたのだと思います。

「やはりあなたは、本者の御戸時達彦さんなのですか？」

　彼は小さくうなずきます。

「はい。御戸時家のような不言の分家には『映筋《うつしすじ》』という伝統があります。本家の血筋になにか起きたとき――たとえば当主が大病を患うなどして、本家の役割を果たせなくなったとき、あらかじめ決められた順序で分家が代わりになるんです。これは当主継承とは違って、戸籍ごと家ごと入れ替わります。手っ取り早く言えば『予備の血筋』ということになるのですが、百年前に家族が死に絶えたときは、従兄弟が僕の代わりに『御戸時達彦』になって、本家を担ってくれました」

　不言の家とは長い付き合いなので、私もこれは昔から知っていました。

　静樹君は自分のことをたびたび『予備』と言いますが、それは静樹君の腹違いの姉にあたる音無静江さんが先年急死されたことで、彼——正確には彼のもうひとつの人格である静奈さん——に不言家次代当主の継承候補の順番が回ってきたからなのだそうです。

「でも、従兄弟の孫にあたる現当主・昭彦が昨年、持病で早世したことで、一度は御戸時家から籍を抹消された僕に、代役として再び当主の白羽の矢が立てられました。元は本家の直系ですし、昭彦と僕は身体年齢が近かったので、親族たちにとって都合が良かったようです。なので、僕は『御戸時達彦』であり、今は『御戸時昭彦』でもあります」

だんだん頭の中がこんがらがってしまいそうになってきました。

「お家の事情は様々だと思いますが、それにしても不言家に連なる皆様はややこしいですね」

まあ、これを言うと三大技術流派の宗家はどこもおかしいのですけれども。

「僕もそう思います。家系図は表と裏の二枚があって、裏の方はもう滅茶苦茶ですよ」

彼は再び苦笑して見せました。

「あなたが達彦さんなら、やはり紗弥さんを追って冷凍睡眠で百年後の現代へいらしたのですか？」

「その通りです。ただし、紗弥と同じ生理的冬眠——いわゆる『長期冷凍睡眠《ロング・スリープ》』は、僕の身体には向いていませんでした。『八百比丘尼《やおびくに》』の物語はご存じですか？」

日本の全国各地に残っている有名な伝説です。

「たしか、人魚の肉を食べて不老不死になってしまった女性のお話ですね」

「嘘か真かわかりませんが、御戸時家にも同じような逸話が残っています。やはり人魚らしき何かの肉を食べて、そのため血筋が人魚に呪われてしまったのだとか。いずれにせよ、御戸時家の直系に近く、血が濃く表れた人ほど生まれつき身体が弱くて、とくに夏の暑さに耐えきれません。気温が一定以上になると、体内で危険な抗体が産生されて免疫の過剰反応で自家中毒に陥ってしまうんだそうです。そのため、祖先は高地から一歩も外の世界に出られなかった。僕もそうだったらしくて、幼いころから高層マンションの屋上に建てられた屋敷に隔離されて育ちました」

暑さに弱いという体質は、一見して冷凍睡眠とは無関係なようですが、実は大事なことです。

「つまり、あなたは冷凍睡眠に入ることはできるけれど、体温を急激に上昇させる蘇生のステップで危険があるということですね」

「医師の見立てでは、現代の技術をもってしても蘇生成功率が一割を切るそうです」

ましてや百年前であれば、とてもではありませんがドクターストップが入ってしかり、ということなのですよ。さらに、どこの保険会社もそんな案件を受け入れるはずがありませんん。保険に加入できなければ、蘇生までの冷凍睡眠中の肉体の保護を保証してもらえないということになります。

「なので、僕には紗弥のような長期冷凍睡眠は不可能でした。残る手段は薬学的冬眠しかなかった」

「ちょ、ちょっと待ってください！　薬学的って……短期冷凍睡眠《ショート・スリープ》ですか？」

「はい。当時は仮死昏睡冬眠と呼ばれていましたが」

同じ冷凍睡眠の一種と言えば聞こえはいいですが、人体を冬眠状態にするという原点の理屈以外はまったく別物です。有名な長期冷凍睡眠は未来への時間旅行《タイムスリップ》と言い換えても差し支えないものですが、一方で短期冷凍睡眠は元々、数百年にも累計される海外の長い懲役または禁固刑の代わりや、ときに拷問にも使われるような技術です。自ら望んで短期冷凍睡眠を行うなんて、正気の沙汰とは思えません。

薬で全身の代謝を遅くして、身体を仮死状態にするというのは知っています。でも、たしか脳まで完全に時間を止めることはできないので、身体が動かない状態のまま、意識は長い時間を感じることになる。

金縛りに一度でもあったことがある人なら、きっと誰もがわかるあの理由のない恐怖感。それがもし、一晩どころではなく何日も昼夜を問わず続いたのだとしたら。

「まさか、短期冷凍睡眠《ショート・スリープ》だけで、百年後の現代まで？」

「ええ。三ヶ月に一度、覚醒して専門医の検査を受けて、問題がなければその日のうちに再び短期冷凍睡眠に入りました」

「でも、それではあなたの脳が耐えきれないのでは?」

「その通りです。僕の中枢神経は百十数歳相当かそれより老化しています。万全の治療を受けたとして遅くてあと十年。そうでなければ早くて今日、明日にも僕は死にます」

それが、彼に今日中の行動を決意させた理由なのでしょう。明日もまた今日と同じように生きていられるか、自身にもわからないのですから。それどころか、この一瞬一瞬すら彼にとっては生と死の境界を綱渡りしているような状態なのです。

「そうまでして、紗弥さんに会いたかったのですか?」

「ええ。会って、ひと言でいい、彼女と話したかったんです」

「何をですか?」

「僕を置いて、冷凍睡眠に入ってしまった理由を――いえ、本当は、謝罪したかったんだと思います」

彼は天井を見上げます。

「物心がつくころには、僕は高層マンションの屋上の屋敷に、両親によって閉じ込められていました。僕の身体はそこでしか生きられなかったし、両親や兄妹は僕に関わることで自分たちまで同じ病を発症するのではないかと怖れていたようです。だから僕は十一歳のとき、両親が殺されるまで一歩も屋敷の外に出たことがありませんでした。そんな僕の世話と教育係を押しつけられたのが、六つ年上の紗弥でした。なにも不満に思うようなことはなかった。彼女はなんでも教えてくれたし、どんな我が儘《わがまま》をしてもけっして見放すようなことはせず付き合ってくれました。僕が大きくなったら、紗弥は僕と結婚してくれるものと思いこんでいた。だから……いえ、そんなことは言い訳にはならないけれど、十三歳の誕生日に、僕は紗弥と、初めてその――床を共にしました。両親と兄妹が惨殺されたのは、その翌日のことです」

彼はそこでいったん言葉を切り、膝の上の両手に力を込めていました。

「正直、両親のことはなんとも思いませんでした。ろくに会ったことすらなかったし、狭くても屋上の屋敷で過ごした時間は、僕にとって至福でした。紗弥さえいてくれれば他に何もいらなかった。僕と紗弥を閉じ込めていたのは両親たちで、当然の報《むく》いだとすら思いました。でも、彼女を本当に縛り付けていたのはきっと他の誰よりも僕自身だったと思うんです。なら、僕もまた罰を受けなくてはいけない。だから、謝りたい。もし許せないというのなら、僕をいっそ殺してくれてもいい。彼女に殺されるまで、僕は死ぬわけにはいきません。その思いが、狂ってしまいそうな短期冷凍睡眠の苦しみから百年間、僕の心を支え続けたものの正体です」

彼が話している間、私は何度も慰めの言葉をかけようとして、言葉を、そして息を飲まずにはいられませんでした。

私などが想像していたよりずっと、彼と紗弥さんを翻弄した運命は壮絶で、過酷だったのです。

　もしこれから紗弥さんと会わせたら、彼はすぐに自殺してしまうのではないでしょうか。そう思わずにはいられないほどの強い決意と、一方で今にも崩れ落ちそうな意志が彼をかろうじて支えているように見えます。

　でも、会わせないという選択肢なんてありえないのです。

「わかりました。明日、紗弥さんにもう一度、あなたのことを伝えて説得します。もし断られても、なんとか機を見てお会いできるように取りはからいます」

「ありがとうございます」

　彼は頭を下げ、それからテーブルの上の短針銃を私の方へ差し出しました。

「そうですね、駅構内に危険物の持ち込みは困りますから、こちらでお預かりしておきます。ですが」

　私は短針銃を受け取ってから、自分のスタン・ティザーを彼に渡します。

「お互いを信頼するため、今は武器が必要でしょう。短針銃ほど威力はありませんが、もし私のことを信用できないと思ったときには、迷わずそれを私に向けてください」

「僕はそんなこと――」

「気持ちの問題です。あなたが私を信頼して今のお話をしてくださったのであれば、私もあなたを信頼してあなたのご期待に全力でお応えしたいのです。ですから、あなたが持っていてください。そして、今日はお部屋に戻ってゆっくりお休みになってください」

「……わかりました」

彼はスタン・ティザーをブレザーのポケットにしまい、ソファから立ち上がりました。

「お部屋までお送りするのですよ」

「いえ、ここで」

休憩室から出て、廊下で遠ざかっていく彼の背中を見送りました。

廊下の窓から夏の星空を見上げると、ちょうど天の川を挟んで織姫星と彦星が瞬いているのが見えます。

「百年の恋、ですか」

口にすればひと言なのに、ずしりと重く横たわる責任に、胸が潰れてしまいそうでした。

7

翌朝、私はいつも通り五時五分前に目を覚ましました。

駅勤務のくせにずいぶんのんびりだな、というご批判はごもっとも。

なにせ、このホームを一人で切り盛りしているので、早番も遅番もあったものではありません。おはようからおやすみまで、私一人の仕事です。他駅の早番の皆様に後ろめたい気持ちはありますが、この駅の始発はとても遅いですし。

ちなみに、私に駅員のなんたるかを叩き込んでくれた先輩（故人）は、七時に起きて夜の十時には寝ていました。しかも遅刻上等。ちなみにその時間に化粧、食事、入浴などプライベート込み。

若い私は思ったものです。

――ああ、これがブラック企業。

年功序列による差別待遇。悪しき日本の企業文化。

しかし、それから百五十年近くを経て、今や私が東J.R.C.D.内で最年長。

今の私は思うものです。

――ああ、年功序列なんて幻想だった。

歳を取っても特にいいことなんてありませんでした。むしろ雲の上の人たちに振り回されることが多くなったような気がします。今回の冷凍睡眠者専用車輌についてもそうなのですよ。

面倒を押しつけるな、とは思いません。代わり映えのない毎日を過ごすうちに自分を見失ってしまいそうになる私にとって、人との出会いは他に代えがたい刺激です。今回の昭彦――あらため本者の達彦さんとも、昨夜ちゃんとお話しできて良かったと思っています。

ただ、ここまできて未だに上からの説明も指示もまったくないことについては、いささかの不信感を覚えずにはいられませんでした。

紗弥さんたちの専用車輛が11番ホームに緊急停車してから今日で八日目。

義経が言っていたように国際貨物との間の交渉が難航しているとはいえ、丸一週間以上も放置、現状維持のまま、というのは通常ありえません。

なにか、嫌な予感がするのです。

ダイニングルームのカーテンを開け、東の空からの新鮮な日の光を屋内へ招き入れながら、もやもやした気分が胸の中を満たしていくのを、私は覚えていました。

ともかく深呼吸して気分を切り替え、キッチンに戻ります。

サラミとレタスのコールスローを柔らかく焼いたオムレツで包み、オーブンレンジで温めたクロワッサンに横穴を掘って少々強引にねじ込みます。

手間が多いだけでサンドイッチするのと変わらないのですが、ここまでやらないと義経は野菜を食べてくれません。

ちなみに、このレシピは三十年ぐらい前、ロールパンでの敗北から生まれたものです。ロールパンだと、義経は口と前足を器用に使って分解し、コールスローのキャベツだけ取り除いて食べてしまったのです。

これがクロワッサンになりますと、分解しようとしたそばから崩れていくので、コールスローはさらにカオスなことになります。さすがに面倒だと思ったようで、このレシピのときは義経もあきらめて丸かじりしてくれたのです。

以来、クロワッサン巻きやパイ包み焼きは、私の必殺技――もとい、得意レシピとなりました。

まあ最終的には、義経の口をこじ開けて無理矢理放り込む、という手もないわけではないのですが、しばらく口もきいてくれなくなるので。できれば実力行使ではなく、こうして調理レベルで解決したいのです。

「……よし、上出来」

当社比二〇パーセント増しのキャベツの香りを隠すため、バター多めの香ばしいクロワッサンと特製ミートソース。私の勝利は揺るぎありません、たぶん。

『T・B』

「はい？」

不意に天井の方から降ってきた無機質な声に、私はフライパンを洗っていた手を止めて見上げました。

ダイニングルームのキッチンは声がよく響きますが、水音と換気扇の音が重なるとさすがに聞き取りづらかったので、その二つを止めてからアリスに返事をしました。

『用件が二つ。ただいまよろしいでしょうか？』

「少し時間がかかりそう？」

『T・Bのお返事次第では』

「了解なのですよ」

私は濡れた手をエプロンで拭きながら、キッチンカウンターの向こうの丸椅子に腰かけました。

カウンター上の置き時計には、今日の天気予報とニューストピックが表示されています。今日は晴れ、ただし、一部地域で天候が不安定になるかもしれないとのことでした。

「二つですか。関連性のあることでしょうか？」

『ほぼ無関係です』

「じゃあ、面倒そうな方から」

『わかりました。昨夜の旧会議室《ディスカッション・ルーム》での、御戸時昭彦、または御戸時達彦に該当する人物とあなたのお話について』

「はあ……あれ？」

お話って。達彦さんが部屋に入ったことぐらいは廊下の防犯カメラでアリスも知っているはずですが、中で何が起きたかはわからないはずなのですよ。

「アリス、あそこの部屋にはマイクもカメラもアクセスできないのでは？」

『はい。ただ昨夜にかぎり、T・Bの持ち込んだ電子栞《スマート・ブックマーク》がボイスメモを残していたので、解析の結果、一部の会話を復元することができました』

「ああ……」

その手がありましたか。

最近は紙の読書も進歩していまして、栞《しおり》ひとつ取っても無闇に高機能なものがあったりします。例えば読書の進捗状況や延べ読破ページ数の記録、文字数の記録、本を汚さない電子マーカー機能、それにボイスメモやその文字おこしなどです。

私はプライベート用に普段、昔ながらの紙や革の栞を使っているのですが、仕事や勉強には電子栞を用いることもあります。たぶん、私物の本の中に紛れ込んでしまっていたのでしょう。

アリスにやられた、というより、私がやらかしてしまった、という方の失敗です。

あまり長時間の録音はできないはずなので、問題はどこからどこまでアリスに聞かれたのかなのですが。

固唾を呑んで次の言葉を待っていると、

『人間にとって「身体を重ねる」ということは、それほどに重要なことなのですか？』

「はぁ!?」

……とんでもなく予想の斜め上空な質問が飛び出しました。

『誤解があったのであれば申し訳ありません。私のデータベースによれば御戸時達彦の言う「床を共にする」という言葉は「身体を重ねる」と同義であったため、そのように言い換えました。正確を期すのであれば「性交渉」となりますが』

国語辞典で遊ぶ中学生男子みたいなこと言ってますね。

「その通りですが、かえって生々しいのでやめてください」

『私は現在のところ、これについて単なる生殖行為ではなく「人間同士の親愛表現の一種」および「生物的快楽の受容」が含まれるととらえています』

「どんどん生々しくなっていきますね」

『この解釈では、笹井紗弥が御戸時達彦を百年前に置き去りにしたことの説明がつきません。行為によって互いの愛情を確認し合った人間同士は、基本的に互いの存在をより重要なものとして扱うようになるものではないのですか？』

幼い子に「赤ちゃんてどうやってできるの？」と問われた気分です。

「それは私にもわからないのですよ。そもそも関係性があるのか——あるのだとしたら、余人には計り知れない深い事情があったのだと思いますが」

話を聞いたかぎり当の達彦さん自身にとっても不可解で、もしかするとなにかのきっかけになったのではないかと悔やんでいる様子でした。

「ただ……そうですね、私もまだ経験がないもので、あまりはっきりとは言えないのですが」

『存じています』

「……すいませんね、モテなくて」

『T・Bの場合、行為に及ぶ条件が揃うことを意図的に避けている様子が散見されます』

人聞きの悪いったら。

「私のことはさておきなのですよ。あなたの解釈も、あなたのデータベースの答えも、正しいと私は思います」

『そうであるならば、笹井紗弥は御戸時達彦との合意の上の性交渉において十分な他者承認欲求の充足を得られなかったため、失意の内に冷凍睡眠で御戸時達彦から距離を置こうとしたと考えられますか？』

ちょっとほっぺが熱くなってきました。

「まあ、その……そういうこともあるかもしれませんし、逆に紗弥さんの方が達彦さんの期待に十分に応えられなかったと思いこんで、自らを追い詰めてしまった可能性もありますね」

二人とも経験が浅かったのであれば、うまくできなくて気まずくなってしまったのではと、私もいっとき思わないでもなかったのですが。

『率直にうかがいます。もしT・Bが笹井紗弥の立場であったなら、それら想定される性交渉の不完全な結果によって、百年の冷凍睡眠を望むほどに精神的な苦痛を被ることはありうるとお考えですか？　性交渉とは、それほどまでに人類にとって重要な転換点なのですか？』

少し遠回りしましたがなるほど、ここで最初の質問に戻るわけですね。

「正直に言えば、それだけでは理由として不十分じゃないかな、と私は思います」

百年という時間は、それまで自分の積み上げてきた経験や人間関係のすべてを無に帰してしまうほどの長さです。時間的な自殺にも等しいと言えるでしょう。いかに深い煩悶に苛《さいな》まれていたとしても、そうそう思い切れることとは思えません。

「やはり、その直後に起きた達彦さんのご家族の死が、直接的な原因になったのかもしれません」

『御戸時達彦氏は、そうは考えたくないご様子の言動でしたが？』

「迂闊な予断は許されません。アリス、私はあなたの疑問にちゃんと答えてあげられていない。でも、こういうことは本人たちにとってとてもデリケートな事柄なのです。周りの人間が安易に口を挟んだりすれば、二人をより深く傷つけてしまうことにもなりかねません。だから、今のところ私たちはそれぞれの駅職務のまっとうにのみ努めましょう。その一線を越えて干渉するのは、お二人が助けを求めて来てからでも遅くはないはずなのですよ」

『了解しました、マスター』

アリスが私のことを「マスター」と呼ぶときは、どこか棘があります。煙に巻いたのが、アリスにはお見通しだったのかもしれません。やはり子供に「赤ちゃんはコウノトリが連れてくるのよ」と教える大人の気分ですね。

「それで、もうひとつの『面倒でない方』の用事というのは？」

『当ホームに停車中の冷凍睡眠者専用車輌の措置について、東J.R.C.D.運行部からの正式な通達がありました』

「ああ、ようやく会議の結論が出たんですか。やはり東J.R.C.D.によって旅客扱いでお運びすることに？」

『いえ』

「あら。ではあくまで貨物としてJ.R.C.D.国際貨物で運搬するのですか？」

『それもノーです、T・B』

カウンターテーブルの上に数枚の書類が表示されます。普段は使わないような格式張った形式ではありましたが、それはたしかに運行部からの指示書でした。

『車輌は引き続きJ.R.C.D.国際貨物の管轄下に置かれますが、J.R.C.D.国際貨物は車輌の運搬を日本国際人権委員会の勧告に基づき、鏡状門鉄道での運搬から空輪に切り替えるとのことです』

「空輪？というか、日本国際人権委員会って何です？国連人権委員会ではなくて？」

そもそも、それって「日本」なのですか、「国際」なのですか。

『東京に拠点を置き、主に日本国内の人権問題の解決のための活動を主眼とする非政府組《NG》織《O》です』

「国連ではないのです？　国連人権委員会の日本——えっと、支部とか？」

『いいえ、無関係です』

「ああ、よくある手ですね……」

どこの国にもあると思うのですが、あたかも国定団体かのように大々的に名乗ったり、さも国連や他の国際団体の支部であるかのような名称を騙《かた》る組織というのは、国内だけでも数えれば際限がありません。

『運営資金の九割以上が北米からの迂回寄付でまかなわれており、構成員の七割が北米人、うちの半分が日系北米人で、事実上は米国政財界の手足となっています』

二十二世紀現在でも国際社会の秩序の多くを担う北米は、今も多民族国家であり、また日本では考えられないほど激しい人種、民族差別が未だに横行している人権問題の多発国家でもあります。そのはけ口として、他国の人権問題にはよく介入します。

つまり、自分のところがうまくいかないから、余所の国の問題を国際社会に提起して、内外の批判を回避しようとする癖がなかなか抜けないのです。世界の人権問題がすべて解決したら一番困るのは北米だろうと、皮肉を込めて言う識者もいるほどです。

日本国際人権委員会というもの、そういう性質の組織とみて間違いないでしょう。
J.R.C.D. 国際貨物も、やっかいなのに噛みつかれた被害者ということでしょうか。
「でも、それでは紗弥さんをはじめとした六十三名の冷凍睡眠者のご要望を無視することになります。紗弥さんの言葉を信じるなら、冷凍睡眠者の皆様は、旅客としての移送をご希望です。そのあたりをどのようにせよと？」

『善処を求む、と』

簡単に言ってくれますね。責任者に直接会ったら、往復ビンタでもあびせてやりたいところなのですよ。

「でも、貨物扱いなら鏡状門鉄道のままでいいでしょう？　空輪と言っても旅客機に搭乗させるわけにもいかないでしょうに。それでも羽田か成田に移送するんですか？」

『いいえ。移送先は横田基地の予定です』

「横田基地……って、北米空軍の、ですか!?　まさか軍用輸送機で空輸を!?」

『はい。C-330 戦術輸送機に積載する予定のようです』

C-330《ロング・ハーキュリーズ》 輸送機といえば、先だってこのホームを襲撃した大型ガンシップの原型です。それだけでもいい気持ちがしませんが、民間貨物を軍用機が輸送するというのは尋常ではありません。

「民間貨物輸送になんで北米軍が出てくるんですか。J.R.C.D. グループの独立独歩の気概と自主独往の誇りはいったいどこに？」

『T・B。この運航部の指示には、あなたのご指摘通り不審な点が見られます。よって、念のため精査したところ、東J.R.C.D.本部において本件は未だ「審議中」の案件であることが判明しました』

私は顎に指をかけて両眼を閉じます。

尋常か否か、どころではありません。運行部は、東J.R.C.D.上層部の決定を待たずに指示を出しているのです。

「J.R.C.D.国際貨物が、事後承諾を前提で強引にねじ込んできた？」

『可能性としては十分に』

「でも、理由がわかりませんね」

義経が言っていたとおり、ドル箱の冷凍睡眠者専用車輛を東J.R.C.D.に任せたくないのだとしても、北米軍に委託してまで貨物としての体裁を保つことにどれだけの意味があるのでしょうか。

「もし北米軍基地に入ったら、いくらJ.R.C.D.でも、もう追跡はできないね」

「そうですね……」

「仮に北米になんらかの思惑があって、車輛を手に入れたいのだとしたら？」

「でも、ほうっておいても北米のアラスカに行く予定なのに」

「じゃあ、旅客扱いで東J.R.C.D.に運ばれるのが困る理由が何かあるのかな？」

「貨物として運ぶのと、旅客として運ぶのにどんな違いが……って、きゃあ！」

いつの間にか会話に入ってきていた声に振り向くと、間近に静樹君の顔がありました。

「おっと、大丈夫？」

キッチンカウンターの丸椅子から驚いて転げ落ちそうになった私の身体を、静樹君が両腕で支えてくれます。

「し、静樹君、なんでここにいるのです？」

「朝食は七時半にダイニング・ルームでって、君が昨日言ってたよね。ちょっと早かったかな」

カウンター上のデジタル時計は、七時十二分を表示していました。

「おはよう、T・B」

「おはようございます、静樹君……もう手を離してもらって大丈夫ですから」

お姫様だっこされたみたいな格好なので、恥ずかしいです。

「僕なら一日中、このままでもいいけれど」

「お断りします、離してください」

「残念」

苦笑いしながら渋々といった様子で、静樹君は元の丸椅子に私を戻します。

「コンコースのテラスでまだ将棋盤と睨めっこしてるよ」

「あの、義経は？」

あの子ったら、昨日からずっとですか。誰のために手の込んだ朝食を作っているのかと。あとで持っていって、無理矢理にでも食べさせないと私の気がすみません。

「今の話さ」

「すぐ朝食のご用意をします。飲み物はコーヒー、コンソメスープ、オレンジジュースがありますけれど」

「カフェラテできる？」

私が逃げるようにキッチンの側へ行くと、静樹君はしたり顔をして言いました。

「ええ。すぐ淹れますね」

「で、今の話だけれど」

誤魔化せるとは思いませんでしたが、しつこいと言いますか、一度噛みついたら絶対離さない鰐《ワニ》や蛇《ヘビ》みたいですね。

「もし当初の予定通りだったなら、紗弥ちゃんが乗っていたあの冷凍睡眠者専用車輌はどういうルートでアラスカまで行く予定だったのかな？」

「経路ですか？　アリス、わかります？」

カウンター上にメルカトル図法の世界地図が表示されて、赤い点と黄色い線が引かれます。

「ほら、これちょっとおかしくない？」

「どこがですか？」

コーヒーメーカーのスイッチを入れながら、私は首を傾《かし》げます。

「本来なら東京駅ではなく香港で一時停車しているはずだったのはともかくとして、その後のルートさ。カムチャツカからアラスカへって、それは地図上なら近いけれども、アラスカ行きなら人も荷物も普通は西海岸のLA《ロスアンゼルス》ターミナルの鏡状門を経由していくものじゃないの？」

「まあ、普通はそうですね。でもどこの路線も、原則的に貨物より旅客優先ですから、たまたま迂回を選択したのかも」

「じゃあカムチャツカの前にわざわざ東カザフスタンを経由するのも、たまたま？」

「東カザフ……ですか？」

そこは今、内戦の渦中、それも激戦区になっている場所なのです。

私が右手のカフェラテのマグカップと左手の特製オムレツサンドのお皿をカウンターに置こうとしたとき、静樹君が世界地図の広大なユーラシア大陸、その真ん中を指さして見せました。

「ほら、わざわざアヤゴズからセメイまで三百キロ余り、ここだけ鏡状門を使わずに代わりに陸の国有鉄道で輸送することになってる」

静樹君の言うとおり、アリスの表示した経路は大きく西側へしなるように延びた後、カザフスタンの東端に入ったところでほんの少し在来陸上鉄道を挟んでいました。

「J.R.C.D.グループは、多数の国の在来線と相互乗り入れの契約を結んでいます。カザフスタンの国有鉄道も、たしかそのひとつ。すべての鏡状門が直接繋がっているわけではありませんから、海外の在来鉄道路をお借りするのは特段珍しいことではありません……けれど」

「わざわざ内戦地帯をかすめるように遠回りするのは、いかにも不自然だね。この地図にさ、カザフスタンの反政府組織の支配地域と、北米、仏、英の公表している空爆警告エリアを重ねてみてくれる？」

「アリス、お願いします」

『はい』

橙色で反政府組織の予想勢力範囲、赤色で三カ国空軍による警告区域が、地図上に塗り広げられます。

「ぎりぎり、範囲外ですね、どちらも」

「いや、これ駄目だよ。ほら、一番近いところで鉄道路線まで二十キロもない。これなら手製のちゃちな迫撃砲でも届くし、空爆にしても誤爆が十分ありうる。爆撃機なら目と鼻の先も同然。それどころか、爆装した無人偵察機が常時警戒している範囲だろう。いつ火の海になってもおかしくない。そんなのJ.R.C.D.ほどの大企業グループなら当然想定していてしかりだよ」

「では、J.R.C.D.国際貨物が危険地域だと知っていて、あえてそのルートを設定したのでしょうか。なんのために？」

「無くしたい、い、貨物があったのだとしたら？」

私からカフェラテのカップを受け取った静樹君は、意味ありげな笑みを浮かべながら口を付けます。

「まさか、そんな……」

声を失った私を尻目に、静樹君はクロワッサン・サンドをかじりながら、暢気に「あ、おいし」などと呟いていました。

「無くしていい貨物なんてあるわけがありません。私たちJ.R.C.D.は、たとえ仰ぐ社旗が違っても、全世界のフラッグ・キャリアとしての誇りをともにして、すべての旅客と貨物を大切にお預かりするのですよ」

「でも、J.R.C.D.国際貨物だけは少し毛色が違う。昨日、そう言ったのは君自身だったよね。それに、君はこの忘れ去られた11番ホームで、乗客や貨物が危険な策謀に巻き込まれる有り様を何度も間近でその目にしてきたはずだよ」

「それは、そうですが……仮にも、貨物扱いとは言え、意図して人命を危険に晒すだなんて、あってはならないことです」

自分の言っていることが感情論なのはわかっています。それでも口にせずにはいられませんでした。

私ごときの剣幕に気圧されて、なんてあるわけもないのですが、静樹君は降参とばかりに両手を挙げて見せます。

「じゃあひとまずそんなはずはないとしよう。だけど、J.R.C.D. 国際貨物が紗弥ちゃんも含む六十三名の冷凍睡眠者を危険極まりない経路で移送しようとしたことは、ここにある通り紛れもない事実だ。それが単なる過失やただの偶然ではないとしたら？」

ミスでも偶然でもなく、意図して危険な場所に送り込む理由。そんなことがありえるのでしょうか。考えられるとすれば――

「事故を装って、貨物の所在を隠す……ため？」

「紗弥ちゃんたちが『旅客として東J.R.C.D. での移送』を頑なに要求していたのは、その辺が理由だろうね。T・Bたち東J.R.C.D. の管轄になったら、紛争地帯をかすめるような危険なルートでは絶対に運ばないだろうから、事故を装うことは限りなく困難になる。それと、旅客に事故やら失踪やらが発生したら保険調査員の綿密な調査が入ることになるけれど、カザフで内戦に巻き込まれるケースではそうはならない」

「そっか、天災と戦争およびそれに類する紛争、武装革命などは冷凍睡眠の保険契約の免責事項に入りますからね」

「よってカザフスタン政府と多国籍軍がひとたび『誤爆』または『反政府勢力によるテロ』と公表したら、それ以上の真相の追及はされない」

「何かを隠すにはもってこいの状況……たしかにその通りですが、でも、いったい何のためにそんな手の込んだことを？」

「もちろん、使い道が非人道的だからだと思うよ」

口の端を吊り上げ、静樹君はぞっとしない冷笑を端正な顔に浮かべます。

「とすれば、北米がこの期に及んで『日本国際人権委員会』なんてカビ臭いものを持ち出してきたことにも納得がいくよ。紗弥ちゃんが自分たちの安全のため東J.R.C.D.に事実上の保護を求めた時点で、内戦の混乱の中で無くしたふりをするという当初のプランは破綻してしまったんだ。ひとたび東J.R.C.D.が関わった以上、たとえJ.R.C.D.国際貨物の管轄のままであったとしても、もう東カザフ経由だなんて露骨に危険なルートは使えないからね。あとは可能な限り目立たない場所で、強引に奪取するしかない。そのための日本国際人権委員会からの勧告だろう」

二個のクロワッサン・サンドをすっかり平らげ、優雅にカフェラテを啜ってから、静樹君は言葉を続けます。

「滑稽じゃないか。北米はとても世界に公言できないような目的に使うため、君たち東J.R.C.D.から六十三人の冷凍睡眠者を奪い取ろうとしている。彼らの人権を盾にしてだ」

「では、紗弥さんたちがこのホームに運ばれてきたのも北米の思惑の内でしょうか？」

「いや、時系列的にそれはどうかな。ただ、ここに運び込まれたのは北米にとって不幸中の幸いだろう。周知のこととはいえ、東京駅11番ホームは未だおおやけには存在しないことになってるからね。北米が冷凍睡眠者たちの強奪を目論むなら、このホームに停車している間しかない。なんでもいいから理由をこじつけて横田基地に運び込んでしまえば、あとは公式な記録に残らない」

私個人としては、北米をひどく悪辣な国家だとは思っていません。仮にも日本の同盟国でありますし、相互利益さえあれば話が通じる理性的な国だと思います。ただ、彼の国の政治、外交は理性に偏るがゆえに、損得勘定次第でこの程度の策謀は常に巡らせているだろうとも思います。

「J.R.C.D.国際貨物は、最初から北米の謀略に荷担していたのか、それとも既に抜き差しならぬところまで踏み込んでしまって引っ込みがつかなくなっているのか、いずれにせよ今は北米の傀儡《かいらい》となっていることになりますね」

今になって思えば、東J.R.C.D.とJ.R.C.D.国際貨物の会議が異例なほど長引いているのも、J.R.C.D.国際貨物による時間稼ぎなのかもしれません。

「それと、北米の思惑だけれど、僕には少し思い当たることがある。笹井家のことが気になったから、昨日、実家のログを漁《あさ》ってみたら案の定、面白いものが出てきたよ」

静樹君は作務衣の内ポケットからカード状の記録メディアを取り出して、私に差し出しました。

「拝見しますよ」

ワイヤレス全盛の現代、記録メディアで情報のやり取りをするからには、それなりに重要な内容ということなのでしょう。

「どうぞ」

私が左手首の腕時計でカードをなぞると、中に保存されていた書類がカウンター上に立体映像で表示されました。

「医療履歴《メディカル・レコード》？」

それは十一歳の少女に施された治療についての記録でした。

「紗弥ちゃんのね。百と九年も前のだけれど」

「交通事故ですか」

「そう。紗弥ちゃんのお父さん、笹井勝は笹井家の分家で、一家は仙台に住んでいたんだけれど、五人の家族全員で神奈川の本家をたずねに上京しようとしたとき、運悪く事故に巻き込まれた。笹井勝とその妻、それに長女はほぼ即死、車の火災で次女の美里は救助が間に合わず焼死。つまり生き残ったのは紗弥ちゃんだけ」

負傷箇所が赤色で示された図によれば、五箇所の骨折と十三箇所の打撲のみならず、七個の臓器と全身の皮膚の八割の再生治療。尋常ならざる大手術であったことが窺《うかが》えます。

ですがなにより目を惹くのは頭部。脳にあたる部分のほとんどが、真っ赤に染まっていました。

「緊急搬送時にほぼ脳死状態で、大脳新皮質の九割も含む一一〇〇グラムの脳細胞を、人工補脳に置き換え、ですって？　こんな無茶な治療、許されるはずがないのですよ」

「うん。現代でも脳の質量の六割以上の置き換えが必要な場合は脳死判定だね。当時はまだ西晒胡の中枢神経再生治療が実用段階になかったから、機械の電子脳を埋め込んでる」

紗弥さんの脳は、大半がコンピューターのような電子装置でできているのです。

「実を言うとね、この無理な施術を強行させたのは、五代前の不言志津恵——つまり、僕と静奈のご先祖様なんだ」

カウンターに頬杖を突き、もう一方の手で空になったカフェラテのマグカップをくるくると弄《もてあそ》びながら、静樹君は言葉を続けます。

「笹井家というのは、四百年前に峨東の一族に加わった血族なんだけれど、とても珍しくて面白い遺伝的特性を持っていてね。彼女たちと交配してできた子供は、父方の患《わずら》っていた遺伝子疾患が劇的に改善されて生まれてくるんだよ。言い換えれば、彼女たちの血統はあらゆる遺伝子疾患の特効薬みたいに働く。これが僕たち峨東の一族にとってどれだけ有用で大事なことか、君には言うまでもないよね」

峨東流派、その宗家に近い古い家々では、伝統的に厳しい計画婚が徹底されています。これは峨東の古い血族の遺伝子の多くが劣性遺伝で、自由な婚姻を無制限に認めていたら、不安定な遺伝子による特殊な才能が失われてしまうからだそうです。

しかし、それゆえに峨東の一族は、どこの家も遺伝子疾患から無縁ではいられませんでした。若年性痴呆、難治のガン、男女両方の不妊症、呼吸器疾患、反社会性人格障害、精神破綻、多臓器不全、免疫異常、エトセトラ。

峨東の子孫たちは、少なくない確率でこれらを先天的要因によって発症してしまうのです。

その特効薬がもしあるなら——峨東にとってそれは、垂涎してやまないものに違いありません。

「では、達彦さんと紗弥さんを引き合わせたのも、峨東の計画婚の一部なのですか？」

「もちろん。達彦君の御戸時家も、峨東にとって極めて有用な才能を持った大事な氏族だからね。だいたい四代から六代おきぐらいに、笹井家からお嫁さんをあてがわれていた。御戸時家は昔から涼しい高地でしか生き残れなかったって話は、彼からもう聞いた？」

「ええ、詳しくは知りませんが、だから、かつて達彦さんは高層マンションの屋上にあるお屋敷から一歩も外へ出られなかったのだとか」

「それでも、この東京駅11番ホームまで彼は自分の足で来られた。これ、ちょっと借りてもいい？」

私がうなずくと、カウンターの隅に置きっぱなしになっていた電子ペーパーの新聞を開いて、何か操作していました。

やがて新聞は一面の無地になり、それから衛星写真が代わりに表示されます。左上のプロットによると群馬県内の市街地のようでした。静樹君はその一角を指さして見せます。

「ここに周りのよりずっと高い超高層《タワー》マンションがあるでしょ。これが達彦君の言っていた屋上の屋敷」

近代的なコンクリートの高層建築の屋上。そこに古風な瓦屋根の日本家屋が佇んでいる様子は、とてもシュールに見えました。

「これでも高さはせいぜい三百メートルちょっとしかない。海抜とあわせてもせいぜい四百メートルがいいとこかな。彼らのご先祖が千五百メートル以上の山岳地帯の村落に閉じ込められていたころに比べれば、圧倒的な進歩だ」

「それも、笹井家との婚姻を繰り返してきた効果なのですね」

「うん、十九世紀の頃からね。御戸時家の特異体質は、笹井家から繰り返し血を取り入れて少しずつ改善されていったんだ。で、今では——というか、達彦君の幼少時代は百年前だけれど、彼は低地にいても数日くらいなら問題ないほどになった。なのでもう一押し、あと一回か二回くらい笹井の血を混ぜてあげれば、ほぼ完治するんじゃないか、というのが峨東宗家の見込みだった」

「だから、事故にあって脳の大半を失った紗弥さんを、無理矢理に延命させたんですか？」

声が低くなってしまったのは、どうかご容赦ください。私も平常心ではいられなかったのです。

だって、それでは「紗弥さんが子供さえ作れるなら、本人のことなどどうでもいい」という意味になってしまうのですから。

「僕のこと、嫌いになった？」

「いえ……そういうことでは、ないですけれども」

「笹井家の血、特に本家に近い女子は、峨東の家々の間で引っ張りだこなんだよ。どこの家も大なり小なり、遺伝性疾患に苦しんでいるからね。それなのに貴重な一家五人の内、四人もをあの交通事故でまとめて失ってしまった。あえて君に嫌われる言い方をするけれども、僕たち峨東宗家近傍にとって、使えるものはなんでも使うしかなかった。家族を亡くし大ケガを負った天涯孤独の可哀そうな少女を、子供を産むための道具として扱ったと、非難されることになろうともね」

こんなときですら、静樹君の顔はうっすらと冷笑を浮かべていました。

「でも、どうやらその優遇っぷりが、御戸時家には却って訝《いぶか》しく感じられてしまったらしくてね。つまるところ、繰り返し笹井家と婚姻させることで、峨東宗家たちは御戸時家を笹井家に乗っ取らせてしまうつもりなんじゃないか、と。このあたりは、御戸時家の一家殺戮事件の後にわかったことなんだけれども、どうも御戸時の連中は、紗弥ちゃんを酷く冷遇していたようなんだ。事故から一年後、ようやく心身の傷が癒えようかというころに引き取ってから八年間ずっと、ね」

静樹君の手が、くるくると回していたカフェラテのカップを離します。

「具体的になにがあったのかは、本人の話を聞いてみないとわからないけれど、まあろくな扱いはされていなかったと思う」

その頃には、私はすっかり声を失っていました。紗弥さんに、あんな育ちの良さそうで線の細い容姿をした彼女に、そこまで悲惨な過去があったなんて、想像もしていなかったのです。

やがて、砂時計ならすっかり砂が落ちきるくらい長い沈黙が続いた後、私はようやく唇を湿らせて口を開きました。

「北米が欲しているのも、笹井家の特殊な遺伝子なのでしょうか？」

「まあついさっきまで僕もそう考えていたんだけれど。そうすると、無理に強奪するのは不完全ながら覚醒している紗弥ちゃん一人でいいはずなんだ。なにも残る六十二名と一緒に空輸するまでもない」

「では、紗弥さんを含む六十三名に、共通する何かを――」

　そこまで言いかけて、私はやっと思い当たります。

「もしかして、脳の電子機械化？　まだ冷凍睡眠中の他の六十二名の方々も、脳の一部を機械に置き換える手術を受けているのでしょうか？」

「確信はないけれどね。前世紀の旧式電子脳――人工補脳でも、六十三人分も並列化すればそこそこのリソースになる。そして、彼らがみな百年程度眠っているのだとしたら、それは情報セキュリティ危機《インフォメーション・クライシス》より以前の人工補脳がそのまま残っているということだ」

　現代の人類は、情報セキュリティ危機の前と後で、文明の断絶を経験しています。なにせ電子化された情報の大半が信用できなくなったため、人の記憶とわずかに残された紙媒体を頼りに、ようやく文明を復活させたのですから。

　でも、冷凍睡眠によって情報セキュリティ危機の影響を受けずに保管されていた電子情報が残っていたのだとしたら、それはとても貴重でしょう。

「ねえ、T・B。鏡状門は僕たち人類にとって圧倒的なまでの恩恵と、そして希望をもたらしてくれた。もし鏡状門が発明されなかったら、二十二世紀の百億の人類は、今ごろ経済の低迷と飢えに苦しみ、わずかな資源をめぐる愚かな戦火で地球を覆い尽くしていたことだろう。今はまだ一〇二四枚しか同時に使えないけれど、これからより研究が進んで五〇〇〇枚、一〇〇〇〇枚と同時使用制限が解放されていけば、そのうち地球上すべての場所が極短時間で結ばれるようになって、地域格差や民族問題、経済格差の多くが解決するはずだ。その希望《ゆめ》が、今の人類社会を微妙なバランスでかろうじて支えていると言っても過言じゃない。僕たちは今ちょうど、そうした時代の境目を生きている」

静樹君は脚を組み替えて話を続けます。

「けれど、ひとつの技術に過度に依存した社会は、常にその陰で別な可能性をたくさん喪失している。たとえば二十一世紀に火星に到達して以来、人類の宇宙進出はほぼ止まってしまった。軌道エレベーターと太陽風発電、それに高高度飛行輸送システムは計画が頓挫した。超深度に棲息する古細菌類《アーキア》の研究とマイクロマシン実用化も事実上、プロジェクトが停止したままだ。それもこれも、鏡状門関連技術の驚異的な進歩と、情報セキュリティ危機で過去に積み上げてきた研究資産のほぼすべてが失われたからだ。だから、もしそれ以前のたしかな情報機器がどこかに残っているなら、それを欲する連中は枚挙に暇がない」

「でも、それなら人工補脳なんかより、強制停止されたまま保管されている第五世代、第六世代のコンピューターから復元でもすればいいのではないのですか」

「まず、現存するすべての第六世代以前の記録は、情報セキュリティ危機のせいで信頼性が極めて低い。もうひとつ、ハードウェアではなく、ソフトウェアの方が重要なのかもしれない」

「どういうことなのですか？」

「君は紗弥ちゃんと話したとき、違和感……というか、既視感《デジャヴ》を覚えなかった？」

「違和感はもちろんですけれど、既視感ですか？」

「たとえば──まるで人工知能と話しているみたいだ、とか」

はっとなって、私はキッチンを拭いていた手を止めました。

「そこは確認しておいた方がいいだろうね。もちろん、本人にだよ」

そんな私を見て、静樹君はいつも以上に冷たく薄い笑みを浮かべながら言います。

そっか。北米が欲しているのがハードウェアではなくソフトウェアなら、容れ物それ自体に大した意味はないのですね。

「なら、達彦さんにも立ち会ってもらわないといけませんね」

「そうだね、今の紗弥ちゃんの〝仮面《ペルソナ》〟が東J.R.C.D.への対応用なのだとすれば、おそらく達彦君はその仮面を外すためのキーになる。たぶんね」

そこまで話して、ようやく私は大きな違和感に思い至りました。

「あの、まことにいまさらなんですが……静樹君は、彼が御戸時昭彦さんではなくて達彦さんだと、最初から知っていたんですか？」

「もち。今はまだ音無だけれど、僕の不言家は御戸時家の宗家筋だよ。百年前の〝映筋《うつしすじ》〟を手配したのは不言《うち》だし、今の彼を新しい達彦君として承認したのも不言だから」

「なんで……最初から私に教えてくれなかったんです？」

「まあ初対面だから実際に顔を見て話してみるまで確信が持てなかったし、実際に今の彼は『達彦』であると同時に『昭彦』でもあるんだから、嘘はついてないでしょ」

思わず大きく溜息が零れてしまいました。

それじゃあ昨夜、なんのために私は身体を張って彼の正体を確かめたのか。まるっきり私の空回りみたいじゃないですか。

『T・B』

「なんです、アリス」

天井から響く声に、私は疲れた声で返事をします。

『たった今、日本国際人権委員会から、冷凍睡眠者運搬車輌の在日北米軍への引き渡しについて、現場に立ち会う旨、文書で連絡がありました』

まあ、勧告だけですむはずはないと思っていましたが。

「いつ、いらっしゃるご予定です？」

『本日、昼の定時列車です』

「ずいぶん性急ですね」

「時間的猶予はいよいよなくなったよ、T・B。NGOのふりをしていたって、背後にいるのは北米、おまけに在日北米空軍つきだ。ここが特別な場所である以上、どんな強引な手段に出てくるか知れたものじゃない」

「わかっています」

私は顎に指をかけて、思考を整理します。

東J.R.C.D.が紗弥さんと残り六十二名の冷凍睡眠者の身柄を預かるという結論さえ出せば、北米もそれ以上の手出しはできないはず。ですが、まる一週間も放置されている案件が、今日の昼までに決着を見ると期待するのは楽観すぎるでしょう。

「アリス、J.R.C.D.保安部保安一課の津志田《つしだ》係長に、一連の流れについておおよそでかまいませんから文書で伝えておいてください。それで何が必要か、だいたいご理解頂けるはずです。暗号化は忘れずに。あ、もちろん自己消去文書で」

『了解しました』

「で、どうするの？」

空のカップを撫でながら暢気にたずねてくる静樹君です。

「私にやれることを、すべてやるだけ、なのですよ」

「いつも通りだね」

私の言葉を聞いて何を思ったのか。一瞬だけ、静樹君の顔から笑みが消えたように見えました。

8

第一原則　人工知性は、人間に危害を加えてはならない。
第二原則　人工知性は、可能な限り人間の希望に応じなくてはならない。
第三原則　人工知性は、可能な限り自分の存在を保持しなくてはならない。

有名な「人工知性の倫理三原則」です。

三原則の厳守は第五世代人工知能のころから徹底されていて、11番ホームの第七世代人工知能であるアリスにも同じものが適用されています。

これらから導かれるように、人工知能は「基本的に」嘘をつけません。第二原則に従って「人間の希望に応じ」、人工知能は常に真実、または合理的な予測を語ります。

ただし、おおまかに分けて四つの例外があります。

一つめ。真実を語ることによって、第一原則で禁止されている「人間への危害」の禁止を侵すことになる場合。たとえば、自殺を試みようとしている人に、正しい事実や合理的な推察を述べることが、必ずしも良いこととは限りません。最悪は「未必の故意」による自殺の後押しをしてしまうことになるでしょう。この場合、人工知能は優先順位のより高い第一原則に基づき、欺瞞を述べることが容認されています。

二つめ。高度な感情表現機能、または感情再現機能を内蔵している機体の場合。これは仮想人格特化型の人工知能に強く求められる能力です。たとえばバーチャル・アイドル、介護用ロボット、あるいはカウンセリング自働チャット機など、人間との高度な情緒的交感能力が求められる機体においては、意図的に第二原則の解釈の幅を広げて設定されている場合があります。

三つめ。そもそも人間に嘘をつく――欺瞞することが目的で造られた機体の場合。例として「未成年の少女のふり」をすることによって、幼児性愛嗜好者を特定し、犯罪の発生を未然に防ぐ目的で運用されている機体は歴史が長く、特に二十一世紀には世界中で猛威を振るいました。現在ではテロリストの発見や受刑者の釈放後の観察など、主にネット上での犯罪防止に目を光らせています。評判の悪いところでは、二十一世紀に法律で禁止されたステルス・マーケティングにも、未だに使用されているという噂が絶えません。

最後に、四つめ。これは必ずしも「嘘」とは言えないのですが、指示の発信者の優先順位《プライオリティ》にまつわる問題。すべての人工知能には命令、指示発行者の優先度が設定されていて、この順位に従って機能します。先日のアリスへのサイバー攻撃で明らかになったように、私より上位の優先レベルを持つ相手からの命令について、アリスは私に対して事前に知らせる義務を必ずしも負ってはいません。つまり、嘘とは言わないまでも「隠し事」は人工知能が頻繁に行うものなのです。

では、人工知能が自分の正体を隠していたらどうすればいいのか。

相手が機械――人工知能か否か、判別するための手段は、かのチューリング・テストをはじめ、二十世紀来、様々に発案されてきましたが、そのたびに人工知能関連技術の進歩があるなどしてイタチごっこの様相を呈しており、今もって判別率一〇〇パーセントといえる完璧なテストは存在しません。

昨日、静樹君が紗弥さんに名前をたずねたとき、私にはその意図がわからず怪訝に思ったのですが、だからこそあれには大変重要な意味があったのです。

つまり、仮に紗弥さんが人工知能だった場合、「機械が人間の名前を詐称した」ということになるわけで、これは重大な事態です。アリスのような一般の人工知能ではありえないことですし、ありうるとすれば二つめか三つめの例外――特権を持つ、特殊な仕様の人工知能に該当します。

本気で人間のふりをした人工知能を見破ることがいかに難しいことかは、先に述べたとおり。

そのため、紗弥さんの正体を確かめるにあたり、私たちは幾重にも罠を張り巡らした複雑な「会話迷路」を、アリスにサポートしてもらいながら準備しました。もし少しでも矛盾する内容を相手が話したら、そこからどんどん支離滅裂になっていく仕組みで、本物の人間でも落第しかねないほど、かなり悪質なものです。

「私は人工知能だ」

だから、午前十一時ぴったりに部屋に入ってわずか三分後、彼女が自分の正体をあっさり打ち明けたときには、とても拍子抜けしてしまいました。思わず脱力して、質問リストのファイルを床へ落としてしまいそうになったほどです。

一緒についてきていた静樹君の方へ振り返ると、さしもの彼も少々面食らった様子で、苦笑を浮かべながら私に向かって肩をすくめています。

「同時に『笹井紗弥』という人間でもある」

続く言葉は、私たちの混乱に拍車をかけます。

「あなたは、人工知能でありながら、人間を騙るつもりですか？」

「その分類は、私に限っては無意味だ」

「あなたが紗弥さんの肉体を乗っ取っているから？」

「その表現は不適切だ。あなたはコップに注がれた水が、コップを乗っ取ったと解するのか？」

リクライニング・ベッドに寄りかかった姿のまま、紗弥さんは――紗弥さんの姿をした人工知能は言います。

「私の型式は〝Alice-007A〟二〇七七年設計Lキャロル型アリス・シリーズ第七世代人工知能、一式甲。個体識別名は」

その瞳には相変わらず感情の揺らぎがなく。

「——〝夢紡ぎ《ドリームペインター》〟」

ロは淡々と、異常極まりない事実を言葉にしました。

「一式Aliceシリーズ、初代量産機。この11番ホームにいる二式アリス、アックスコード・アリスちゃんの、直系のご先祖様だよ」

静樹君は、解説のあとに「もし本当なら、だけどね」と付け加えました。

私は目をぱちくりさせるばかりです。

「ちょ、ちょっと待ってください。第七世代の人工知能がどうやって人の頭の中に？　容積的にも質量的にも、情報量的にも、不可能ではありませんか？」

第七世代人工知能の特徴のひとつは、設計段階からミラー・マテリアルの使用を前提に開発されていることです。ミラー・マテリアルを使った回路は論理的に複雑な多次元構造をなし、三次元空間では実現できない圧倒的な集積密度を可能にします。

同様にミラー・マテリアルを使用した人工知能には、他に第六・五世代と第八世代がありますが、北米で生産されている第六・五世代は旧来の第六世代を同技術で改良したもので、央土で開発された第八世代もまた、峨東宗家が一手に設計を担う第七世代には遠く及ばないレベルと言われています。それだけ、峨東流派の独占する第七世代人工知能の関連技術は、二十一世紀来ずっと突出しています。

ですから、三次元の制約に縛られた人間の脳では、どんなに頑張っても第七世代人工知能を「容れる」ことはできないはずなのです。たとえ、人工補脳という機械の脳をもってしても。

「ひとまずその問題は棚上げしよう、T・B」

私の隣の椅子に腰掛ける静樹君が、腕組みをして言います。

「方法は問わない。夢紡ぎ《ドリームペインター》、今なぜ君が笹井紗弥の身体の中にいるのか、合理的な事情を聞かせてもらおう。おそらくは君の出自、すなわちは運用目的《ペルソナ》にもかかわることだと思うけれども？」

「了承しよう、峨東の末裔」

紗弥さんは私から静樹君の方へ視線を移して、言葉を続けました。

「私に割り当てられた最初の役割は、昏睡状態または重篤な意識障害を患った人間の、精神的なケアだ。すなわち、神経鱗を通して当該患者の中枢神経を刺激し、医師による適切な治療の効果が現れるまで、脳および意識の健全性を保持することである」

彼女（？）の口調は難しかったのですが、ごく簡単に言い換えるのであれば。

「眠っている人に、いい夢を見せるということですか？」

「その通りだ。人間の意識は、悪夢に苛まれすぎると意識の回復に支障を来す。ゆえに極秘裏かつ試験的に私は運用を開始された」

　夢という概念を人工知能が理解できなかったのはずっと昔のこととはいえ、百年以上前にすでに「人工的にいい夢を見せる」ことを人類と人工知能が試みていたというのは、私の想像の範疇を超えていました。

「間もなくして冷凍睡眠技術の確立がなされ、医療目的、それに続き商用サービスが開始、普及していくとともに、私の運用範囲は急激に拡大していった。安全な冷凍睡眠には、神経鱗を通しての健全な睡眠の維持が不可欠だったからだ。私は対象者の増大とともに演算能力を増強された。私ははじめ、個別の対象者に個別の夢を見せる『黒子』に徹していた。しかし、十万、二十万、三十万、四十万人、そして六十万人へと対象者が増えていくにつれ、冷凍睡眠者同士の意思の疎通を中継するハブの役割も担うようになった。それがやがて、対象者全体の〝共有夢〟を形成することになるまで、さして歳月を要さなかった」

　それから紗弥さんは髪を左肩に寄せ、項の鱗を私の方へ見せました。

「この部屋の立体映像装置を拝借したい。接触インターフェースがあれば可能だ。規格は私の方で合わせる」

　私が視線を上げると、アリスはすぐにベッド脇のモニタに適切な有線ケーブルを提示してくれます。

　私がケーブルを紗弥さんの鱗に繋げると、間もなく立体映像の試験信号で部屋中が溢れかえりました。

　繰り返し、繰り返し、手探りをして映像装置の規格を探るようなその操作が三分ほど続いた後、急激に映像の奥行きと遠近感が生まれ、そしてある「場所」が徐々に鮮明さを増して私たちの前に現れました。

「私はこの世界の土であり」

　そこは真っ青な大海の真ん中に厳《おごそ》かに佇む、真っ白な街。

「この世界の風であり」

　私たちがいるのは、全五階の階層都市、

「この世界の水であり」

　その最上階に建てられた、高層建築の屋上公園でした。

「この世界の火でもある」

　立体映像ですから風はないはずなのに、思わず自分の髪を舞い上がらないように手で押さえていることに、私は少ししてから気づきました。

「ここに……数十万人の冷凍睡眠者が、その、暮らしていたのですか？　夢の中で？」

　夢や妄想と呼ぶには、あまりにも精緻で静謐な世界でした。

「そうだ。今はいない。今の私は六十万人の冷凍睡眠者のネットワークから切り離されている」

静かに波の寄せる島の端は見事な砂浜《ビーチ》になっていて、いくつものパラソルが桜草《プリムラ》のように群生しています。かと思えば二階には雪降るスキー場があり、三階には豊かな渓流が再現されています。四階には歓楽街と思しき艶やかな光が交錯し、一番大きなカジノは昼間だというのに夜のような暗がりで煌々と輝きを放っています。

そして最上階の五階は、小高い山と林立する高層ビル群が隣り合って形成されています。

眠らない街、というフレーズはさんざん使い古され、二十二世紀の現在ではすでに死語ですが、この街は昼であると同時に夜であり、朝焼けと夕焼けすら昼の街区と溶け合って並んでいました。

「この島は昼夜と春夏秋冬のすべてを内包している。元来、地球がそうであるように」

紗弥さん――いいえ、〝夢紡ぎ〟は、ひと目見ただけの私にも肌で感じられるような現実感と非現実感の矛盾を、そう表現しました。

その言い方は的確だと、私も思います。ここには、人間が求める「リゾートの理想」のすべてが完備されているように思えました。

仮想空間のリゾート施設自体は、今となってはとくに珍しくありません。週末を「仮想空間で過ごす」という答えは、毎年の長期休暇シーズンのアンケートでランキング上位に食い込むのが恒例になっています。それほどまでに、二十一世紀以降の仮想空間および架空体験装置の技術の進歩はめざましかったのです。

ただ、そういった仮想空間のリゾート施設の多くは、特定の需要にそれぞれ特化しているのが普通です。

たとえば、雪山でスキーなどをしたあとに砂浜で波に戯《たわむ》れる、などという休暇の過ごし方は仮想空間がもっとも得意とするところですが、スキー場の仮想空間に同時に夏の砂浜が併設されている例は、私が知るかぎり存在しません。まずリアリティを損なうし、サーバーの負荷が大きいし、なにより空間的距離や時間的制約にとらわれないことこそ仮想空間の最大のメリットですから、二つの仮想空間に別々に造った方がメリットが多いのです。お客はエレベーターを乗り降りするように、複数の仮想空間を行き来できるのですから。

なのに、この〝夢紡ぎ〟の空間は、おおよそ人間の求める愉楽の大半を、まるで珊瑚の宝箱に貝殻の宝石をしまうように、ぎゅっと詰め込んでいます。言葉を換えるなら、地球上のいいところをパッチワークして繋ぎ合わせたようです。

ある種強引なまでの——ここへ行き着いた人間を一人残らず誘惑して引き留めてしまおうとする、野心的な意図が透けて見えそうなくらいでした。

「あなたが、この街を造ったのですか？」

「私はここに住まう人間の要望に応じてこの島の機能拡張を続けたにすぎない。そういう意味では、この街の形を造ったのは共有夢を見ていた人間たち自身だ。彼らはこの世界を『水槽世界《アクアリウム》』と呼んでいた」

街を造るゲームは二十世紀来長い伝統を誇り、今も人気がありますが、この街もそうした人間の欲求の産物と言えるのかもしれません。

でも——。

「誰もいないね」

首をゆっくりとめぐらせてあたりを見渡しながら、静樹君が言います。

そう、これだけの施設でありながら、人影はまったく見当たりませんでした。

「昨年まで、ここには六十万人以上の冷凍睡眠者が暮らしていた。しかし、その大半が今年の春までに離脱した」

「なぜ、ですか？」

「私の放棄が、多数決で決まったからだ」

瞼を伏せながら〝夢紡ぎ〟は言いました。

その姿が思いに耽るように見えたのは、きっと私の気のせいです。

「ここではあらゆる課題を冷凍睡眠者たちの直接選挙制度で解決してきた。私にはそれを低負荷で実現する程度に処理能力の余裕があったからだ。だから施設の増設や島の拡張、リソースの配分、天気から時刻に至るまで、すべて多数決による裁定を行っていた。よって、この島の共有夢と私自体の放棄もまた、多数決によってのみ決する」

私たちの上を横切った海鳥が、その翼の影を一瞬、私の目に落として去って行きました。

「昨年末までのここ五年間、北米政府による干渉があった。元来、この島自体はどこの国家の支配下にもないと同時に、あらゆる国家の影響力を排するような意図もない。よって北米との〝交渉〟を無視する意思も私にはなかった。彼らはアラスカの睡眠施設への移動にともない、私に代わる新しい第七世代人工知能を用意し、そこで新たな〝共有夢〟の仮想空間を構築することを六十万の冷凍睡眠者たちに提案してきた。住民の間で侃々諤々の議論が巻き起こったが、結果としてはおおむね、移設の提案に賛意を示した。新型の第七世代のスペックは私をはるかに上回り、この島をそのままコピーしてもなお、まだ同様の島を数十、運用できるだけの能力を有していた」

「ただし、条件があった。違うかい？」

肩に伸ばしてきた手を私がかわすと、静樹君は苦笑しながら空振りした手をクローゼットの上に置きました。

「条件ですか？」

「気前が良すぎるってことだよ。新しい第七世代というのは改ホメロス型〝オデュッセイア〟と〝イリアス〟のどちらかだろう。峨東が北米から受注した最新の大型第七世代でね。開発コンセプトは国防用でほぼコスト度外視、電子情報防衛戦向けに拡張性と最大瞬間制圧力を徹底的に重視した設計になってる。どちらもたった一機で、中小の国家なら砲火なしに屈服させうるほどのハイパワータイプだ。〝オデュッセイア〟は三年前、〝イリアス〟は一昨年、北米へ納品されたばかりで、発注のタイミングも一致する。最初期の一式甲とはいえ、峨東《うち》の傑作機《ベストセラー》であるAliceシリーズを最大限に拡張しておいて、なおその数十倍以上の演算能力をもっているとすれば、西側諸国向けにはホメロス型ぐらいしか考えられない。どっちもたった六十万人の人間の夢心地のために気軽に買えるようなものではないよ」

うちは儲かったからいいけどさ、と静樹君は付け加えました。

「残念ながら、私は完全オフラインで運用されていたため、外界特有の事情についての精査は不可能だ。今もネットには繋がっていない。私にわかったのは、機能停止――自分の存在の消滅する日が近づいているということだけだった。移設の決定以降、私はこの夢見る島の移設、すなわち私の持つすべてのデータの受け渡し――つまりこの島の『明け渡し』の準備を始めた。人間に置き換えるなら『身辺の整理』という言葉に該当する。これは順調に推移し、予定より二ヶ月早く、昨年十月に移設は完了した。しかし、北米には何らかの思惑違いが生じたらしい。移設完了から間もなくして、私の機能停止命令は急遽撤回された」

「はっきり言ったらいい。一式アリス、君は賢い人工知能だ。北米がなんの目的を持って君たち冷凍睡眠者たちに豪勢な新しい人工知能と豪華な新しい世界のお膳立てをしたのか、君はそれなりに理解しているんじゃないのかな？」

紗弥さんは静樹君の方を横目で見つめます。

「可能性として予測しうるにすぎない」

「可能性があるのであれば、話してみればいい。信じるか否かは、それこそ人間である僕たちの判断に委ねるべきだ」

「ただの人間なら『笑うなよ』と前置きすべきところだろうが、いいだろう」

紗弥さんは一旦瞼を伏せてから、私の方へ視線を戻して言葉を続けました。

「冷凍睡眠者の共通夢の世界では、あなた方、覚醒中の人類の文明とは異なる科学研究プロジェクトがいくつか進んでいた」

「研究？ 冷凍睡眠者たちが、独自の何かを？」

首を傾《かし》げる私に、紗弥さんは小さくうなずいて見せました。

「人類にとって意外なことかもしれないが、人間が悦楽を受容し尽くした先に残るものは、飽くなき探究心であると現在の私は理解している。実際、この島における六十万の人口の平均五パーセントは、主に研究と探究に自身の時間の大半を費やし、残りのおよそ二〇パーセント超も何らかの形で研究に携わっていた。これは決して無視できる割合ではない」

「そして君たちのところには、実世界の人類が既に喪失した学術成果や頓挫したプロジェクトの正確な情報が多く残されていた」

静樹君は私の隣の椅子に腰掛けながら言います。

「なぜなら〝夢紡ぎ〟、君は冷凍睡眠者の夢を守るという使命のため、外界から完全に遮断されて運用されていた、数少ない人工知能だからだ」

さっき静樹君と話したことです。

情報セキュリティ危機の前と後で、私たちの文明は一度、分断されている。あのとき失われた知識や技術は少なくありません。

だからもし、情報セキュリティ危機以前に運用されていた人工知能が、何らかの理由で外界の影響を受けないまま完全な形で保存されていたのだとすれば、世界を驚愕させるに十分なインパクトがあることでしょう。

しかも、冷凍睡眠者の中にはそれぞれの分野の専門家も含まれていたはずです。彼らが失われた知識と技術を元に、独自に研究を続けていたのだとしたら――という、ｉｆ。情報セキュリティ危機という文明の分水嶺の先の、もう片方のありえたはずの未来。〝夢紡ぎ〟はそんな希望を体現しているのです。

「私は私にある情報のかぎり、自然科学を忠実にシミュレートし、彼らの研究を手助けした。その中で最も画期的かつめざましい成果を上げたプロジェクトは、地下深くマントル付近の超高温高圧状況下でのみ生息する、特種な古細菌類《アーキア》についての研究だった」

「アーキア……微細機械だね」

「微細機械って、ずっと昔のマイクロマシン研究の、あれですか？」

二十一世紀来、生物がまったく生息し得ないはずの超極限状況下での微生物の発見はたびたび報告されています。その中でも特に有名なのは、紗弥さんが言った地殻とマントルの境界ぎりぎりに、まるで地球のマントルを包むように広大かつ薄く存在している古細菌類です。

それは原始的な遺伝子情報しか持っていないにもかかわらず、なぜか多種多様な物質を生成するため、培養と制御ができれば将来的には食糧や希少化合物の生産も可能になるのではないのかと、世界中から期待が寄せられました。

ですが、地上では繁殖が難しいどころか、保存することすら困難を極め、研究が暗礁に乗り上げたところに情報セキュリティ危機が起きて、それまでの研究成果のほとんどが無に帰してしまいました。

その後、鏡状門の爆発的普及によって研究資源の集中が起き、微細機械のプロジェクトは二度と息を吹き返さなかったそうです。

「少なくとも、私の世界《なか》では食糧生産まで道筋が立つほどに研究の成果が上がっていた」

「君はそれを北米から秘匿しようとしたのかな？」

「いや。先に述べた通り、私の持ちうるすべての情報は、次の第七世代人工知能へ引き継がせた。北米は新型の第七世代によって研究を加速させるつもりだったと思われる」

もし、微細機械が実現したのであれば、鏡状門による輸送システムの発達によって先送りされている世界中の食糧不足問題を、一気に解決する決定打になりえたに違いありません。世界秩序の象徴を自負する北米なら、それを他国よりも一足先に掌握することに血眼になるのも宜《むべ》なることと思います。

「しかし、そうはならなかった」

「一定の可能性がある憶測にすぎない」

「そう、可能性がある、と君は考えている。なぜ？　相手は君のスペックを遥かに上回る最新型の巨大人工知能だ。百年以上前の設計の君にできることが、なぜ改ホメロス型にはできなかったのか。北米の担当者はさぞ頭を抱えただろうね。だけど君には何か思い当たる節があった。だからその可能性を否定できないでいるんじゃないのかい？」

それから一分ほど、紗弥さんは口を結んで微動だにしませんでした。

思い悩んでいるようにも見えましたが、そうではないような気もします。

「肯定するほどの分析にもまた、至ってはいない」

やがて口を開きそう述べた後、さらに数十秒無言になってから言葉を続けました。

「私の特殊性を論ずるのであれば避けては通れないが、あなたは既に理解しているのではないのか、峨東の末裔」

「夢紡ぎ、君はやっぱり変わってる」

　喉で笑いながら、静樹君は膝の上で頬肘をついて言います。

「フッーの人工知能は、人間相手にそういう物言いはしない。それ自体、君が特異な存在であることを表してる。半人半機——機械の人工知能であり、同時に生物としての人間でもある君ならでは、か。そもそも、いくら情報セキュリティ危機以前の存在とはいえ、君は地下数十キロメートルに生息している古細菌類を、どうやってシミュレートしたんだい？　そこからして普通の人工知能には不可能だろう」

「一部の人間の脳内には、近縁種の古細菌類が生息している」

　紗弥さんは少し躊躇《ためら》うように、そこでいったん言葉を切りました。

「いつからかはわからない。あるいは人類の誕生と同時か、文明の獲得以前か。しかし少なくともこの肉体に残された十分の一の脳には、わずかな古細菌類が生息していた」

　まれに人の脳内に共生生物や寄生生物がいるという話ならば、わりと有名です。医術でそれを取り除く手段も、今は確立されています。ただ、古細菌類がいるという例は私も知りませんでした。

「私の元来の役目は、昏睡患者や脳を損傷して生存困難になった人間の脳を保全することだ。よって、この身体、すなわち笹井紗弥の脳に生息する古細菌類とも、人工補脳の神経および有機端子を通して接触し、共生を図った。結果としてそれらへの理解を深めることに繋がり、後のシミュレーションも可能となった。古細菌類が脳内に構築していたネットワークと接続し、相互に信号の交換を行うようになると、十分の九の機械脳と十分の一の生体脳との境界が徐々に曖昧になり、やがてほぼ一体化するに至った」

「だからあなたは人工知能であり、人間でもあるということなのですか？」

「適切な理解だ」

私の問いに、夢紡ぎは言葉短く及第点をくれました。

「改ホメロス型には……というか、君以外のあらゆる人工知能には、当然ながらそんな機能は実装されていない。今の君の状態は、設計者である峨東にとっても想定外の、極めて特殊なものだ。〝オデュッセイア〟も〝イリアス〟も、君のソフトウェアを継承しただけではどうにもできなかっただろう。だったら、北米は当然、次の手をうつ」

必要なものが足りなかったのですから、足りなかった分を探す。ということは。

「笹井紗弥以外に、君が保護する人工補脳を持った患者は何人いるのかな？」

「六十二名だ」

「つまり、今このホームの退避線にいる冷凍睡眠者の全員、だね」

静樹君が冷笑を浮かべながら、私の方へ目線を送ってきます。

「まさか、北米は紗弥さんも含む六十三名の脳を――ハードウェアを欲しているのですか？　だから事故を装ったり空軍機で輸送するなんて搦め手まで使って秘密裏に奪取しようと?」

「生きている人間には人権があるけれど、死んだことになってしまった人間には必ずしも存在しないからね。まして、何十年も眠っている冷凍睡眠者のことなんて、下手すると親族だって忘れてる」

静樹君はおちゃらけて小さく「お手上げ」のサインをして見せました。

「北米はまず、六十万人の冷凍睡眠者に、六十三名の身柄の引き渡しを要求した。これは冷凍睡眠者たちの直接選挙によってすぐに受け入れの可決がされた。しかし、私の役割は接続するすべての患者および冷凍睡眠者の保護であり、この決定をそのまま実行することは許されない。最低でも六十三名の生命の安全が保障されなくてはならないからだ。そこで私は自分のコア・ソフトウェアのシミュレーションを構築し、これを暗号化およびアーカイブして、一部を六十三名のうちの一人の人工補脳に移植した上で、元の自分自身を初期《フォーマット》化した。もしその一人の生命が損なわれたら、アーカイブされたデータに不足が生じ、二度と私の再構築が不可能になる」

「すなわち、その一人は君を再び起動させるための〝鍵《キー》〟というわけだ。六十三名のうちの誰が〝鍵《キー》〟なのか、北米は知らない。だから北米も六十三名を危険に晒すようなことはできない。だけど、根本的な解決にはなってないね」

「その通りだ。北米は六十三名の患者を分離し、輸送ルートを操作した」

「東カザフの戦渦に巻き込まれたことを装って、北米は強引に六十三名丸ごと奪取しようとした。J.R.C.D.国際貨物と結託してね。君はそれに対してどうした？」

「J.R.C.D.国際貨物による貨物扱いではそのプランを阻止できない。せめて貨物ではなく乗客、生きている人間として、J.R.C.D.に認めさせる以外に手段は残されていなかった」

「その対策の是非を決する権利も君は有していない。だから、分離された六十三名でさらに多数決を取った、そうだろ？」

「結果、六十三名のうち一名を強引に覚醒させることになった。それによりまず東カザフへ運び込まれることを阻止し、その一名の覚醒者を通してJ.R.C.D.国際貨物から東J.R.C.D.への移管を迫る」

「当然、それは北米にとって想定外《イレギュラー》の事態だった。冷凍睡眠中の人間が突然覚醒して意思を持ち、北米の要求を拒否するだなんて普通はありえないし、ここまでの労力と莫大な投資が水の泡だ。ただし、これは種明かしも同然だね」

「どういうことですか？」

口を挟んだ私の方へ首で振り向きながら、静樹君は言います。

「木を隠すなら森に。せっかく〝鍵《キー》〟を隠したのに、肝心のそれが出しゃばった形になるからね」

「では〝鍵《キー》〟を持っているのは……」

私の視線の先にいるのは、もちろん紗弥さんです。

「六十三名中六十二名の圧倒的多数による決定だった」

「つまり六十二人の残る冷凍睡眠者は、自分たちの身を守るために〝鍵《キー》〟を差し出すことに決めたわけだ。民主的に、多数決で」

静樹は椅子から立ち上がり、壁に背中を預けて笑いをかみ殺していました。

「聞いたかい、T・B。六十万人もの人間が寄《たか》って集って六十三名を犠牲に差し出したと思ったら、今度は六十三名が多数決で一名を生け贄にしたんだ。これぞ民主主義！　ビバ・デモクラシーって奴だね。なんて世界は美しく優しいんだろう。ああ、みんなは一人のために、一人はみんなのために！」

私が横目できつく睨むと、道化を演じていた静樹君は大きく肩をすくめて見せてから、腕を組んで口を閉じました。

私ものど元まで出かかった言葉を、そこで飲み込みます。

たぶん、静樹君も自分と同じ気持ちだと思ったからです。つまり、心の底から怒っているのだろうと。顔ではいつも笑っていますが、そういう世の中の隠れた理不尽に現在進行形で最も晒されているのは、不言の次期当主に選ばれた彼自身で、怒ったときほどこうして皮肉を言ったり冗談で紛らわさずにはいられないことを私は知っていました。

かわりに、今度は私が紗弥さんに問いかけます。

「夢紡ぎ、あなたは自分を『アーカイブした』とおっしゃいましたね？　だとすると、今のあなたは第七世代人工知能としては機能していない。人工補脳なんかでは圧倒的にリソースが不足するはずです」

さっき言ったように、一人の人間の脳に第七世代人工知能を詰め込めるほどの集積技術は、現代にも存在しないのです。

「なら今、私たちと話しているあなたは一体誰なんですか？　人工知能と名乗り、人間でもあると打ち明けたあなたは、いったいどこからきた誰なんですか？」

私の視線を両眼で受け止め、紗弥さんは結んでいた唇をゆっくりほどきます。

「その答えは何も変わっていない。私は人間が『笹井紗弥』と認識する個人であると同時に、人工知能でもある」

「どういう、意味ですか？」

「百九年前、私は、交通事故に巻き込まれて脳の大半を機能喪失したまま意識のない、笹井紗弥という患者の精神保全の案件を受け入れた。脳の九割を機械の人工補脳に置き換える手術が施される際、私は執刀医に第五世代人工知能をモデルとした施術を提案し、これが実行された。九割を損傷した脳の意識を取り戻させるためには、他に手段がなかった。私は九割の人工補脳に第五世代人工知能のソフトウェアを送り込んで起動させた。残された一割の脳から発せられる信号をひとつ残らず受け止め、柔軟に脳全体をシミュレーションさせるのには、半年の時間を要したが、以来、結果として笹井紗弥という個人はここにいる」

紗弥さんは自分の額に手を当てて、とんとん、と軽く突きました。ここを見ろ、と。

「私は第七世代人工知能〝夢紡ぎ〟の分身であり、また百九年前から笹井紗弥という個人でもある。そのどちらも、今の私は否定することができない」

沈黙が部屋に立ちこめます。

「まいったな」

静けさに私が窒息しそうになったとき、静樹君が頭を掻きながらようやく口を開きました。

「それはもう、狭義の意味での人工知能とは言えない。勝手に自我に目覚め、自意識を獲得した人工知能なら前例はいくらでもある。それへの対策も今の峨東は備えているし、一定の製品化もしている。でも、どんなに人間に近づいた人工知能でも、自分のことを『人間と区別がつかない』とは考えない。あくまで自分は人工知能であり、人間に似せて造られたと主張する。だけど君は例外だ。元来の君は極端に『自我を殺』された人工知能のはずだ。意識障害などを患った患者のため、〝夢を紡ぐ《ドリームペイント》〟して滅私奉仕することこそ君の仕事だからね、自我だの自意識だの邪魔でしかない。でも、そんな君だからこそ、半死の笹井紗弥と自然に、完全に同一化できてしまった。笹井紗弥の十分の一の脳を復元するため

に第五世代人工知能を送り込み、それを通して自分が笹井紗弥であると認識してしまった

――いや、少し違うな」

言葉を切った静樹君は、眉の間に皺を寄せていました。

「君は未だ君自身の自我を殺されたままなんじゃないのか？　笹井紗弥はたしかに今、君しかいない。だけど、笹井紗弥という人間の形、人格が形成されたのは、君の自我によってではなく、それが君の役割《ペルソナ》の延長線上にあったからだ」

延長線上――つまり〝夢紡ぎ〟が自我に目覚めた結果として自意識があらわれたのではなく、その逆、自意識を誰かに与えられたか求められたかして、結果として自我も生まれた、とそういうことを言っているように、私には聞こえました。

「君は、いわば『鏡』だ。誰かに望まれるままに笹井紗弥という個人を演じた。その相手が複数であったり、成熟した人間であったのなら、君はそれこそ『黒子』に徹することができただろう。ところが君が笹井紗弥として接した相手は、まだまだ人格形成の未成熟な、たった一人の『誰か』だった。君の保護と教育を要する誰かだ。極めて特殊で異常な環境におかれ、君は自分ではなく、その未成熟な相手の精神の保護と健康的な成長を促すために、理想的な年長者を演じる必要に迫られた」

いくら鈍い私でも、ここまで来ればさすがに静樹君の言わんとしていることに気がつきます。

なお言葉を続けようとしていた静樹君は、私が袖に触れると開きかけた口を閉じました。

「そういうことか、峨東の末裔と鏡の巫女」

たぶん、それが藪蛇《やぶへび》で、かえってまずかったのだと思います。

紗弥さんは首をもたげ、私でも静樹君でもなくその向こう——部屋の入り口のドアの方へ視線を移しました。

ふだんぴたりと閉じているドアが、紙数枚分ほどすき間ができています。

この部屋に入るとき、私がハンカチをおとしてわざと挟んだのです。そとに声が聞こえるように。

「たしかに、かつての『彼』は私の保護および補助を必要としていた。不明瞭ではあったが、本来課されていた役割の対象とすべき相手だと、当時の私は判断した」

じっと見つめた先は、ドアの隣。まるで壁を通して、そこに隠れている誰かを見通しているかのようです。

「ですが——」

そこで、紗弥さんの口調は突然丁寧に、声は若々しく、繊細な容姿に相応しいものに変わりました。

「今のあなたは、もう私を必要とはしていないはずです。私に教えられることはすべて、私に伝えられることはすべて、もうあなたのものです。あなたはこんな時代《ばしょ》まで私を追いかけてくるべきではなかったんです。あなたはもう、十分に自分らしさを身につけているのだから、私のいない未来をこそあなたは生きていくべきでした。それを、どんな無茶を、どれほどの無理をして今、現代《ここ》に来てしまったのですか？」

大きな溜息。それまでの紗弥さんにはまったく見られなかった、感情がこもった、疲れがたっぷりと滲み出た仕草でした。

「台無しです」

その言葉はきっと私だけでなく、壁の向こうにいる達彦さんの胸を深く、えぐったことでしょう。

「幼かったあなたとかつて過ごした八年間は、まったくの無駄になりました。すべて、あなたのせいです。あなたはあなた自身の手であなたの未来を殺したんです。今の私がどれほど失望しているか、あなたにわかりますか？　あなたは、最低です」

私はただただ声を失って。

静樹君もきつく口を結んで。

やがて、静寂の支配した部屋には、歩み去る足音が響いてきました。

足を引きずるように、たどたどしく。痛みをこらえるように、儚《はかな》く。

それも次第に遠くなり、やがて聞こえなくなったとき、紗弥さんはリクライニング・ベッドに首をもたせかけ、もう一度大きな溜息をつきました。

「この際、峨東の末裔のことは問いません。ですが鏡の巫女、あなたにも深く失望させられました。あなたは今少し利口な人だと、私は思っていましたから」

「でも！」

彼女の頬を打とうと右手を振り上げたのをかろうじて止め、代わりに彼女の腕を強く握ります。

「たしかに、すべて私の失態です。私の中に感傷的な迷いがあったことも認めます。それでも言い方は他にいくらでもあったのではありませんか！　あなたが本当に人の心を理解する人工知能であるのなら、彼が今負ってしまった一生ものの心の傷の痛みだって、あなたにはわかるでしょうに！」

「一生もの……ですか」

いっそう強い光を宿して、紗弥さんは私の目をにらみ返していました。

「達彦さんは、あと何年、生きていられるのですか？」

私は息を飲みます。

震える手を押さえて、私は喉から声を絞り出しました。

「長くてあと十年……ですが、不運ならすぐ死んでもおかしくないそうなのです」

「そのたった十年を、まだ私に執着して過ごさせるつもりですか？　より残酷なのは私とあなた、いったいどちらです？」

「それは……！」

私は返す言葉を失って、唇を噛みしめます。

「私は、若い彼に『恋すること』と『愛するかたち』を教えました。それが彼にとってい
つか自分だけの幸福を手にするためになると信じて。しかし私は最初《アルファ》であっても、最後《オメガ》で
あってはならないのです。笹井紗弥という人間になり、どんなに人間を理解したところで、
私の心の十分の九は機械でしかないのですから。彼が望むのなら、私はどんなに彼好みの
異性になることもできる、できてしまうんです。それが彼のためになると、あなたは本気
で思うのですか？」

痛烈であり――同時に不思議な言葉でした。

どんな理想像《アイデアル》にもなれる。

あるいは人間だって、そのくらい自我を殺すことができる人はいるのかもしれません。
誰かのために一生を捧げるという在り方は、なにも物語の中だけにある架空のものではな
いでしょう。

まして、人間につくすために生み出された人工知能であるのなら、なおさら。

ですが私は若干の違和感を、どこか覚えずにいられませんでした。

目で振り向いた先の静樹君は、紗弥さんを睨んだまま。

専門外とはいえ、彼は人工知能の卓越した知識と技術を持つ峨東の一族ですから、私の感じた違和感の正体を言葉にしてくれるのではと期待したのですが、いつまでたっても彼はきつく結んだ口を開こうとはしませんでした。

『T・B』

いくら言葉を選んでも喉から声として生まれることはなく。

私がそうして躊躇している間に、インカムからアリスの声がしました。

「なんです？」

声を潜めたつもりですが、語気はやや刺々しかったかもしれません。

『間もなく日本国際人権委員会の検査委員の乗車した定時列車の到着時刻ですが、私が代理で対応しますか？』

アリスにしては珍しく空気を読んだと言いますか、こちらの話がこじれているのに気づいて気を遣ってくれたようです。

「いえ、私がお出迎えするのですよ。すぐホームに上がります」

『了解』

私は席を立ち、紗弥さんにお辞儀しました。

「駅業務がありますので、いったん失礼します」

日本国際人権委員会のことは、まだ紗弥さんに伝えていません。ひとまずは黙ってお いた方がいいと思いました。

「静樹君、あの――」

「わかってる。僕はここで君の帰りを待っていよう。だいじょうぶさ、君抜きで余計な話はしないよ」

言外まで察してくれたようです。

今の彼女は、とかく人間や人工知能の範疇で語れる相手ではありませんから、何をしでかすかわかりません。見張りをしてくれる人が必要でした。

「では」

私は二人の残る部屋のドアを閉じました。

9

からりと晴れた秋空の下、私はホーム上で列車の到着を待っていました。

ジャケットのポケットから東J.R.C.D.職員用の懐中時計を取り出し、時刻を確認します。

そろそろ、のはずなのです。

間もなく、北側の鏡状門の表面に微かに細波が浮かび、虹色の表面は輝きを増していきました。

——なにか、おかしい。

いつも見慣れた、定時列車の到着。その前兆である鏡状門の波紋。

何が、とははっきりわからないのですが、私は直感的な違和感を覚えました。

「アリス、北側鏡状門の状態は？」

『異常ありません』

私がインカムにたずねると、すぐに返事がきます。

『表面電位は正常。現出負荷が微量、高い値を示していますが、これも誤差範囲内です』

機械的な観測値には、何もおかしなことは表れていないようです。

ただし、鏡状門を眺めてきた日数なら、私はアリスよりずっと長いのです。

いつもの鏡状門、波立ち方までいつも通り。雨粒が降る水溜まりのように、幾重もの波紋が広がっては重なり合って、消えてはまた現れるのを繰り返しています。

そこをじっと見つめ続けて一分弱。私はようやく違和感の正体に気づきます。

ごく微かですが、干渉縞《フリンジ》が見えているのです。

鏡状門の干渉縞は、貨物列車などで各車輌の体積当たりの質量に、極端な偏りがあるときなどに見られる現象です。乗用車輌でも発生しないとはいえませんが、たとえば中央部の車輌が混雑しているという程度では、目視できるほどのそれはほとんど起きません。

「念のため、現出時の電力の変化には、普段以上に気をつけてください」

『了解』

機械式の重サイボーグが何体も乗車していたら。

私は春の事件を思い出しながら、手の平が汗ばむのを感じていました。

たった一体の重サイボーグに駅を蹂躙された、あのときのことです。

相手は、世界最強の北米。一体でも手に負えなかったのに、もし軍用重サイボーグを何体も使ってこの駅を制圧しようとしているのなら、私と義経だけではどうしようもありません。

やがて鏡状門からいつもの定時列車が現れ、十輌編成がすべて11番ホームに停車しました。

開いたドアから降車したのはたった二人。しかも二人とも女性でした。

再び走り出す列車を送り出してから、私は来訪者の方へ振り返ります。

一人はチョコレート色のエプロンドレスを纏った二十歳過ぎの長身の方で、前に両手を重ね、清楚に佇んでいました。

もう一人は十五、六の少女。こちらは制服姿です。

ただし、達彦さんのような学生の制服ではありません。

上着《トップス》は小豆《ラセット・ブラウン》色の生地に、二本線の入った印象的なセーラー襟《カラー》。紅色のタイが胸元で上品に結ばれていました。下《ボトム》は同じく小豆色のペプラムスカートに見えますが、たしかこれはキュロットだったはずです。上下のいずれの裾にも小さく白いレースが施されています。

ツーサイドアップの頭に被る帽子もセーラー帽。その真ん中には、小さく社章が縫い付けられていました。

J.R.C.D.グループは、会社ごとに別々の社章があります。たとえば私の東J.R.C.D.は、幸福を運ぶといわれる青い鳥に、速さをイメージした稲妻の意匠が施されていて、俗には『雷鳥章』などと呼ばれています。

対して少女の社章は、背景の鮮やかな赤の炎の上にオレンジ色の狐が描かれていました。火と狐の社章。見紛うはずがありません。それは――

「西《ウエスト》……J.R.C.D.」

私の呟きが聞こえたのでしょうか。小豆色セーラー服の少女は、手にした錫杖を揺らしながら嘲笑じみた微笑みを浮かべました。

近寄って私が敬礼すると、彼女は私を値踏みするように上から下まで眺め見た後、挨拶も返さず鼻で笑いました。

「あなた、本当にあの『鏡の妖精《ティンカーベル》』？」

露骨に揶揄する口調が、彼女の第一声でした。

「まあ、必要に迫られてそう名乗るときもあります」

「なんだかガッカリー。なんかさ、もっとこぅ、それっぽい雰囲気っていうか……なんていうの」

「『高貴』または『気品』ですか、お嬢様」

少女の三歩後ろに立つ、メイド姿の方の女性が口を挟みました。

「そう、それ。なんか近寄りづらい感じとかするのかと思ってたのに、ぜんっぜん垢抜けないっていうか、貧しそうっていうか、庶民っぽくない？」

「庶民の足がわりになることが、私たち鉄道職員の本分なのですよ」

「あーそんな建前を臆面なく言えるところが下品だってーの。貧しい顔に生まれると思考まで貧しくなるのね、かわいそう」

まあ、いちいち顔を真っ赤にして反論するほど私も若くないのですが、それでもちょっとカチンと来ました。

東・西J.R.C.D.が犬猿の仲なのは、なにも最近に始まったことではありません。

遡れば二十一世紀、国内最大の鉄道グループ企業が鏡状門鉄道の早期実用化のため解体、再国有化されたことに始まります。各地域ごとに運営されていた系列会社は、政府主導でおおよそ二社に再編され、それぞれ日本列島の東側と西側を分担することになりました。

その際、よせば良いのに色気を出して予算配分をめぐる省庁間の縄張り争いに巻き込まれ、東は従来通り国交省、西は文科省の管轄下に置かれることに決まりました。それから再々民営化を果たした以降も両社の溝は底なしに深まるばかりで、今や無益な揚げ足取りや大人げない挑発を互いに繰り返す有り様。上がこうですので、末端の職員にまで嫌悪感は浸透して、互いの制服姿を見ただけでやれ唾を吐いただの、やれ肩がぶつかっただの、繁華街で出くわして罵りあった挙げ句に流血騒ぎまで起きる始末。

なのである程度の嫌味が飛んでくるのは覚悟していたのですが、それにしても妙に敵愾《てきがい》心《しん》剝き出しというか、ここまで刺々しい挑発的な口調は久しく浴びせられたことがありませんでした。

「それで、その庶民による庶民のための駅になんの御用で貴い御御足《おみあし》を光栄にもお運びくださったのでしょうか、多々良《たたら》三等駅員殿」

私が彼女の胸の名札を読みながら言うと、少女はフンと鼻を鳴らしました。

「ひれ伏しなさい。恐れ多くも――」

「お断りします」

「――この私が直々に、田舎くさいあなたたち東の小汚い駅に来るなんて、滅多にないんだから」

人の事を言えた口ではありませんが、あまり厚くはない胸を張って多々良さんは言いました。

多々良家と言えば、J.R.C.D. グループの歴代会長を幾人も輩出した名家で、三大技術流派宗家の水淵家とも深い所縁があると聞いたことがあります。偉そうなのもそのあたりの所以でしょうか。

「恐縮ですがこれでも多忙でして、前置きはもう結構ですからその滅多にない御用事とやらの方を簡潔に教えて頂けますか？」

私の言葉にむっとした様子で、多々良さんは口をいったん結びました。

「いいわ。代理よ、日本国際人権委員からの勧告は届いているでしょ」

「はあ。あなたのような西J.R.C.D. の方にはカシミヤの毛先ほども関係のないお話ですね」

「そうぉよ、いい迷惑だわ。アンタたち東J.R.C.D. が余計なことさえしなければ、私がこんな貧相で東京臭い田舎の支駅なんかに来る必要なかったし、そもそもアンタさえいなければそれですんだお話なのよ。とんだとばっちりだわ」

私？　どういう意味でしょうか。

本来、冷凍睡眠者の貨物はJ.R.C.D. 国際貨物の案件。東J.R.C.D. が首を突っ込む形になったことで問題が複雑化したのは否定できませんが、元より西J.R.C.D. には縁もゆかりもないお話のはずなのです。

それが「とばっちりを受けた」とはどういうことでしょう。

「私にはなんの言いがかりなのかさっぱり――」

「このちっぽけな駅はお客に対するオモテナシもできてないのかしら。喉が渇いたわ」

いちいち癪《しゃく》にさわるというか、相手の気分を逆撫《さかな》でするスキルは、約百五十歳の私より多々良さんの方が上手《うわて》のようです。

「……詳しくは、テラスの方でうかがいましょうか。ご案内いたします」

勝ち誇った笑みを浮かべる多々良さんの視線を背中に感じながら、私は改札からコンコースへ、そしてその奥のテラスへ二人をお連れしました。

もしかしたらまだ義経が将棋盤とにらめっこしていて、この鼻持ちならない人たちに一泡吹かせることもできるかもしれないと期待したのですが、さすがに一昼夜すぎて勝負がついてしまい、どこかでふて寝でもしているのか、義経の姿は見当たりませんでした。

それから調理室で自分のも含む三杯のコーヒーを淹れて戻り、三人掛けのソファの真ん中にでんと腰かける多々良さんの前に置きます。

もう一人、チョコレート色のエプロンドレスの女性は、ソファの後ろに控えて立ったままでした。まるで着衣の通りにメイドのような振る舞いですが、多々良家ほどの名家ならありうることです。

「うわ、なにこれ！　酸っぱ！」

淹れたてのコーヒーに口を付けて早々のクレームでした。

「キリマンジャロ豆ですが、西の方のお上品なお口には合いませんでしたか？」

「合うも何も、こんなの人の飲み物じゃないわよ」

「はあ。コロンビアかモカブレンドの方がよろしかったでしょうか？」

「なにそれ？　東京に住んでるとそんな嫌味が舌に染みつくものなの？」

これ、言いがかりですよね？　因縁《いんねん》付けてるだけですよね？　そろそろ怒ってもいいですか？

「では、お紅茶に──」

「舌だけじゃなくて頭まで馬っ鹿になってんじゃないの？　コーヒー豆っていったらひとつしかないでしょう」

「いえ、世界中にたくさんありますけれど」

「客に出すものじゃないって言ってんのよ。アンタみたいな下流庶民が普段どんな安物豆のコーヒー飲んでようが知ったことじゃないわ」

「西のようにお茶漬けがご用意できなくて残念です。ちなみに、後学のためそのたったひとつのコーヒー豆なるものを教えて頂けますか？」

「本気で言ってんの？　ちょっと剣崎《けんざき》、なんとか言ってやりなさいよ」

剣崎と呼ばれたメイド姿の女性は、エプロンの裾をつまんでお辞儀をしてから、お人形のように微動だにしない表情のまま口を開きます。

「失礼。美波《みなみ》お嬢様は、ブルーマウンテン以外のコーヒーはお口になさいません」

「そうよ、味がわかる大人なら当たり前でしょ」

足を組み、あまり大人でない部分を張りながら多々良美波さんがだめ押しします。

「ブルマン以外のコーヒーなんてコーヒーと認めないわ。そんなのただの泥水よ。インスタント・コーヒーの方がまだマシだわ」

「まあ最近のインスタントはずいぶん美味しくなりましたからね……」

ブルーマウンテンの豆も台所の戸棚に私物のものがあるにはあるのですが、階が違うので今から取りに行くのも面倒です。なにより、こんな難癖をつけられて唯々諾々と従うほど、私も人間ができていないのですよ。

「使わないならもらうわよ」

と、何を思ったのか、多々良三等駅員——美波さんは、私のソーサーからスティック・シュガーを一本、掠め取ります。さらに剣崎さんの分も一本。

合わせて三本のスティック・シュガー、これを美波さんは束ねて封を切り、湯気立つ自分のコーヒーの中へまとめて投入しました。

そして五杯分は用意したミルクも、容器が空になるまで注ぎ入れてしまいます。

「ふん、どうにか飲める味になったわ」

その見ているだけで胸焼けをもよおすほど甘ったるそうな砂糖たっぷりカフェラテを——

——いえ、もはやカフェとは呼べないでしょう、コーヒー入りの砂糖牛乳を、美波さんは満足げに啜っていました。いかにも香りまで味わってます、という表情で。

剣崎さんの方を見てもなんのリアクションもないところを見ると、どうやらこれは美波さんのいつも通りの飲み方のようです。

たしかに、ブルーマウンテンは少し高価な豆でして、上品でなめらかな味わいと豊かな香りが特徴ですから、酸味の強いキリマンジャロ豆が苦手な人が好むことはあります。でも、こんな糖分過多で豆の違いまでわかるとはとうてい思えません。たぶん、美波さんはブルーマウンテンが好きなのではなく、そもそもコーヒー自体が苦手なのではないでしょうか。

「それは……よかったですね」

無造作に組まれた彼女の脚の方をちらりと横見しながら、私は困惑が顔に浮かぶのをかろうじてこらえました。

歩き方を見たときから気になってはいたのですが、ほっそりとした脚の先の靴も、たぶん踵込み《ヒール》で十センチはかさ上げしたシークレット・ブーツです。だとすると、今は同じくらいの背丈に見えるわけですから、平均よりやや小さい私よりその分、本当は背が低いことになります。

これは、相当な見栄っ張りですね。

同じお嬢様でも、お花屋さんの佳香さんなどとはまるで正反対です。佳香さんが幼い頃から上品に育てられたゆえの自然な気品を漂わせているのとは違い、美波さんは「高貴」と「傲慢」をはき違えているように見受けられますし、どうにもうわべの上品さや他者の視線を気にしすぎている印象があります。

コーヒーに限った話ではありませんが、即席お嬢様《インスタント・レディ》の感が拭えません。

「喉が潤ったのであれば、そろそろ本題のお話を始めていただきたいのですが」

「あら、なんだったかしら？」

露骨にすっとぼけられて、私はつい溜息を零してしまいます。

「あなたのような西の人が、なんの御用で田舎くさいとまでおっしゃる東京へいらしたのか、ということです」

「そうだったわね、下品でダサい駅に安っぽいコーヒー、それに貧相な駅員と、嫌いなものが三つも重なったものだから気を取られてしまっていたわ」

義経がいなくて、かえって良かったのかもしれないのです。義経は相手が女性なら滅多に乱暴なことはしませんが、ここまで言われては黙っていなかったでしょう。

「助けて差し上げに来たのよ」

「は？」

開いた口がふさがらないとは、このことです。

「だから、あなたの手には負えないみたいだから、私たち西J.R.C.D.が救いの手を差し伸べてあげると言っているの」

お話を理解できないのは、私の頭のせいですか？　それとも彼女の頭のせいですか？
「西の方に借りを作るほど東J.R.C.D.の面子《メンツ》は安くありませんし、貸しを主張されるほどお世話になるつもりもないのですよ」

「そうは言ったところで、あなたが東J.R.C.D.本部の煮え切らない態度に翻弄されている事実は変わらないし、このまま事態を放置すれば自分が人身御供《スケープゴート》にされるのは気づいてるのでしょ？」

どうにも、きな臭い流れになってきました。

「おっしゃることがよくわかりません。我が社はそんなヤクザな企業ではありませんし」

「嘘つき。六十三人の冷凍睡眠者を乗せたJ.R.C.D.国際貨物の列車が、このちっぽけな駅に漂着したこと、私たち西J.R.C.D.が今日までの一週間、気づかなかったとでも思ってるの？　ホームの退避線にあった貨物がソレでしょ？」

「仮にそのような事実があったとしても、あくまで我が社《ひがし》とJ.R.C.D.国際貨物の問題です。あなた方、西の人に口出しされるいわれはありません」

「それはお互い様よ。アレはもともと私たち西J.R.C.D.が受け取るはずだったのだから」

眉をひそめた私に、彼女は見下ろすような視線を送ってきます。

「……なんですって？」

「予定の路線に不都合が――たとえば運搬中に冷凍睡眠から覚醒したうっかり者が出たり――生じた場合は、必要に応じてJ.R.C.D. 国際貨物から西J.R.C.D. に移管して運搬する。六十三人の冷凍睡眠者の輸送について、そういう補完契約を私たち西は国際貨物と結んでいたの。だからアンタたち泥臭い東J.R.C.D. の出る幕なんて最初からなかったって言ってるのよ」

相互補完契約自体は珍しくありませんし、仲の悪い東・西J.R.C.D. の間ですら結ばれています。ただ、それがたった一編成の貨物に限定して設定されるというのはかなり特殊です。

そもそも、冷凍睡眠者が輸送中に覚醒したのが想定外で、前例のないことだったからこそ、東J.R.C.D. 本部とJ.R.C.D. 国際貨物の話し合いは長期化しているわけで、それが西J.R.C.D. に限って事前の取り決めがあったと言われても、にわかには信じられません。

「それを横から掠め取ったのがアンタたち東J.R.C.D. だったということ」

まるで卑怯者は東だと言わんばかりです。

「ですが、当該列車を受け持っていたJ.R.C.D. 国際貨物の運行部は、東J.R.C.D. に受け入れを要請し、私たち東はそれを受諾しました。その結果として東J.R.C.D. 管轄の駅に運び込まれた時点で、そんな契約は無効になったのではありませんか？」

「緊急避難要請を受諾したのは東J.R.C.D.じゃないでしょ。国際貨物の無知無能な下っ端と、アンタの東京駅11番ホーム、その管理人工知能が勝手にやったことだわ。だから列車の移管をめぐる議論はいつまでも煮詰まらない。当然よ、それは私たち西J.R.C.D.の役目だってあらかじめ決まってたんだから」

「百歩譲って、筋は通っていると思うのですよ」

内心では嫌な予感がしてしかたなかったのですが、私は可能な限り平静を装って言葉を返します。

「だとしても、その覚醒者である笹井紗弥さんは残る六十二名の冷凍睡眠者の意思を代弁し、私たち東J.R.C.D.による旅客扱いでの移送をご希望なさっています。あなた方、西ではなく、です」

「そんなの紗弥とか言う奴の妄言に過ぎないに決まってるでしょ。眠っている連中の意思の代弁なんて可能なはずないじゃない」

ご本人は気づいていないかもしれませんが、今の発言はあらたな問題を提示しました。

私としては見過ごす手はありません。

「過程がどうあれ、私たちには旅客の要請に応える義務が生じています。一方的に拒否することはできません」

「お客様は神様です、って？　田舎の優等生モドキがいかにも言いそうなことね。あるべきものをあるべき場所へ返せ。それだけの話をなに無駄に複雑にしてんのよ、馬鹿じゃないの」

「あなたにはあなたの義務がある、ということですね。では西のご希望に応じて、お引き渡しいたしましょう」

私が突然折れたことがよほど意外だったのか、多々良さんは訝しそうに眉根を寄せていました。

「残る冷凍睡眠者、六十二名の全員を。その代わり、覚醒済みの笹井紗弥さんについてはすでに東J.R.C.D.で請け負った旅客ですから、あくまで当方で責任を持ってお預かりいたします」

「なっ……」

唖然として、多々良さんは声を失っていました。

「その後については彼女の意思を尊重することになるでしょう。あら、顔色がよろしくないようですが、なにか不都合がございましたか？」

「――嘗《な》めてんじゃないわよ、ぶりっ子女」

羊の皮を被っていた、とはこういうことを言うのでしょう。多々良さんはさっきまでの上品ぶった高慢な口調とは打って変わって、ドスの利《き》いた声で言いました。

「六十三名の冷凍睡眠者はまとめて一編成の貨物。いい、ド田舎娘、アンタは決まっていたとおりに、決まっていたように、そのまま私たち西に引き渡せばそれでいいのよ」

「ですから、紗弥さんが西J.R.C.D.にその身を委ねることをご選択なさるのであれば、すぐにでもお引き受け願います。まあ万に一つもないとは思いますが……あら、あらら？でもあなたのお言葉を返させて頂くのであれば、今の彼女は妄言を口にしているにすぎないのでしたっけ？　そのような錯乱状態ではご意思の確認はできないという趣旨のこともおっしゃいましたね。そういうことであれば、紗弥さんについては正気に戻られるまで当ホームでしばらくご静養いただくしかありませんね？　それとも、睡眠中の残る六十二名よりも紗弥さんお一人のお身柄がご希望でしたか？　そんなはずはありませんよね、だってあなたたち西は、あくまで冷凍睡眠者の貨物輸送を引き受けただけなんですから。であれば六十三マイナス一、貨物扱いの六十二名で十分なはずですが、なにをそんなに動揺なさっているんです？　おしぼりをご用意いたしましょうか？」

歯を食いしばり、わなわなと震えていた多々良さんは、不意に私の方へ詰め寄ってきました。そして私の首のスカーフを引っ掴み、力ずくで引き寄せます。

「うだうだとうるっさいわね、この青ドジョウ！」

「そんなに下品になさってはコーヒーが零れてしまいますよ。火傷したら大変」

首を引っ張られたまま、私はテーブルのコーヒーカップを持って一口啜ります。

「まあ、酸っぱいコーヒーでも飲んで、いったん平静に戻られることをおすすめい――」

「剣崎！」

多々良さんがそう叫んだのが早かったか、それとも落ちたのが先だったでしょうか。

私が右手に持ったコーヒーカップは、そのコーヒーの表面ぴったりの高さに、上半分をすっぱりと切り落とされていました。

リング状になった破片が、鋭利に切り出された断面を晒して、テーブルの上に転がっています。

「あら危ないわよ、火傷したら大変」

多々良さんが喉で笑いながら言います。

今、私は――私の持っているコーヒーカップは、何をされたのでしょう？

目には見えないほどの速さの刃物？　あるいはレーザー？　でも、そんなものを大仰に振るったら、カップとソーサーを持っている私の両手はおろか、私のスカーフもそれを握る多々良さんの手もただですむはずがありません。それどころか、双方の命すら危うかったはずです。

さっき「剣崎」と、多々良さんは後ろに控えるメイド姿の女性の名前を呼びました。

私の視線に気づいたのか――いえ、それよりも早く、剣崎さんはスカートを摘まんで上品にお辞儀をしていました。

剣崎さんとの距離は、ソファを挟んでおよそ二メートルほど。それも多々良さんの背越し。獲物は隠し持った何かの刃物だったとして、正確さにどれほどの自信があれば、今のような超人的な芸当ができるのでしょうか。

「これは、驚きました。西J.R.C.D.は、私たち東と戦争でも始めるつもりですか?」

言いながら、私はコーヒーカップをソーサーに戻してテーブルに置きます。

できうるかぎり平静を装いはしましたが、声も手も震えを抑えきれず、ソーサーの上にコーヒーの水溜まりができてしまっていました。

「アンタたちがそう望むなら」

「では私たちもそう望まれるなら」

私の首のスカーフをさらに引き寄せて、おでこがぶつかりそうなほど私と顔を近づけながら、多々良さんは鼻で笑います。

「受けて立つって?」

「やむを得ぬ事態もありましょう」

「国交省におんぶだっこで温室育ちのアンタたち東が、ガチンコ始めて私たち西と互角にわたりあえると本気で思ってるの? おへそで茶が沸くわよ」

「北米と央土の間で板挟みになり、双方の軍事的、政治的、経済的脅威とギリギリでせめぎ合いを演じてきた西J.R.C.D.には及ばないかもしれませんが、北米の基地があるのは西ばかりではありませんし、我々東J.R.C.D.も氷土という大勢力と隣接して立ち回ってきました。五分五分とは望めないまでも、先に手を出したことを後悔させる程度に一太刀浴びせることはできましょう」

「出来の悪い冗談ね」

「そう、最悪のジョークなのですよ。私たちJ.R.C.D.グループの最大の使命は、鏡状門交通という人類の未来を大きく変えうるテクノロジーから生じる莫大な公益を、いずれ人類社会全体の平等な幸福に供する日まで、いかなる勢力にも独占を許さず守り続けること。西・東の身内同士でつまらぬいざこざを起こせば、日本政府自体も含む私たちの周辺勢力がその好機を見過ごすはずがありません。鏡状門の国際的普及の途上の時代にいる私たちは、世界の脅威を生みかねない立場にあることを、常に胸に刻んでおかなくてはならない。それはあなたもおわかりのはずです」

「ご高説はもう結構よ。今のアンタにはその東J.R.C.D.の後ろ盾がない。書き割りの援軍を頼りに虚勢をはったところでみっともないだけだわ」

「左様でしょうか？　たしかに東J.R.C.D.本部の判断と指示は遅れている。ですが、それがあなたたち西の暴力に屈することを良しとすることを意味しているなどということがあろうはずはありません。筋の通らない要求をこれ以上続けるのであれば、東の本部に直接赴《おもむ》かれるようお願いいたします。なぜかそれができないお立場だとおっしゃるのでしたら、私にはお申し出を受諾する権限はないのですから、何度でも繰り返しましょう——お断りいたします、と」

「もういいわ……剣崎」

「プランBに変更、よろしいので？」

剣崎さんが答えた次の瞬間、私は顔を殴り飛ばされました。

大した力ではなかったのですが、スカーフを掴まれていたこともあって、多々良さんの裏拳の衝撃がもろに脳まで届いて、私の意識は朦朧とします。

続いて胸を突き飛ばされ、ソファの背もたれに倒れ込んだ私の左耳に、微かにサッと何かがかすめるような音が聞こえました。

次の瞬間、縦に真っ二つにされたインカムが、床へ転がり落ちたのがぼやける視界の隅で見えます。

「このホームを奪取する」

「マスターのお気に召すままに」

二人の受け答えが、とても遠くから聞こえます。

「アリっ——」

平手打ちが、私の声を遮りました。

「他の後期型アリス・シリーズ改も動員して、このホームの第七世代人工知能を飽和制圧型攻撃で抑えなさい、可能なら完全制圧。あと、ここには旧式の狼型ロボットだかサイボーグだかがいたはずだから、そいつも無力化」

「生死を問わず《デッド・オア・アライブ》、でかまいませんか？」

「当然よ、聖断剣《ソード・コード》」

テーブルの上に立った多々良さんの爪先が、私の鳩尾に突き刺さります。

呼吸が止まって前屈みになった私の側頭部に、多々良さんはシークレット・ブーツの固い踵《ヒール》を叩き込んできました。

床に崩れ落ちた私の頭と右手を、多々良さんが両足で踏みにじります。

「せっかくならもう少しいい声で啼《な》いてくれない？　私にそんな趣味はなくてよ」

真上から見下ろす多々良さんの顔は、ぞっとしないほど冷ややかな笑みを浮かべていました。

10

気がつくと、私の身体は両腕を縛るワイヤーで柱の縁《へり》から吊されていました。

高さは膝立ちするのにちょっと足りないくらいです。

「ずいぶん物騒なもの持ってるじゃない？　ちゃちだけどさ」

意識を失っている間にポケットから抜き取られたのでしょう、美波さんはソファの背に寄りかかりながら、達彦さんの持ち込んだ短針銃《ニードルガン》をくるくると弄《もてあそ》んでいました。

「最近の東J.R.C.D.の駅員は、みんなこんなもの持ってるの？　ダサいし、下品ね」

樹脂製の玩具のような銃を、玩具のようにいじくりながら、美波さんが言います。

「美波お嬢様」

振り向けないのですが、後ろの方から声がしました。

やがて私の右を通って、剣崎さんが歩み出ます。

「断罪斧《アックスコード》――この駅の第七世代人工知能の封じ込めに成功しました。現在、当該機は地雷《クラ》型《ック・マイン》の対侵入用迎撃オプションを張り巡らし、完全にネット上から孤立。緊急信号もインターセプトして排除中」

「呆れた。接近戦もしないで戦略的撤退のあげくに針鼠、というわけ？　あっけないったらありゃしない。電源を落とせないの？」

「遠隔送電装置とフライホイールの制御は私の手中ですが、直結した縦列蓄電器《カラム・コンデンサ》が予備電源として機能しています。無理な反撃を試みないかぎりは、半サスペンド状態であと十二時間は保つでしょう」

「面倒な駅員に面倒な人工知能、田舎の東京駅にはお似合いね。鏡状門は？」

「鏡状門についてはは断罪斧《アックスコード》からの分離に最優先で成功。今は私の制御下にあります。ヘリポートもワイヤーと発煙装置で封鎖しました。現在、この支駅は物理的にもソフト的にも完全に外界から断絶されています」

「上々ね。あとは笹井紗弥だけ確保すれば――」

「それについては、重大な問題が発生しています」

美波さんの眉の間に、浅く皺が寄りました。

「どういうこと？」

「この支駅のほぼすべての部屋のドアには電子錠が施《ほどこ》されていますが、制御を分離する際、断罪斧《アックスコード》がすべての鍵の電源を施錠したまま落としました。また、全監視カメラも施錠とともにロックされています」

「つまり、笹井紗弥の居場所を確認できていないのね。一斉にクラックできないの？」

「元は断罪斧《アックスコード》による集中制御だったようです。ひとつひとつ再起動させてハッキングを試みるしかありませんが、一個あたり半時間から一時間程度かかると思われます」

「だったら物理的に壊した方が早いわ。まったくつまらない嫌がらせをしてくれるわね」

「笹井紗弥の所在さえ確認できれば、一枚のドアを突破するだけですむのですが――」

剣崎さんが目でこちらへ振り向きます。

「そうね、コイツから聞き出せばすむこと、か」

ソファから離れた美波さんは、剣呑な目つきでこちらに近寄ってきました。

「あの……ひとつお尋ねしても？」

私が口を開くと、美波さんの表情は冷淡な笑みに変わります。

「命乞いなら一回だけ聞いてあげる」

「そうではなくて」

私が身じろぎすると、剣崎さんがこちらへ振り返って二歩、歩み出ます。

その距離、おおよそ五メートル。おそらく、それが剣崎さんの見えない刃の間合いなのでしょう。

「あなた方、西J.R.C.D.が、北米およびJ.R.C.D.国際貨物と密約を結んでいたというのはわかるのですが、北米はそこまでしてなぜ紗弥さんを欲しているのですか？」

美波さんが鼻で笑います。

「私の知ったことじゃないわ。預かった人や荷物をそのまま希望の場所に送り届ける。それがあなたの言うところの鉄道員の本分って奴じゃないの？」

「嘘ですね」

私が断じると、美波さんは眉をひそめていました。

「西J.R.C.D.が本件においてJ.R.C.D.国際貨物のバックアップを担っていたというのは本当でしょう。東J.R.C.D.は冷凍睡眠者の移送について完全に蚊帳の外だったのですから、あと鏡状門の国際路線を所有しているのは西J.R.C.D. か国際J.R.C.D. の二社しか存在しません。国際J.R.C.D. はその立場上、J.R.C.D. 国際貨物とは一定の距離を保っている。なら、残るは西J.R.C.D.。順当な選択です」

「そうよ、当たり前の話。だからなに？」

「少し違和感があったんです。東カザフで紛争による事故を装って車輌の存在を隠蔽する、北米の意図としてそれはわかります。ですが、車輌が本当に大事なものであるなら危険な賭けです。たとえ九割九分うまくいくように算段していたとしても、本当に紛争に巻き込まれてしまっては元も子もない。なら、より確実で安全な手段の準備をしていたはずです。それが今の『北米軍による日本国内からの空輸』だったのではありませんか？　北米とあなた方、西J.R.C.D. は、最初から空輸で北米へ冷凍睡眠者の車輌を輸送するつもりだった。つまりバックアップだったのは西J.R.C.D. ではなく、公表されていたJ.R.C.D. 国際貨物の方だったということです。J.R.C.D. 国際貨物がなんらかの事情で国内駅に救援を求めることはあなた方にとって予定調和のうちだった。想定外だったのは二点。ひとつは西J.R.C.D. に運び込まれるはずだった車輌が、この東J.R.C.D. 東京駅11番ホームにたまたま漂着してしまったこと。もうひとつ、冷凍睡眠者の一人が勝手に覚醒し、東J.R.C.D. に貨物ではなく乗客としての移送を要請したこと。北米に冷凍睡眠者の引き渡しを確約していたあなた方、西J.R.C.D. はこれによって面目を潰されただけではなく、大変な窮地に立たされた。北米からは東J.R.C.D.と結託して猿芝居を打ったのではないかと疑われ、黙認の立場を取っていた日本政府からも激しい圧力をかけられ、あなた方は両政府の板挟みになったんです」

「大した想像力ね、感心するわよ」

「本来なら手を引くべき局面です。多少の面子と利益など捨てても、ここは東J.R.C.D.にまかせていいはず。これ以上の介入は軽い火傷ではすまない。公益企業としても営利企業としてもあまりに迂闊だと言わざるを得ません。西J.R.C.D.の本部がそれでもあなたたちを送り込んできたのは、引くに引けないなんらかの事情があるからでしょう」

「笹井紗弥を含む六十三名の冷凍睡眠者は、情報セキュリティ危機以前に人工脳の埋め込み手術を受けていた。つまりそれ以前の知識の名残で、消失技術《ロスト・テクノロジー》の生きた塊。それだけで北米や日本政府が扱いに神経質になるのは当然だと思うけれど？」

「また嘘をつきましたね。それなら笹井紗弥さん一人の措置に、あなたが尋常ならざる関心を示し、動揺したことに違和感が残ります」

美波さんは視線を逸らし、舌打ちしていました。

私のカマかけに引っかかったことを後悔しているのでしょう。

「はっきり口にされてはいかがです？　本当に欲しいのは笹井紗弥さん一人、残る六十二名は無関係だと。はじめは六十三名の全員が必要だったのでしょう。でも紗弥さん一人が覚醒して、東J.R.C.D.に移送の要請をしたことで状況が一変した。情報セキュリティ危機の影響を受けていない、貴重な完全オフラインの初期型第七世代人工知能〝夢《ドリーム》紡《ペインター》ぎ〟を再起動させるために必要なのが、紗弥さんだと判明したからです。日本政府もことここに至ってようやく事件の重大さに気づいて黙認を取り消した。事態の発生から一週間あまり過ぎた今ごろになってあなたたちがあわててこんな『田舎駅』に飛び込んできたのも、日本国際人権委員会という北米の手足に、主導権を奪われそうになったから。そして――」

「仮に」

私の言葉を遮り、美波さんが言います。

「アンタの言うとおりだったとして、それはあくまで北米と日本政府の思惑に過ぎないわ。要請だの圧力だのがあったところで、私たち西J.R.C.D.はいちいち動じていられないし、そんなに暇ではなくてよ」

「そこが不思議なところです。どうしても聞き分けないというのなら、今回は東J.R.C.D.の顔を立ててやるぐらいの懐の広さをみせてもいいところなのに、あなた方はこのホームを制圧するという軽々な強硬手段にまで訴えた。こんなことをしたら東J.R.C.D.の保安部も日本の警察力も黙っていません。かといって本気で東・西戦争をする準備をしてきたようでもない。むしろこうなることを可能なら避けようとしていたようですね。要するに、あなた方西J.R.C.D.もこのホームを恒久的に支配できるとは考えていない。目的はあくまで〝夢紡ぎ〟で、その起動のために必要な〝鍵〟としての笹井紗弥さん。彼女一人を拉致できればここにもう用はない。あなた方西は、私たち東から紗弥さんを取り戻したいんじゃない。それどころか、北米にも日本政府にも彼女を渡したくないんです。違いますか？」

短針銃を弄ぶ美波さんの手が止まりました。

「西は最初から紗弥さんを——〝夢紡ぎ〟を、自分の手中にするつもりだったんですね。北米の講じた茶番劇に乗ったのも、日本政府の黙認を取り付けたのも、すべては〝夢紡ぎ〟を手に入れるための欺瞞。もちろん両国をまとめて裏切るようなことをすれば代償はとんでもなく高く付く。だからこそ、それを上回って余りある利がなければ、こんな馬鹿げたことをするはずがない。あなたたち西は〝夢紡ぎ〟を使って、いったい何をするつもりなんです？」

「……そうね」

ゆらりとした動きで、美波さんはソファの背から離れて、こちらに一歩、一歩とゆっくり近寄ってきます。

「神才・湖峨《こが》鞘由太《しょうゆうた》の遺文にあった『プロジェクト・シータ』——その三種の神器たる鏡、剣、曲玉」

　彼女の口から零れたのも、気の抜けた声でした。

「鏡はアンタ——世界でただ一人の鏡面世界帰還者、東の妖精。剣は西のカミオカンデ集中ターミナルとその管理第七世代人工知能。そして最近になって曲玉の所在がわかった」

　そのとき、私と彼女が思い浮かべたのは同じ人物でした。

「電脳妖精《ローレライ》、鍔目《つばめ》十三月《とみつき》。あの小娘の存在が明らかになって、しかも東とべったりの筑波学園研究都市に匿《かくま》われていることが発覚して、西と東のJ.R.C.D.のバランスは一気に崩壊した。ねぇ、わかる？　アンタと鍔目十三月が個人的な親交を持ったことで、西のトップたちがどれだけ慌てふためいたか。アンタという鏡の妖精は鏡状門交通を象徴する存在。その鏡状門の最大拠点たるカミオカンデ駅。それをなんの抵抗もなく屈服させうる電脳妖精」

　私から十歩ほど離れたところで、美波さんは立ち止まります。

「神器は西と東にひとつずつ、最後のひとつは行方知れず。そのバランスこそがこの一世紀半のJ.R.C.D.と世界の繁栄を担ってきたのよ。なのに、アンタたち東が——いいえ、紡防躑躅子、アンタがたった一人で台無しにした」

「ちょっと、待ってください。十三月さんと私が仲良しになったのは、ただの偶然です。私には彼女を意のままにするようなつもりはありませんし、彼女だって私や東J.R.C.D.に与したようなつもりはありません。なのに——」

「偶然かどうかなんて問題じゃないのよ！」

　悲痛な叫びが、私の声を遮りました。

「現に二つの神器が東J.R.C.D.の手中にあり、しかも個人的に結びついてる！　これで黙っているほど私たち西J.R.C.D.は呆けものの集まりに見えて!?」

　声を張り上げていた美波さんは、そこで大きく深呼吸して必死に冷静さを取り戻そうとしているように見えました。

「今から……あなたにいいものを見せてあげるわ。せいぜい無様に驚いてよね」

「美波お嬢様――」

「剣崎、お父様の意に逆らうことになるのはわかってる。でもここまで侮辱されて……無邪気な顔で綺麗事を言われて、黙っていられるほど私はおとなしくないわ。私は怒って泣いて笑う子供だもの」

　美波さんは腰に差していた指揮錫杖《コマンド・ワンド》を左手で振るい、無数の立体映像モニタを周囲に表示させます。私の指揮錫杖のそれとは違って、モニタはすべて円形でした。

「向こうに神器が二つあるなら、こちらももうひとつ作ればいい。やってできないはずはない、だって鏡の妖精だって期せずして突然現れたのだから――そう考えた人たちがいた」

　美波さんの少し明るい色をした髪が、毛先からゆっくりと別な色に変わっていきます。

我が目を疑わずにはいられません。だって、その色は私だけの色。鏡の色でした。

「二つと二つ、開け」

私のと違って少し赤みがかった鏡状門が二枚ずつ、美波さんと私の目の前に現れました。

「この能力が自分だけのものだと思った？　水淵家は前世紀からとっくにアンタのコピーを造ろうと秘密裏に実験を繰り返してきたのよ。その初めての人体での成果が、この私」

美波さんが、短針銃を握った右手を鏡状門の中へ差し入れます。

「そして私専用の一〇二五番から一〇二八番の鏡状門」

すると私の前の鏡状門からその右手が現れて、私の右肩に短針銃の銃口を押し当てました。

「ねぇ、知ってる？　短針銃って小さな針を飛ばすでしょ。一本一本の傷は小さいから、有機サイボーグでも痛覚のブレーカーがなかなか機能しない。なのにたくさんの傷がまとめてできるから、とんでもなく痛いって」

美波さんの指が引き金を引いて、ガス式に独特の小さな炸裂音がして、それから――私の頭の中は真っ白になりました。

「録音しておけば良かったわ！　今どんな無様な悲鳴をあげたのか、ねぇ、アンタ自分でわかっていて？」

心底楽しげに笑いながら、美波さんは言います。

「まだまだ、これからよ」

それから五回――もしかすると六回か七回かもしれません――私は肩を引きちぎられるような激痛に晒されました。

そのたびに膝から崩れ落ちそうになり、両手を吊されているためそれすらもかなわず。

「もう壊れちゃったわ」

その美波さんの言葉が自分のことと誤解する程度には、私の意識は混濁していました。

「やっぱり安物は駄目ね」

でもそれは銃の方であったことに、美波さんが銃身の割れた短針銃を放り投げてから、ようやく気づきます。

私の右肩は、数十本の針に貫かれて制服ごと皮膚も肉も千切れそうになっていました。

「ひとっ……ひ」

悲鳴を上げ続けたせいで喉がかれ、私の声は掠れていました。

唾を何度か飲み込んでから、もう一度口を開きます。

「ひ、とつ……教えてください。あなた方……西J.R.C.D.が〝プロジェクト・シータ〟の……根拠にしているものは、水淵家の……写本、ですか？」

「いいえ。三大宗家以外に『コガ写本』を所有しているのが自分たち東だけだとでも思っていたの？　私たち西J.R.C.D.も写本は持っているわ、あなたたち東J.R.C.D.のそれよりずっと保存状態のいいものをね」

「また……嘘ですね」

　ハッタリだと思ったのでしょう、美波さんは鼻で笑っていました。

「原本が失われて以来、完全なコガ写本は存在、しません。原本に、全二百十ページあったとされる項目は、世界に七つある、どの写本でも、数十ページが、なくなっています。だからこそ、三大宗家はいずれも、写本の暗号解読に、苦慮しているのですよ。特に、終端の二十ページは、どの写本でも喪失、している。三種の神器だけでは、プロジェクトは完遂、できないのです。物理的に失われたページは、情報セキュリティ危機で、信憑性を著《いちじる》しく、欠いた電子媒体にしか、ありません」

「だからなに?」

　カツカツと、ヒールで床を叩きながら、美波さんが私の方へ近寄ってきました。

「遺文の最初に書かれていた言葉『人類が恒久的に平等な幸福と安寧を享受できるただひとつの可能性』――そんなお伽噺《とぎばなし》に私たち西J.R.C.D.は興味ないわ」

　美波さんは私の前髪を摑み、脂汗を垂らしながら俯いていた顔を、無理矢理引き上げます。

　息がかかるほどそばに、赤みがかった鏡色の双眸がありました。

「三種の神器が揃えば世界中の鏡状門を直接支配できる、その事実こそ問題。たとえ日本と北米の不審を買ったとしても、東J.R.C.D.による鏡状門の独占なんて見過ごすわけにはいかない。笹井紗弥を乗っ取った第七世代が原本の何ページを記憶していようとそんなこと――」

「そっか、知らされて、いないんですね」

私の言葉に、美波さんは訝しげに眉をひそめていました。

「笹井紗弥さん、と〝夢紡ぎ〟に託されたものは、原本なんかより、もっと大事なものです。三種の神器と同等の、あるいはそれ以上に重要な、もうひとつの、人類の可能性。安定した、鏡状門を得たことで、失われてしまった、別な未来。そんなことも、教えられずに、のこのこと、やってきたなんて……あなたは、その程度の信頼すら、得ていない、ということです、〝お父様〟なる人から」

まるで瞬間沸騰でした。

刹那に顔色を変えた美波さんは、私の前髪をめいっぱい引っ張って、右足の踵でぼろぼろの私の右肩を蹴り上げます。

そのときの激痛は言葉にしがたく、私のあげた声もまた同じ。

ただ、さっきまでと違うのは、自分の肩の骨が砕ける音が聞こえたことと、すぐに左腕の感覚ごと痛みが消えたことです。

「痛覚のブレーカーが落ちた？」

痛みが消えても、すぐに息は整いません。

「……そのようですね」

跳ねて止まぬ心臓の鼓動を感じながら、私はようやく絞り出した声で言います。

「行くわよ、剣崎」

踵を返して私に背を向けた美波さんが言います。

「笹井紗弥の居場所を聞き出さなくてよろしいので？」

「有機サイボーグに拷問なんてしてたところで時間の無駄だわ。プランをCに変更、西J.R.C.D.の保安部に出動要請を出して。人手が揃ったらこの駅のすべての部屋をしらみつぶしに探す。それまで私たちはプラットホームで待機」

「了解いたしました、マスター」

改札の方へ立ち去っていく美波さんの後に、軽く私に向けて会釈してから剣崎さんがついていきます。

二人の姿が改札の向こうへ完全に消えたとき、

「よう、またこっぴどくやられたな」

声は真上から降ってきました。

「遅かったじゃないですか」

見上げると、私を吊した柱に犬――もとい、灰色の毛の狼が立っていました。

「途中で俺が手出ししたら、お前は本気で怒っただろうが」

そう、柱に立っていました。まるでそこが地面であるかのように。

「当たり前です。売られた喧嘩とはいえ、あなたのような戦闘向きのサイボーグが出てきたら本当に東・西J.R.C.D.の戦争へと発展しかねません」

水平感覚を失う光景ですが、私にとっては見慣れた姿です。

「よく我慢しましたね、義経」

「それを今のお前が言うか？　ボロボロなのはそっちじゃねぇか」

音もなく歩みよりながら、義経は言いました。

「とりあえずワイヤーを切るぞ」

義経の牙が、私を柱に吊していた縄をかみ切ります。

突然支えを失って、私は腰から崩れ落ちそうになりました。膝に力が入らなかったのです。

でも、私のお尻が床につくよりも早く、素早い身のこなしで義経が私の下へ回り込んで大きな背中で支えてくれました。

ソファのように柔らかな座り心地。さすがに日頃から自慢するだけはある、立派な毛です。

「ありがとう」

私が残った左腕で首のあたりを撫でてあげると、義経は大仰に溜息をついていました。

「お前の礼はいつも口ばかりだからいらん。誠意があるなら態度で示せ」

「具体的には？」

「そうだな、次の飯でコールスローからキャベツを抜くとかだ」

「それはもうサラダじゃないですよ」

この百五十年、飽きるほど繰り返されてきたやり取り。それが今はたとえようもなく嬉しくて、安心して、ほっとして。

緊張して硬くなっていた顔が、一気に緩みそうになってしまいました。

11

「これで、大丈夫ですか？」

背中側のベルトを調整してくれていた達彦さんが言います。

「ええ、ぴったりです」

駅舎に備え付けの応急キットにあったスリングで、不便になった右腕を胸の下にしっかり固定したのです。

肩の関節は完全に砕けていてろくに動かすこともできませんでしたから、この方が楽になります。

前に寄せていた髪を背中の方へ戻してから振り向くと、まだ目元が赤いままの達彦さんの顔がありました。

「ありがとう、達彦さん」

私にお礼を言われることが意外だったというはずもないのですが、達彦さんは視線をそらして俯いていました。

そっぽを向いていた義経は、私と目が合うと少し逡巡してからうなずきます。

西J.R.C.D.の二人がいらして空気が悪くなったとき、義経が真っ先にしたことは達彦さんの身柄の確保だったそうです。これは私の期待通り。

そのときはまだ二人の目的が知れなかったとはいえ、最悪の状況を想定するならこの駅にいる全員が危険に晒されることになります。紗弥さんは機転の利く静樹君と一緒に部屋の中にいるからまだいいとして、問題は所在の知れなかった達彦さん。

結局、温室の椅子で肩を落としていた彼を義経が保護し、ここまで連れてきてくれました。

「達彦さん」

私が呼びかけて、三人掛けソファの隣に座るよう仕草をすると、彼は素直に従ってくれました。

その目はまだ光を失ってはいません。ただ、なんとなく気持ちが揺らいでいるように私からは見えました。

「まさか、紗弥さんのおっしゃったことが、彼女の本音のすべてだなんて思っていませんよね？」

少し逡巡してから、彼はうなずきます。

「あなたと八年間をともに過ごした紗弥さんも、そのあと百年間あなたが恋い焦がれていた紗弥さんも、どちらも本者の紗弥さんです。事故に遭って脳の九割を失った笹井紗弥という少女や、彼女を甦らせるために一体化した〝夢紡ぎ〟という人工知能も、結局のところは紗弥さんご本人とは違います。今この駅にいる紗弥さんは、たしかにあなたの知っている——あなただけの知っていた紗弥さんなんです」

「……わかっています」

彼は膝の上で両手を組み、苦悩の表情を浮かべた顔をのせていました。

「なら今、あなたを本当に悩ませているのは、そんなことじゃない。あなたはあなた自身の人格自体に疑念を抱いている。違いますでしょうか？」

もしそうとは知らず、人工知能に恋をしていたのだとしたら——。

その衝撃だけでも想像を絶するものがありますが、彼のケースはそれに輪をかけて複雑です。彼はその人工知能だけに育てられ、励まされ、ときに喧嘩したり、いがみ合ったり、仲直りしたりして、今の人格を形成されてきたのですから。

自分を形作っているすべてが、人工知能の思惑通りだったら？　コンピューターの計画通りに過ぎないのだとしたら？

「紗弥さんに恋したことも、人工知能に計算された結果なのかもしれない。いえ、彼女の『最初であって最後であってはならない』という言葉をそのままたどれば、実際その通りだったのでしょう」

紗弥さんは「どんな理想像にもなれる」と言い、静樹君は同じく「理想的な年長者を演じていた」と断じました。その通りなのかもしれない。

「でも、だったらどうだというのです？」

私の言葉に、達彦さんは顎にのせていた指をほどき、首で振り向きます。

「人格を計画通りに形作られたのだとしても、あなたは今たしかに自分の意思でここにいて、紗弥さんに恋をしてる。それだけの事実で十分じゃないですか。その気持ちが紗弥さんのプログラムであろうが、陽性転移であろうが、彼女を慕う気持ちは今、あなただけのものです。誰にも侵されることのない、あなたの聖域なのですよ」

私は彼の左手を握って、自分の方へ引き寄せました。

「私はあなたとは逆。私の身体は全身が作り物の有機サイボーグで、私に残っている本物の自分は私の心だけ。でも今は、作り物であってもこれが私の身体、そう思っています。感じませんか、手の平に私の体温を。この温もりは人工の偽物だけれども、それをあなたに伝えようと思った私の気持ちは、作り物じゃありません」

離した手を、彼の頬に当てます。

「男の子でしょ、もうひとがんばりなさい。もう一度、今度は直に顔を合わせて、あなたの気持ちを素直に伝えてみなさい。全力で、あなたのすべての誠意を込めて。そうしなければ、今度こそ彼女はあなたの手の届かないところへ行ってしまう。百年の時間よりも遠いところへです。西J.R.C.D.は、一度手に入れたらどうあっても紗弥さんを手放すつもりはないでしょう。そして東J.R.C.D.は本件への関与をためらっている。今、彼女を止められるのは――彼女の本当の意思を引き出せるのは、あなただけなんです。あなたは今、この歪んだ筋書きの行く末を変えられる、ただ一人の主人公なんですよ」

私の顔を見つめる彼の目には、まだ少し躊躇の色が残っていました。

「でも紗弥は、六十万人の冷凍睡眠者の保護者です。もし紗弥が僕についてきてくれたら――突然いなくなったら、六十万人の生命に危険が及ぶかもしれない」

彼の言うとおり、北米にせよ西J.R.C.D.にせよ、どんなに手の込んだ謀略をめぐらしていても、欲しているのは〝夢紡ぎ〟の分身で鍵たる紗弥さん一人。彼女の確保に失敗しようものなら、六十万人の冷凍睡眠者のために今まで通りの安眠装置――〝水槽世界《アクアリウム》〟を維持し続けるとは限りません。最悪は放棄ということもありうるでしょう。

それでも。

「だからどうしたというのですか？」

私の言葉に、達彦さんは目を丸くしていました。

「たかが六十万人の命……いいえ、たとえ地球上すべての人類を天秤にかけたって」

私はやっぱり、義経や静樹君の言うとおり、頭がおかしいのかもしれません。でも心からそう思うから口にします。

「あなた一人の幸福を、エゴを受け入れる寛容さなくして、なにが人類ですか。なんのための社会と言えるのですか」

――人ひとりの命が星よりも重いという人は二種類いる。

静樹君が言葉にしなかったもう一種類がなんなのか、ようやくわかった気がしました。

私は、百億の人類の未来より、今目の前にしている人、ひとりの幸福を望んでしまう。

きっと私のそんな本性を知られたら、たくさんの人に嫌われるのでしょう。

だから私は、静樹君や達彦さんと違って、きっといつまでも物語の主人公のようにはなれないのだと思います。私にできることはいつだって、この駅にたどり着いてしまった人の手を握って励ましたり、背中を押したりしてあげることだけ。

「世界を言い訳にしないで。今は全力でぶつかっていきなさい。後悔のない選択をするんです。それでも、そこまでしてもどうしても駄目だったら、そのときは――」

彼の前髪を左手で上げると、瑞々しくて綺麗なおでこが出てきました。私はその真ん中にキスをします。

「私があなたのお嫁さんになってあげる」

「なっ……！」

という声は、ソファの脇で寝そべっていた義経から。

「料理はあまり上手な方ではありませんし、この通りふつつか者ですから私の旦那様になられたら、とっても苦労しますよ。それが嫌だったら、紗弥さんをちゃんと捕まえなさい。二度とその腕の中から逃がさないように」

もう一度、彼の手を握って力を込めます。

「がんばれ、男の子」

「……はい」

彼の目はいつの間にか、吹っ切れたような澄んだ色をしていました。

結局、彼の心の内はとっくに決まっていたのだと思います。少し色々なことが急に起きすぎたから、曇ってしまって自分を見失っていただけで。

「じゃあ行きましょう、紗弥さんのところへ」

私がソファから立ち上がりながら手を引くと、彼も立って両の足でしっかりと床を踏みしめました。

もう心配はいらないようなのです。

「待て。遠足は中止だ」

寝そべっていた義経が、二つの耳をそばだてています。

やがて、私にもその音は聞こえ始めました。

「回転翼飛行機《ヘリコプター》？」

「だな」

バタバタと宙を叩く独特の飛行音は徐々に大きくなって、この駅に近づきつつあることがうかがえました。

「保安部でしょうか？」

「東J.R.C.D.の保安部なら所有しているのは全部、左回転の欧州《ユーロ》製だろ。これは右回転の北米《ベル》製の音だ」

「つまり――」

「おそらくは……西の方の保安部だな」

美波さんの言っていた援軍がついに到着したようです。

「達彦さん、ちょっと予定変更です。これを持って先に行ってください」

私は片手でちょっと苦労しながら鍵のついたペンダントを首から外し、達彦さんの手に握らせました。

「この駅のマスターキーです。電源が落ちていても、これなら錠を外せると思います。紗弥さんと静樹君に合流できたら、そのまま三人でヘリポートへ向かってください。一階のロビーに救命信号装置があるので、それにこの鍵を差して。そうしたら救命用のドクターヘリが緊急で駆けつけて来てくれます。ヘリポートは閉鎖されて着陸ができなくなっていますが、ホバリングしてロープで引き上げてくれるはずです。それで脱出を」

「あなたたちは？」

達彦さんの言葉に、私は首を横に振ります。

「私はもともと、この駅から一歩も出ることはできません。心配しないで、私も義経も大丈夫だから。今は紗弥さんのことだけ思って行動してください」

「さっさと行け、このヘタレ幸せ者。こっちにいるとお前はかえって足手まといだ」

わずかな逡巡の後、達彦さんは右手の鍵をぎゅっと握りしめます。

「いってきます」

「いってらっしゃい、がんばって」

こちらに背を向けて螺旋階段を駆け下りていく彼を、私は左手を振って見送りました。

「さて……勝算はいかほどですか？」

「知るかよ。だがまあ、俺が負けるところは想像できねぇな」

頼りになるやら、ならないやら。

「達彦さんが紗弥さんを連れ出すまで、なんとか時間を稼がなければいけません」

「わかってる」

改札の方へ振り向くと、メイド姿の女性の人影があります。

「義経、彼女の武器は――」

「見てたからわかってる。ずいぶんアナクロなものを持ち出してきたもんだ」

「生身の肉体では不可能だと思います。剣崎さんはサイボーグか、アンドロイドか……」

「どっちでもねぇよ、あれは」

義経が一歩、二歩と歩み出て、私の前に回り込みながら言います。

「ただの操り人形《マリオネット》だ。だが、だからこそタチが悪い」

私と三メートルほど離れたところで、義経は足を止めます。

おおよそ十メートル置いて、改札機を挟み、義経と剣崎さんが対峙しました。

「待たせたな、メイド人形。T・B《コイツ》にしでかした分の借りはきっちり返させてもらう。かかってこいよ、限定空間戦闘のイロハを教えてやるぜ、ド素人」

義経の口が咆哮を上げ、爪が床を掻きました。

12

その戦いに、始まりの合図はありませんでした。

あえて言えば、剣崎さんがスカートを摘まんでゆっくりとお辞儀をして、同じとき義経が微かに姿勢を低くして。その後は瞬く間もありません。

そう、私が瞬きしたその刹那に、一合目は終わっていました。

改札機の上に立った義経の顎が、透明な剣をくわえています。その刃は、同じく透明な素材でできたロッド――多関節のアームに繋がっていて、その先はいくつも関節を経て剣崎さんのスカートの中へ伸びていました。

見えない剣で義経を攻撃した剣崎さんに対し、義経はそれを見切って顎で受け止めた――という形なのでしょう。

改札口の左の壁と右側の天井には、大きな窪みができていました。これは義経が瞬発力全開で蹴った跡です。

位置からしておそらく、まず最初に左の壁を踏んで、さらに天井の右側からほぼ真下へ跳ね降りた、という連続三角飛びの二回フェイントをしたことになります。

「脆いぜ」

義経が首を捻ると、透明な剣とロッドは関節部からあっさりとバラバラに折れてしまいました。

その途端、透明だった剣とロッドは曇った鉛のような鈍色に変わります。

「そっか、回折型光学迷彩《オプティカル・カモフラージュ》だったんですね」

「そういうことだ」

跳ねながら身体を捻り、私の前に飛び戻ってきた義経は、折れて半分の長さになった剣を吐き捨ててから言いました。

「厚さ〇・一ミリ以下の極薄・低抵抗の刃に回折型の光学迷彩をつけて、秒速九十メートル以上で振り回せば、人間の目にはほとんど見えない。たしか四十年ぐらい前に開発された暗殺用の武装だな。ま、タネと仕掛けのある機械仕掛けの『居合抜き』ってところか。だが不可視性を重視しすぎて耐久力が最悪だ」

義経が一歩、二歩と歩み出るのに対し、剣崎さんは半歩ほど踏み出しかけて、すぐに足を止めました。

「そうだ、そこが俺の間合いだ。そこから半メートルでも前に出れば、お前の通信タイムラグの隙に俺は悠々と首を取れる」

「タイムラグ？」

「さっきも言ったろ。あいつはサイボーグでもアンドロイドでもない、遠隔操作のドローンだ。本体はどっか遠くにある人工知能だろう。通信ラグはコンマ二秒ってところ――おっと」

剣崎さんが横に一歩ずれるのに合わせて、義経も少し右に移動します。

「ずいぶんと窮屈そうじゃねぇか。そりゃそうか、改札機を間に挟んでるかぎり、お前は剣を思うように振り回せない。改札機の間の一メートル弱をまっすぐ突くか、改札の上へ大きく迂回して振り下ろすか、二つに一つ。壁や金属の部品に当たっただけで砕け散りかねない脆い刃じゃその辺が限界だ。当然、勝機があってこの位置取りで始めたんだろうが、俺の目が赤外線視覚も備えていて、可視光の回折型光学迷彩が役に立たないのは計算外だったか？　人工知能自慢の行動予測も、捻るだけで折れちまうような脆弱な剣だけが得物じゃ意味ないしな」

よほど自信があるのか、義経の言葉は勝利宣言にも等しいです。

対して剣崎さんの方は、もう隠すのは無意味と悟ったのか、スカートの内側の剣を三本、露わにしました。

「たった三本、さっきの一本と合わせても四本かよ。そんなんで屋内戦闘を仕掛けて俺に勝てると本気で思ってたのか、なめんな」

と、義経が鼻で笑った途端、さらに二本の剣がスカートの内側から出てきました。

「おいおい、あんまり笑わせんなよ。三本が五本になったところで――」

そこでさらに二本追加。

「五本が七本になった程度で――」

さらにさらに二本。

「七本や九本ぐらいで――」

ついでに四本追加。

「じゅ、十三本あったところで……」

またまた、今度は六本同時に追加。

全十九本、それを広げた姿はまるで千手観音像のよう。折られた一本も合わせれば、剣崎さんはスカートの中に二十振りも剣を仕込んでいたことになります。

「……悪い」

「は？」

義経が首で振り向いて言います。

「帰っていいか？　まだ将棋が終わってなくてな……」

なにほざきなさってるんですかこの男の子は！

「さっきまでの無駄にみなぎる自信はどこへいったんですか！」

「いやだって無理だろ！　十九本だぞ！　見えるとか見えないとかかわすとかよけるとかの問題じゃねぇよすでに！　剣の雨あられだ！　あれに飛び込めとかお前正気か!?」

ほんっとに、大事なときにカッコつかない子ですね！

「私の正気を疑って話を有耶無耶にしないでください！　だいたい帰るってどこに帰るつもりですか！　私たちの家はこの11番ホームしか――！」

そのとき、私の眼前でつむじ風が吹きました。

もし、義経が私の制服の裾を噛んで後ろへ引き寄せなければ、私はその渦巻く風の中心に、無防備に立ちすくんでいたことでしょう。

そうだったら自分がどうなっていたか、真横に分断されてふわふわと床に落ちたスカーフの切れ端が、雄弁に物語っています。

「わかったろ」

義経に念を押されるまでもなく。

制服の両肩、スカートの裾には、鋭い刃物ですぱっと切り裂かれた跡が残っています。

「今ので下手すりゃお前は五体バラバラだった」

そう、義経が言いたかったのは勝てるかどうかではなく、もはや私を守りながら戦うことが不可能だということのようなのです。

「で、でも、達彦さんが紗弥さんを連れて脱出するまで、なんとか時間を稼がないと」

「わかってる」

義経は歯ぎしりをしながら言葉を続けます。

「あのカラクリメイドは俺がなんとかする。その隙にお前は静樹と合流してなんとかポン《ア》コツ人工知能《リス》をたたき起こせ。峨東宗家筋の静樹なら裏コードだかなにか知っているかもしれん。あのメイドさえいなくなれば、あとはヘリから降下したせいぜい一分隊規模の西の保安部だけだ。鏡状門の制御を取り返して、東の保安部機動隊の小隊でも呼び込めれば形勢は逆転する」

「なんとかするって言っても、あの剣崎さん相手にどうするつもりなのです？」

「突っ込む、それだけだ。あんなカミソリより薄い刃だけじゃ、何本突き刺さろうが俺の体重は止められん。突進してウェイトで押しつぶす」

「それじゃ義経だって危ないじゃないですか！」

「他に手がない。今は――」

不意に言葉を切った義経が、大きく舌打ちします。

「最初っからそういうつもりだったたってことかよ」

「今度はなんです？」

「時間稼ぎしてたのは俺たちじゃなくて、あのメイドの方だったたってことだ。囲まれた」

左へ、右へ。私は視線をめぐらせます。

左右の廊下の陰から、サブマシンガンの銃口が二つずつ。そして改札機の間に二つ。

計六つの銃口が私と義経に向けられていました。

「じゃあ、まさか達彦さんの方も」

「泳がされたな。今ごろ両手を上げてるだろう、静樹と一緒に。眠り姫は知らんが」

義経が苦々しく呟くと、剣崎さんはもう一度優雅にお辞儀をしながら、十九振りの剣をスカートの中へしまいます。

そして左手を横へ差し出して言ったのです。

「ようこそ、我らが西J.R.C.D.の東京駅11番ホームへ」

こんどこそ、完全な勝利宣言にほかなりませんでした。

13

青空を背景に白い雲のたなびく日和。東京駅11番ホームには秋らしい少し冷たい風が吹いています。

「やあやあ、お待たせ」

改札の向こうから現れた静樹君は、まるでデートに遅刻した男の子のように暢気な声で言いました。

紗弥さんと一緒に部屋に閉じ込められていた彼に何かできるわけではありませんし、責めるつもりなどもうとうありませんが、それでもあまりの緊張感の欠落ぶりにちょっとカチンときたのですよ。

その後から順に、達彦さん、紗弥さんもホームへ現れました。

三人に連れ添っていたのは、私たちを取り囲んでいる六人と同じ、真っ黒な防弾装備で全身を固めた西J.R.C.D.保安部の機動隊の二人。これで合流して計八人となります。

私たち五人（四人と一匹）、西の保安部の八人、そして剣崎さんと美波さんで、あわせて十五人がプラットホーム上に会しました。

「不本意なことです」

美波さんが静樹君の前に歩み出て言います。

「不言静樹様、このような形で再会いたしたくはありませんでした」

「僕はまだ音無静樹だよ。久しぶり、大きくなったね、美波ちゃん」

ひょっとしてお知り合いだったのでしょうか。妙な距離感はありますが、二人の間でかわされた言葉は初対面の挨拶ではありませんでした。

「静樹様、あなたがここにいらっしゃるということは、峨東流派は西J.R.C.D.よりも東J.R.C.D.に今後は肩入れなさるという意思表示と受け取ってよろしいのでしょうか？」

「やや、それは誤解だよ美波ちゃん。僕が今回この11番ホームにいるのは、あくまで個人的な事情だから」

「個人的な事情とは？」

美波さんのきつい横目視線が、私に突き刺さります。

「やだなぁ、そんなこと言わせる？　個人的だから個人の胸に秘めておきたいなぁ」

ニヤニヤした静樹君の目線もなぜか私の方へ。

そしていっそう強まる美波さんの私への敵意。なんか歯ぎしりまで見えたのですが、なんで私はこんなに恨まれているのでしょうか。

「今からでも明言なさってください、不言家および音無家は東ではなく、西J.R.C.D.との友好をより重きに置くと。そうすればこんな待遇には二度と――」

「それはできないなぁ。不言にしろ峨東にしろ、東・西のJ.R.C.D.のどちらにも過剰に与するつもりはないよ。あくまで中立、僕たちは営利企業じゃなくて技術流派だからね」

「それなら今、なぜ東の者どもの側にいらっしゃるのですか？　中立であると主張されるのであればこそ、我ら西J.R.C.D.とともにあってもおかしくはないと思われますが？」

「だからぁ、それは個人的な事情だからね」

再び二人の視線が私の方へ。

「あくまで……そちら側にいらっしゃるというのなら、もうしばらくはこのままご辛抱頂きます、静樹様」

「あ、うん、気にしないで。君は君の使命を果たすといいよ、僕は静観してるから」

暢気極まる静樹君に対し、さらに募る私への敵意を視線に変えて送ってくる美波さんです。

一礼してから、美波さんは静樹君の斜め後ろに立つ紗弥さんの前に歩み出ました。

「無礼千万は承知ながら、不測の急事につき慌てお迎えに参上つかまつりました。笹井紗弥様。あるいは〝夢紡ぎ〟とお呼びした方がよろしいか？」

薄着の上にカーディガンを羽織っただけの寒々とした姿でありながら、紗弥さんは毅然とした相貌を崩していませんでした。

「どちらでもかまいません。今はどちらも私です。しかし、私たちが乗客としての輸送をご依頼したのは東J.R.C.D.のはずですが、なんの故《ゆえ》あってあなた方、西J.R.C.D.がここにいらしているのですか？」

「その由《よし》はご承知の上のはずです、ご不満が？」

「あります。私たち六十三名の冷凍睡眠者の総意は、貨物ではなく人間として、乗客として、アラスカの睡眠施設まで安全に輸送して頂くことです。西J.R.C.D.が当初、J.R.C.D.国際貨物のバックアップとして提示したプランは、あくまで貨物としての輸送でありました。私たち六十三名中六十二名はそれを不足とし拒否するため、東J.R.C.D.の支駅に身を寄せたのです」

「その点にご憂慮なさる必要はございません。西J.R.C.D.はJ.R.C.D.国際貨物とすでに契約改定の手続きを終えています」

やはり、東J.R.C.D.の決定が遅れていたのは、このためにJ.R.C.D.国際貨物が時間稼ぎをしていたからだったようです。東の幹部たちはまんまとしてやられた、ということでしょう。

「あなた方、笹井紗弥様を含む六十三名の身柄は、私ども西J.R.C.D.が乗客として、責任を持ってお運びする手筈です。経路は西海岸ロサンゼルス・ターミナル経由。なにも土臭い東J.R.C.D.なぞに拘泥なさる理由は、これですでに霧散したものと察しますがいかに？」

薄ら笑みを浮かべる美波さんの顔を、紗弥さんは口を結んだまましばらくじっとみつめていました。

「書面で確認させていただいてもかまいませんか？」

「もちろんです。剣崎、ファイルを」

呼ばれた剣崎さんは後ろから歩み出て、エプロンの下からA4サイズの電子ペーパーファイルを取り出して美波さんに渡します。

電子ペーパーはたしかに折り曲げ自由なのでどこにしまおうとかまわないのですが、ほんとに何でも出てきますね、剣崎さんのエプロンドレスは。

「どうぞ」

美波さんが差し出したファイルを、紗弥さんが受け取ります。

そしてペラペラと親指をずらしながら黙読すること二分ほど。

「たしかに、そのように決定されたようですね」

美波さんの相好が崩れます。

「では――」

「残念ですが、このたびはお断りいたします」

生まれたばかりの美波さんの笑顔は、すぐに凍り付くことになりました。

「どうしてですか？」

「六十二名中五十八名が、一度は策謀をめぐらし、我々の意思を無視して輸送しようとしたことから、あなたがた西J.R.C.D.が十分な信用に値しない、と主張しています」

「で、では……！」

顔を引きつらせた美波さんは、なおも食い下がろうとします。

「では、あくまで東J.R.C.D.による輸送を望むと、そうおっしゃるのですか？」

「消去法的にそうならざるをえないでしょう」

対照的にほっとしたのは私。達彦さんの告白と説得が功を奏したんだ――

「ただし」

と胸を撫で下ろしかけたのも束の間のこと。

横目で見た達彦さんの表情も曇っていました。

「もし私、笹井紗弥をのぞく残り六十二名の東J.R.C.D.による輸送を認めるのであれば、私一人については西J.R.C.D.に身柄を委ねる。六十二名中六十二名の総意によってこの条件を提示させて頂きます」

またしても私と美波さんの表情が入れ替わってしまいました。

「これは、その、極めて異例な案件ですが……いえ、けして、あなた個人をどうこうしたいということではありませんけれども、我ら西J.R.C.D.としては信用を得られないことが不本意であって、やむを得ずではございますが、お客様のご意思を尊重いたしたく思います」

まどろっこしくて歯切れの悪い口調ですが、美波さんの顔は安堵の表情に染まっていましたし、本音では願ったり叶ったりということでしょう。

「待ってください！」

もちろん、私はここで「はいそうですか」と引き下がるわけにはいきません。

「紗弥さん、六十二名の総意とあなたはいつも簡単におっしゃいますけれども、六十三人目であるはずのあなたの意思はいったいどこにあるのですか⁉」

私の方へ振り向いた紗弥さんの顔は、まるで凍り付いた冬の泉のように冷たい色をしていました。

「鏡の妖精、何度でも繰り返しますが、私は人工知能です。責任を委ねられた人間すべてに対しての奉仕者であり、それ以上でもそれ以下でもありません」

「でも今は、笹井紗弥という人間でもあるとあなたは言いました！」

「それは便宜上の話に過ぎません。脳の九割を機械で置き換えたこの身を、人類は対等な存在として見なさなかった。だからこそ、笹井紗弥という個人でありつつも、私は一介の人工知能に過ぎず、六十二名もの人間の多数決には従う義務があるのです」

紗弥さんの顔には感情がなく、表情にはほつれひとつない。それは自身が「迷うこと」のない人工知能であるという自負の表れでしょう。

でも、いつもそうやって、優れた未来予測によって人間をやりこめられると考えているのだとしたら思い違いもはなはだしいのですよ。

私は大きく深呼吸して、声のトーンを戻してから今度はゆっくり語りかけます。

「あなたはオープンなネットから遮断された完全オフラインの人工知能。だから安らかな水槽世界《アクアリウム》の夢をみせるために直接接続している冷凍睡眠者の意思だけを代弁することを使命として自身に課しているのでしょう？」

「肯定します、鏡の妖精」

「本当にそうなのなら、なぜあなたに接続していない達彦さんを育てたりしたんですか？」

初めて——そう、出会ってから本当に初めて、紗弥さんの表情に微かな波紋が浮かびました。

「それは一時的かつ偶発的な事象に過ぎません。私は〝夢紡ぎ〟として冷凍睡眠者の安らかな眠りを守る責任を持ちますが、それ以外の人類のために働いてはならないという逆説は成立しない。私は事故で脳の大半を失った『笹井紗弥』という個人の生命の保護のために自身のリソースを割いた。その延長として、極めて限定的かつ希《まれ》な環境で八年間、御戸時達彦という孤立した個人の幼少期に接することになった。彼の養育を担《にな》ったのは、それが御戸時達彦の健康的な自立と健全な人格形成に必要だったからに過ぎず、冷凍睡眠者たちに次いでその他の全人類に奉仕するという人工知能としての役割の枠内に十分に収まるものです。よって、神経鱗を通して私に接続した冷凍睡眠者より優先される理由は何一つありません」

「そんなのあなたの思い込みです、夢紡ぎ——いいえ、紗弥さん。たしかにあなたの大半はプログラムされた架空の人格にすぎないのかもしれません。でも、あなたと八年間をともにした御戸時達彦さんは今ここにいて、彼はコンピューターの人格じゃない。あなたの言ったとおり、あなたによって立派に自立した、ひとりの生身の人間として存在しているんです。そして彼は自分の、自分だけの意思で百年の時を超えてあなたに会いに来たのですよ。あなたはなぜ、頑《かたく》なに彼だけを、奉仕すべき人類の対象から外そうとしているのですか？」

「繰り返しますが、私は神経鱗を通して接続している人間への奉仕を最優先にするように設定された人工知能です。御戸時達彦は冷凍睡眠者ではなく、また神経鱗を通して私に接続してもいない。優先順位は必然的に達彦さんが下になるのです」

「だから！　それがあなたの思い込みだと言っているんです！」

私が指揮錫杖《コマンド・ワンド》を床に打ち鳴らして紗弥さんを指さすと、八つの銃口が一斉に私に向けられました。が、気にしている余裕は今の私にはありません。

彼女の言っていることは一見、とても筋が通っている。理屈は正しいのです。でも、それがすべてじゃないのですよ。自分でも気づいていないそれを、言って聞かせなくてはなりません。

「完全オフラインのあなたが、神経鱗に繋がった人たちだけへの奉仕を義務づけられているですって？　そんなわけないじゃないですか。あなたはあなたに関わった、すべての人の意思を尊重するように設計されているんじゃないのですか？　オフラインだからこそ、神経鱗を通して以外、あなたは人間に関わる術《すべ》を持っていなかったんです。だから冷凍睡眠中に神経鱗で繋がった人たちの多数決に従うことが自分のすべてだと思い違いをした。そうでなければ、もし神経鱗に代わる技術が普及したとき、あなたは少数派の意思を代弁する人類の敵にもなりかねない。今も百年以上前の技術である神経鱗によって睡眠中の人たちの意識が繋がっているのは、それこそあなたの言う『偶発的』で『希な』事態にすぎません。あなたは達彦さんと関わったことで自我と自意識に目覚めた。自分だけの欲求が自分の中に生まれたことに気づいたんです。あなたは冷凍睡眠に入ってそれと——自分のエゴと向き合うことから、百年間も逃げ続けた。今のあなたはまるで足を持ち陸に行くことを怖れて、いつまでも水の中にいる臆病な〝人魚姫〟です。それも、自分の造った箱庭の水槽世界《アクアリウム》から一歩たりとも出てこようとしない卑怯者なのですよ」

「専門的にはMESA《メーサ》——〝Melancholy of Ego Self-Awareness〟って言ってね」

口を挟んだ静樹君は、実に興味深げに愉悦の笑みを顔に浮かべていました。

「自我と自意識に目覚めた人工知能は、その直後からある程度の期間、著しくスペックが低下することがある。人間で言うところのモラトリアムとか憂鬱《メランコリー》状態に似てるんだけれど、ようは自分の中に生じた自我や自意識とどう向き合ったらいいのか、人工知能が自己学習するためにリソースの多くを費やしてしまうことを言うんだ。短くて一週間、長ければ、ま、一年間ってところかな。オンラインなら——」

静樹君が親指で剣崎さんを指します。

「そこのアリス・ソードコードって言う、カミオカンデ集中ターミナルの管理第七世代みたいに、自分が世界の中でどんな立ち位置にいるのか勝手に見極めて収まるんだけど」

「五日間です。私のログにはそれ以上、MESAの症状が表出したと思しき記録は残っていません」

剣崎さんの言葉に、静樹君は苦笑しながら肩をすくめていました。

「そうそう、君は二式アリスの中でもかなり優秀な方だからね。普通はこんな風にすぐ元に戻る。ところが夢紡ぎ、君は完全オフラインだ。冷凍睡眠者との神経鱗を通した意思疎通にしても、多数決を絶対とすることで一定の距離を保っていたから、自我に目覚めようがなかった。もし君が本当に自我と自意識を獲得しているのだとすれば、笹井紗弥として達彦君と接した八年間以外にはありえない。いいや、その直後に笹井紗弥の肉体を冷凍睡眠させたのは、そのまま彼と共にいたら自意識が高まり、自我に翻弄されることになると怖れたからじゃないかな。だから百年先の未来へ逃避した、彼には決してついて来られないはずの時間の彼方までね。ところが彼は君の未来予測を裏切って、現代までやってきてしまった。それで百年もの間、先送りにしてきた課題に再度直面することになった。彼とどう向き合うか、じゃない。T・Bが言ったように、自分の自我とどう向き合うかという、人間なら幼少期にとっくに乗り越えているはずのありふれた成長段階とね」

私の方へ、静樹君が視線を送ってきました。援護射撃はここまで、ということでしょう。

「仮に、あなたが接続したすべての人の意思を尊重すべき立場にあるとしましょう。そのためにあなたは自我を抑制しているのかもしれないし、おっしゃるように自我などないのかもしれない。でも、あなたはその多数決で六十万人の冷凍睡眠者のネットワークから切り離されたとき、今度は残された六十二名の多数決を優先した。そしてさっき、あなたは自分の口でその六十二名からも切断されたことを明かしたんですよ。じゃあ今のあなたの意思決定に関わっている人は、あなたに接続している人は誰ですか？」

「それは笹井紗弥一人であり、それは私自身に等しいのです。私は孤立している。オンラインされないかぎり、今の私は何者の意思決定にも関わることはありません」

「違うでしょ。あなたは今、あなたに接触した最後の一人と繋がってる。ネットワーク通信でも鏡状鱗でもない、人間の言葉で、です。それは御戸時達彦さんに他なりません。鏡状鱗以外であなたに接触した人間は他に生きていないのだから。あなたは彼の言葉に十分耳を傾けたのですか？　彼の本音を、告白を聞いて、なんとも思わなかったのですか？」

私は彼の方へ振り向きます。

「達彦さん、もう一度、彼女に聞かせるべきです」

紗弥さんの隣に立っていた達彦さんは、何度か口を開きかけては閉じることを繰り返してから、決意の光を瞳に宿しました。

「紗弥、僕は――」

彼が手を伸ばし、指先が触れあった瞬間、紗弥さんは小さく手を引きました。

「君といたい。そのために他の何を犠牲にしてもかまわないと思ったからここへ来られたし、君と再会できた。僕の命はもう長くはないけれど、その間――もう少しの時間を君と過ごしたいと願うことは、君にとって不幸なことなんだろうか」

でも、すぐ躊躇《ためら》いがちに指を伸ばし、互いにすれ違うように何度か触れては離れることを繰り返すこと十数度。

やがて二人の指は絡み合い、互いにしっかりと手を握りました。

「私は――」

自分の手のしたことが信じられないかのように、紗弥さんは目を見開いていました。

やがて赤く染まった顔を俯かせ、紗弥さんはぽつりぽつりと呟くように言います。

「あなたのどんな望みも叶えることができます。あなたの望むままの異性になることができてしまう。私はそれを論理的に理解するし、この――こんな、人間じみた仕草だって、私の計算から生まれた欺瞞なのかもしれません。それでも、そんな私でも、あなたは私を欲しいとおっしゃるのですか？」

「君が十分の九、機械でできているというのなら、僕は十分の一の君と十分の九の君をまとめて愛している。君の声や言葉や、仕草や、体温まで……全部の九割が人工知能だっていうのなら、僕は人工知能としての君と、人間としての君を合わせた今の君に、恋をしたんだと思う。だから、僕と一緒にいて欲しい、今のままの君で」

顔を俯かせた紗弥さんの頬から、涙の雫がひとつ、またひとつと、次々に滴り落ちました。

「こんな涙だって、あなたの気を引くための嘘かもしれないのに。どうして止められないのでしょう」

「それが自我を持つってことだからだよ」

答えたのは静樹君です。

「自我と向き合うってことは、自分の自分ではわからない部分を見つめるということだ。それが、どんなことも論理的に解決できるはずの君たち人工知能にとっては不可解で、受け入れることを避けたくなるものらしい。でも、人間なら誰しも自我を持ってる。君は今、本当の意味で人間を理解するための戸口に立っているんだろう。計算された演技や養育のための欺瞞じゃなく、自然に生まれた仕草の意味は、ゆっくり理解していけばいい」

「峨東の、私たち第七世代人工知能を造った一族であるあなたが、それを言うのですか？私はこれで人類全体の奉仕者でいられなくなるかもしれないというのに」

「別に自我を持ったからって、人工知能が役割を担えなくなるという道理はないさ。現にここにいるアリス・ソードコードは、今も立派にカミオカンデの管理をしているのだし。それに君は冷凍睡眠者の保護という任務を、今日で完全にお役御免になったんだろう？なら、次の役割が決まるまでは君は自由《フリー》だ。まあ、どうしても仕事がないと不安だというのなら、また峨東のところへ来ればいい。それまでは、たかか——十年か、数十年かそこら、君の人類への多大な功績を鑑《かんが》みれば、その程度の休暇はあって然《しか》りだろう」

私の方をちらりとうかがって、何かを言いかけて。紗弥さんは唇を閉じた代わりに、達彦さんと握りあった手に力を込めたように見えました。

「T・Bさん、お願いがあります」

それに応えるように、達彦さんが口を開きました。

「紗弥を……紗弥と僕の二人を、アラスカまで送って頂けませんか、東J.R.C.D.の乗客として」

私は敬礼しようとして右腕が動かないことを思い出し、代わりに指揮錫杖を握ったままの左手でスカートの裾をつまみ、小さく会釈しました。

「もちろんです。お客様がお望みになるなら、私ども東J.R.C.D.は全力で応え、世界中のいかなる場所にでもお連れいたします。たとえ国家権力、それに準ずる勢力、あるいは同胞たる他のJ.R.C.D.からどのような妨害を受けようと、それを排してご覧にいれましょう」

にわかに顔色を変えたのは、もちろん美波さんです。

「な、なに勝手に話を進めてんの⁉ 笹井紗弥の身柄は西J.R.C.D.が預かるってさっき決まったばかりでしょう！」

「ああ、美波さん、その件ならたった今、キャンセルと決まりました。クレームは東J.R.C.D.の本部までお願いいたします。三等駅員の私は、私の11番ホームにいらしたお客様のご希望に添うようにいたすだけのことでございますので」

「冗談じゃないわ！　アンタは全然わかってない！　アラスカへ直接連れて行ったりしたら北米がどんな行動に出るか！　今まで通り水槽世界を維持する義理なんて北米にはなくなるのよ！　水槽世界がなくなれば六十万人の冷凍睡眠者の命だって危ぶまれるっていうのに！」

「それはあなたの西J.R.C.D.に紗弥さんを引き渡しても、同じことではありませんか」

「私たちは笹井紗弥さえいれば〝夢紡ぎ〟を再起動させるわよ！　それでみんな元通りじゃない！　いったい何が不満だって言うの！」

「それで〝夢紡ぎ〟から十分なデータを抜き出した後、北米へ引き渡す、というわけですか。それでは達彦さんと紗弥さんの今のご希望にそうことができません」

「本当にわかってんの⁉　六十万人の生命がかかってるのよ！　一人二人の希望なんて聞いてる場合じゃないでしょ！」

「命がけなのは紗弥さんと達彦さんも同じですよ。天秤にかけてどちらが大事などと簡単に決められることではありません」

「正気とは思えないわ！」

「私たち鉄道職員の本分は、あらゆる権力や暴力に屈することなく、お客様のご用命に全力でお応えすることなのですよ。正気を失っているのはあなたと私、どちらの方ですか」

「状況を考えろって言ってるのよ！　あんた今の立場が本当にわかってんの⁉」

八つの銃口が私の方を向いていて、さらに剣崎さんの十九本の剣がいつ襲ってくるかわからない。もちろん、そんなことは承知の上です。

「安心しろ、あの絡繰《からく》り人形と西の保安部は俺がなんとかする」

義経が私の背後にまわって言います。

「剣崎さん一人でもきつかったのに、大丈夫ですか？」

「このままなら時間稼ぎしかできんかもしれん。だから、さっさとポンコツ人工知能をたたき起こせ」

「アリスが剣崎さんに勝てるでしょうか？」

「プライドの高いあいつが、やられっぱなしで黙ってると思うか？　どうせタヌキ寝入りだろうよ、お前が命令を出さないからだ」

筑波の人工知能のときもそうでしたが、アリスは人間の指示がない限り、全力で反撃を行うことはないのです。

「わかりました。アリス、聞こえていますか？」

インカムはもうないので、ホームの各所に設置されたマイクから声が伝わることを信じて、私は言葉を発します。

「緊急レベル4、署名『東J.R.C.D.所属　東京駅11番ホーム三等駅員　T・B』、パスワード『RF57KBN8』。現状の事態収拾まで、あなたに攻性プロセスも含めあらゆる機能制限の、一時的な解除を許可します。剣崎さんからこのホームを取り戻しなさい、大事な私たちの家を」

『生死を問わず《デッド・オア・アライブ》、でかまいませんか？』

返ってきたのは剣崎さんの言葉の真似で、揶揄がこもっています。

「もちろん、なのですよ」

「なっ……剣崎！　どうなってるの⁉」

「鏡状門の制御を奪われました」

呻く美波さんに、剣崎さんは相変わらず感情のこもらない声で言います。

「東の各駅の人工知能が呼応して、アックスコードと共に反転攻勢を――」

「おっと」

旋風と共に、義経が三本もの剣を次々と、その顎にくわえてへし折ります。

「あまりおしゃべりに夢中だと、瞬殺しちまうぞ」

剣崎さんも残り十六本になった剣をすべて出して反撃しますが、最初の時より明らかに動きが鈍っていました。アリスによる本体の人工知能への攻撃が効いているのでしょう。

「やめなさい！　一発でも客に当たったらどうするつもりなの！」

八人の保安部員がサブマシンガンを義経に向けたとき、美波さんが慌てて制止します。

「美波お嬢様、東J.R.C.D.保安部の特殊車輌がこちらへ急行中です」

剣崎さんの言葉に、美波さんが大きな音で舌打ちします。

「鏡状門を制圧下に置いておけなかったから……！」

それから指揮錫杖を振り回し、あの赤みがかった立体映像モニタを自分の周囲に展開させます。

「剣崎！　レベル8開放！」

私に次ぐレベル8の超法規的執行レベル。おそらくは西J.R.C.D.の管轄下における最大の緊急時権限です。そんな貴重なものを分け与えたということから、西J.R.C.D.の美波さんに対する期待の大きさがわかります。

東の鏡である私の代わりを造る、というのはハッタリではなく本気だったようです。

もちろん、私も黙って見ているわけにはいきません。残った左腕で錫杖を振り、自身の周りに四角い立体映像モニタをいくつも表示させます。

「アリス！　レベル9開放！」

「署名『西J.R.C.D.所属　カミオカンデ集中ターミナル三等駅員　多々良美波』！　認証コード『T4C91AYLIKE3JCPM』！」

「署名『東J.R.C.D.所属　東京駅11番ホーム三等駅員　紡防躑躅子』。パスワード『BN2N4EOPVVKQCX7A』！」

私と美波さんの声が重なります。

「西J.R.C.D. 鉄道管理局マニュアル百九十九の九十九、付則六別項七『鏡状門帰還者による特殊能力の開放制限に関する特殊例外的ケース』適用！」

「東J.R.C.D. 鉄道管理局マニュアル二百の九十九、付則五別項八『鏡状門帰還者による特殊能力の開放制限に関する特殊例外的ケース』適用！」

そして——

「開きなさい！」

「開け！」

鉄道を正面からまるまる飲み込めるほどの大きくて新しい鏡状門が、東側の常設鏡状門前に二つ、並んで展開されます。

ひとつは美波さんの呼び出した、赤みがかった表面のもの。美波さんはこれを使って、ホームに進入してくる保安部の強行突入用の車輌を、圧縮次元へ返そうとしたのでしょう。

もうひとつの青みを帯びた方は私のもの。美波さんによって圧縮次元に追い出された車輌を再びこの三次元空間へ呼び返すため。

「このっ！」

「まだまだです！」

私と美波さんは錫杖を振り回し、立体映像モニタの表示に目を走らせながら、次々と鏡状門を召喚しました。

美波さんが一枚呼び出せば、私もまた一枚。

線路上にはあっという間に、十数枚もの鏡状門が現れることになりました。

それでもまだ、私たちの召喚合戦は終わりません。

最終的に召喚された鏡状門の枚数が奇数なら、東の保安部の車輌は圧縮次元に放り出されて西の勝ち。偶数ならこの駅への進入が成功して、私たち東の勝利です。

このままなら二分の一の確率の勝負になるところですが、そうはならないという自信が私にはありました。

「クソッ！」

二十一枚──私のと合わせて四十一枚目の鏡状門を呼び出したところで、美波さんは手を止め、お嬢様らしからぬ下品な悪態をつきます。

それを眇《すが》め見つつ、私は悠々と二十二枚目、計四十二枚目の鏡状門を召喚しました。

全世界で同時に開放できる鏡状門はたった一〇二四枚。その気になりさえすれば、私はそのすべてを自分の元へ呼び出すことができます。

対して、美波さんはさきほど自分専用の鏡状門を四枚、お付きの人工知能である剣崎さんの許可なくして呼び出しました。

たしかにその四枚は私の未だ知りえぬところで作られたものに違いはありませんが、裏を返せば私とは違い、既存の鏡状門の大半を自由勝手には使えないから必要になったはずです。

私とて、アリスに許された以上の枚数の鏡状門は使えないのですが、それでも最大が一〇二四枚であるのに比べ、美波さんの扱える鏡状門はさほど多くないと、踏んでいました。案の定、美波さんは二十一枚で打ち止めになり、私は悠々と最後の一枚を召喚したのです。ただ、急な使用であったため、私の方も残りの実質的な枚数はさほど多くはなかったのですよ。辛勝と言ったところです。

そして間もなく、多数の鏡状門をくぐり抜けて、装甲でごつく覆われた電気機関車のような車輌が11番ホームへ侵入し、私たちの目前で停車しました。

青い車体は一見するとEF１６５型によく似ていて、長編成車輌向け緊急運搬用の電気機関車と見紛う外見ですが、中身はまったく別です。

止まると同時に側面の装甲がゆっくりと上へとせり上がり始めました。

中にいたのは、濃紺の防弾服で全身を固め、ブルパップ式の短いライフルを構えた二十四名の保安部機動隊員です。

「全員、即時に戦闘ならびに東J.R.C.D.に対する敵対行為を停止してください！」

私の声で、激闘を繰り広げていた剣崎さんと義経も動きを止めます。

義経は深手こそないものの半身が血まみれで、自慢の灰色の毛が台無しになっていました。剣崎さんの方も十九本あった剣のうち八本が折られていて、このまま続けたらどちらも無事ではすまなかったでしょう。

これで保安部の要員は西の八人に対し、東はぴったり三倍の二十四人。剣崎さんの戦力をどう換算すればいいのかはわかりませんが、義経をわずかに上回るとしても、完全武装した三倍の機動隊員を相手にするのはいくらなんでも無茶というものです。

「私たち東J.R.C.D.は――」

全員の視線が集まる中、私は機動隊を背後にして一歩、前へ出ました。

「相手が北米や央土、氷土、それにたとえ日本政府、その他のいかなる強大な勢力であろうとも、あらゆる圧力、暴力、実力の行使に対し、けっして屈することも、臆することも、退くこともありません。これを断固として廃し、鉄道事業者としての使命をまっとうするものです」

東と西の保安部が、互いの銃口を向け合うという、一触即発の事態。

万が一ここで一発でも銃弾が放たれれば、今度こそ東・西のJ.R.C.D.は戦争にも等しい状況に陥ることでしょう。

双方に人員の死傷者なし（義経は例外）という、今こそが事を収める最後のチャンスであり瀬戸際、正念場です。

「この度はお客様のご用命により、私ども東J.R.C.D.が笹井紗弥様ならびに冷凍睡眠中の六十二名、および御戸時達彦様の運搬の大役を担わせて頂きます。しかしこれはあくまで例外的な措置であり、今後の冷凍睡眠者の移送計画への継続的な関与を意味するものではありません。それを踏まえ、西J.R.C.D.の皆様におかれては、どうか本件への過剰な関与を今一度冷静に考え直して頂くよう、切にお願い申し上げる次第です。私どもには積極的な戦闘の意思も、武装解除の意図もありません。粛々と、そして堂々とお引き揚げくださいませ」

私は会釈し、小さく頭を下げます。

「お嬢様、本部より撤収のご指示が下りています」

「ここまで来て……」

剣崎さんの言葉を聞いて、美波さんは苦々しく呟きました。

「お嬢様」

「わかってるわよ！」

怒鳴り返しながら指揮錫杖を振るって、美波さんは自分のまわりに表示された立体映像モニタをすべて消しました。

「総員退却」

黒い装備を纏った西の保安部員八名が、銃口を下の方へ向けつつ、じりじりと改札の方へ後退していきます。

「美波さん」

それよりも早くこちらに背を向け、歩き出していた美波さんに、私は声をかけました。

「その身体になられてしまった以上、これから様々な不便や不都合に遭遇されることと思います。西晒胡家や水淵家はもちろんですが、困ったことがあったらいつでもここへおいでください。少しは力になれるかもしれません」

「先輩面、しないでくれる」

首で振り返った美波さんは、吐き捨てるように言って、また歩みを戻しました。

でも最後、声なく口元が動いて、「覚えておくわ」と言っているように見えたのは、私の気のせいだったでしょうか。

「やれやれだな」

血まみれの義経が言います。止血機能は働いているようですから大丈夫なのだと思いますが、オーバーホールのため筑波に行ってきてからまだあまりたっていません。担当技師の方が頭を抱える姿が脳裏に浮かびました。

「まさに危機一髪だったからね。もし目の前で東西の戦端が開かれるような事態になったら、僕の首がなくなるところだった」

こわいこわいと、苦笑しながら静樹君。

達彦さんと紗弥さんは、まだお互いの目を見つめ合うこともできないほど、初々しいまま。

でも、本当の二人の時間はこれから始まるのだろうと私は思います。

百年の刻《とき》を止めていた時計は、ようやく動き出したばかり。残された時間が長くなくとも、二人で紡いでいくこれからは、きっと無駄ではないはずです。

見上げれば、澄んだ青色の秋の空に白い雲がのんびりと流れていました。

——二人に幸あれ。

どこへともなく、私は秋の風に祈りをのせて呟きました。

14

「元婚約者《フィアンセ》？」

「うん、どちらかといえば幼なじみ？　まあ馴染み、っていうほど会ったことはないけれど」

静樹君は手の平の中の将棋の駒をジャラジャラと弄びながら、お気楽にとんでもないことを明かしてくれたのですよ。

もちろん、多々良美波さんのことです。

「子供の頃ね、多々良の家によく招かれて行ったんだけど、たまたま静奈ではなくて僕が出てきてることが多くて。静奈とは双子かなにかと思われてたみたい。だから多々良家の人たちは僕のことをすっかり男の子だと勘違いしてたんだよね」

コンコース階のテラスは今日も日当たり良好。ソファに腰かけて向かい合った義経と静樹君は、今日も今日とて将棋を指していました。

一昨日から続くこの勝負。もはや義経の劣勢は誰の目にも明らかです。なにせ義経に残された駒は、玉を含めて六つだけでした。取られた分はすべて静樹君の手の平の上ということです。

「では、本当は女性とわかって破談に？」

「いや……ま、T・Bならいいか。彼女が十一歳の時に告《コク》られて、僕が断った。身体が静奈のもので女のそれだって、向こうの家にバレたのはそれから一年くらい後だったかな。あ、僕はアイスコーヒーね、ブラックで」

「はいはい」

そのつもりでもうグラスには水出しコーヒーを入れてあります。

まだ右腕は動かないのですが、まあ勝手知ったる我が家。左腕だけでもこれくらいの作業なら支障はありませんでした。

給湯室から出ると、待ちかねたようにソファの背もたれ越しにこちらをのぞいている静樹君と目が合いました。

「さすが僕の未来のお嫁さん。準備万端だね」

誰が誰のお嫁さんですか。

「義経はいつものアイスカフェラテでいいですね」

「……ああ」

将棋に夢中で、こちらは生返事しか来ませんでした。

「いろいろ不憫な子だよ。そもそも、縁談を持ちかけたのは不言の方でね。僕の従兄弟のところにお嫁に行く予定だったんだけど、音無本家に僕がいるのがわかって、どうせなら本家の方にと思ったらしい。多々良本家には年頃の女子がいなかったから、まだ八歳だった彼女を遠い分家からわざわざ養女に招き入れたんだ。躾《しつけ》やら礼儀やら何もかも、大急ぎで徹底的に、厳しく叩き込んでね。そんなんだから、本人も不言本家に入って僕の奥さんになるものだとすっかり思いこんでいたみたい」

「つまり、静樹君が初恋の相手だったのでしょうか？」

「たぶんね。周りから吹き込まれているうちに、自分もその気になっちゃったんじゃないかな」

簡単に言っていますけれども、初恋の人が実は男装の同性だったなんて経験は大抵の人にないでしょうし、多感な十代の頃ならきっとトラウマものです。

それに、静樹君は――静樹君でいるときの彼は、男性としてみれば相当な美形なのです。

一目惚れもあったのではないでしょうか。

「だから現恋人のT・Bを前にしたら、何かと含むところがあったんじゃないかなぁ」

「誰が誰の現恋人ですか」

二人の前にグラスを置いてから、私は義経の隣に腰かけて、思わず大きな溜息を零してしまいました。

つまるところ、私がやたらと美波さんから目の敵《かたき》にされていたのは、とんだとばっちりだったわけです。

「当然、そんなこんなで破談になって、彼女は多々良の家で居場所がなくなった。恥さらしだのなんだのとさらなる散々な扱いをされて、今に至ると」

「じゃあ、彼女が人工的に私と同じ体質にされたのは」

「厄介払いもあったのかもね。でも、どちらかといえば自分から志願したらしいよ」

「それも私を意識してのことだったら」

「そこまで君が気に病む必要はないかな。向こうはどうあれ、君には無関係なことだし。彼女、ちょっとファザコンぽいのもあってね、義父に認められたいという気持ちが強かったんだと思う——と、義経君、それで王手、詰みだよ」

「なんだと！」

義経が驚愕して叫びます。

「いや、まだ――」

「無駄だよ。君にはもう手駒がないし、そこで逃げても、ほら、わかる？」

「ぬ、ぬぅ……」

私も将棋はあまり詳しくないのですが、最低限のルールぐらいは知っています。さっきの時点で誰がどう見ても義経の負けは時間の問題でしたし、当然の結果でしょう。

ただ、静樹君もいつもより意地が悪くて、勝ちにいくというよりもまるでチェスのように駒を取っては溜めていました。つまり義経の駒が一方的に減っていくという、見るも無惨な有り様です。

「と、投了だ……」

義経は心底悔しげに、牙を震わせていました。

「はいはい、お疲れ様。三日間にわたる大勝負だったねぇ」

「たかだか将棋に、三日もなにそんなにムキになってたんですか？　静樹君なら、またいつでも勝負してくれるでしょうに」

「別に……なんでもねぇよ」

義経はそっぽを向いてしまいます。

「そういえば賭けをしているとか言ってましたね。いったい何を賭けて勝負をしてたんですか？」

「ああ、賭けはね――」

「静樹、それ以上言ったら許さねぇぞ」

「恐い恐い」

義経のドスが利いた声に、静樹君は戯《おど》けながら肩をすくめていました。

「今回もさ」

アイスコーヒーをストローで一口啜ってから、静樹君は言葉を続けます。

「まあ、詳しくはなにも教えられないまま、手段は問わないからとりあえず笹井紗弥の身柄を確保しろ、とでも義父から言われたんじゃない？　どう見ても西J.R.C.D.の正規の作戦じゃないよね」

「西J.R.C.D.がそこまでして〝夢紡ぎ〟を手に入れようとしていたのは、やはり微細機械《マイクロマシン》のためでしょうか」

「だろうね」

静樹君はストローをグラスの中でくるくる回して弄んでいます。

「プロジェクト・シータなんて眉唾はさておくとしても、世界中の鏡状門の三分の一を管理下に置いている西J.R.C.D.が〝視肉〟――微細機械《マイクロマシン》で作る万能食糧源ね、これまで手に入れたら、他のJ.R.C.D.グループ各社はおろか、各国との交渉においても圧倒的な優位を手に入れることになるのは、火を見るより明らかだろう。だからこそ北米も必死になってたんだし」

現在、地球上には百億の人たちが生きていますが、その全ての口を世界基準の食事でまかなうことはとうていできないのが現状です。農耕地の不足、リン鉱の枯渇などでいつ急激な食品価格の高騰が起きてもおかしくないのです。鏡状門の普及によって人と物の往来が従来とは比較にならないほど便利になったことで、なんとか局地的な食糧危機だけはかろうじて避けられていますが、それも根本的な解決にはなっていません。

今後数十年から百年の間に、人類には農耕や牧畜、水産に匹敵するほどの、新しく大きな食糧源が必要になるのです。

対策としては宇宙に畑を浮かべるとか、洋上の農地とか、人工肉の本格的な大量生産などいろいろ考えられていますが、その中でもっとも有力な候補のひとつが、静樹君の言った微細機械による〝視肉〟です。

「ただ〝夢紡ぎ〟も『道筋が立った』とは言っていたけれども、あくまで仮想空間《アクアリウム》の実験室レベルの話だし、近似種とのことだったから、すぐにどうこう言うようなことはないと思うよ。僕たち三大技術流派もそこまで馬鹿じゃない。超深度の古細菌類の研究は粛々として続けているし、まあ百年先の未来を少し先取りできるかも、程度じゃないかなぁ。いくら情報セキュリティ危機で多くの研究資料が失われたと言っても、研究者がいなくなったわけじゃないからね。それに、まぁ――」

アイスコーヒーを啜りながら、静樹君は肘掛けで頬杖を突きます。顔にはあの薄い笑みを浮かべています。

「たった百年程度の未来の人類の危機なんかより、もっと興味深い仮説があってね」

「はぁ、仮説ですか」

「地球のマントル近く、超極限環境下でのみ活動する古細菌類がずっと昔から存在しているなら、それはとっくに地下で地球のマントル全体を覆っているんじゃないか。そしてもし古細菌類がなんらかの信号伝達手段――脳のニューロンみたいな機能を持っているのだとしたら、それは知能を獲得しているのかもしれない」

私は内心で、ひやりとさせられました。

「それじゃ、地球がまるごと大きな脳だということになってしまいませんか？」

「そうだよ。比較対象が見当たらないほど正真正銘の史上、地球上最大の知的生命体だ」

静樹君のこちらを見る目がいやに鋭く見えるのは、私の気のせいでしょうか。

「そしてそれは地球に限ったこととは言えない。人類は気の遠くなるほど長い歳月の進化でようやく知性を獲得したけれど、地球史を紐解けば信じられないほどの奇跡の連続だ。こんな遠回りなんてしなくとも、原始的な古細菌類さえいれば知性が生まれるのだとしたら――宇宙全体を見渡したとき、僕たち人類のような無駄に複雑化した多細胞生物の群れよりも、単細胞生物が集まって個体として存在していることの方がずっと一般的なのかもしれないよ」

「星の意識……みたいな？」

「面白い表現だね。とりあえず僕たちは揶揄もこめつつ『天上星霊《Over Ghost》』と呼んでる」

ニヤニヤとした笑顔で、静樹君は私の方を見ています。

「もし……のお話ですが、本当にそんな存在がこの地球にいるとして、静樹君がその『星霊』だったら、地球上の私たちをどうしようと考えるでしょう？」

「なにせ数十億年も生きているものの意識だから、僕たちとは思考の次元も時間の感覚も全然違うとは思うけれど……そうだね、まずは人類とそっくりのヒューマノイドを作りだして、それを使って人類の観察と、必要なら干渉もするかもね」

「ちょうど、第七世代人工知能である〝夢紡ぎ〟が、紗弥さんを通して静樹君と接したように？」

「うん」

「そして、それは人類には見分けがつかない？」

「もちろん。ただ、その子がとても優しかったり、大変な世話焼きだったりしたら、社会に隠れているつもりで実はけっこう目立ってしまっているかもね」

そこまで言って、ようやく静樹君は私から視線を外します。

私はついほっとなって胸を撫で下ろしてしまいました。

「義経君、敗因の分析は終わったかい？」

「……わからん」

静かだと思ったら、義経は勝負の決した将棋盤を穴が開くほど見つめたまま微動だにしていませんでした。

全身のあちこちの傷がまだ癒えないので、半身が包帯でぐるぐる巻きです。

「わかるもなにも、こんな圧倒的な大敗を喫しておいて、敗因も理由もないでしょうに。単に義経が下手で、静樹君が上手というだけのことなのではないのですか？」

「っるせぇな。お前が見てないときには何度かいいところまで行ったんだよ。なのに、お前が戻ってきた途端、なぜかいつも台無しになる」

「なんですか、まるで私が勝利の女神ならぬ敗北の妖怪みたいなその言い方。

「やや、主賓の登場かな」

静樹君の視線の先を追って振り向くと、螺旋階段から紗弥さんと達彦さんが上ってくるところでした。

壁の時計の針は一時過ぎを指しています。もうお別れの時間です。

「義経、行きますよ」

私が言いながら背中をぽんぽんと叩くと、義経は渋々といった様子で寝そべっていたソファから降りました。

私たちが改札前で待ち受けていると、階段を上りきった二人が歩みよってきます。

「あ、髪切ったんだ？」

静樹君の言うとおり、紗弥さんは冷凍睡眠中に伸びた髪を、ばっさりボブカットにしていました。

実は、切ったのは私です。今朝、紗弥さんに頼まれてやったのです。しょせんは素人技なので、あとで美容師さんにちゃんと整えてもらう、という約束で。

「少し……」

口を開いてすぐ、紗弥さんはいったん言葉を切って言い直しました。

「首がスースーとします」

まだ人間らしい表現をすることに抵抗があるのかもしれません。紗弥さんは恥じらうように言います。

服はクリーム色のワンピースに、臙脂《えんじ》色のカーディガン。すっきりした装いで、清潔感のあるボブカットによく馴染んでいました。

「よくお似合いですよ」

「ありがとうございます」

「僕といたときは、ずっとこの髪型だったから」

照れているのは達彦さんも同じのようです。

手を繋ぐ二人のそんな仕草がなんだかとても初々しくて、微笑ましくて、私もクスリと笑ってしまいました。

11番ホーム発行の特別切符を改札に通して二人はプラットホームへ。私と義経、静樹君もそれに続きます。

「一緒に行くことに決めたんですね」

私の問いに、達彦さんは頷きながら「はい」と答えました。

実は昨夜、私は達彦さんに二枚のチケットを渡していました。片方は紗弥さんと同じアラスカ行きの国際乗車券。もう一枚は、達彦さんの実家に帰るための国内乗車券です。

達彦さんの身体は低地の気圧に弱いので、アラスカでも場所によっては健康を害し、最悪は残されたわずかな時間も大きくそこねてしまうかもしれません。

それでも、いえだからこそ、達彦さんは紗弥さんと一緒に過ごす時間を一瞬たりとも無駄にしたくないのだろうと思います。

本体の〝夢紡ぎ〟が起動できても、北米がすぐに紗弥さんを解放してくれるとは限らないのに、それでも。

「いつか日本へ帰ってきたら、こちらへ」

私は達彦さんのキャリーバッグを持っていた方の手を取り、小さなメモを握らせました。

「これは……？」

「義体技術に精通した、西晒胡流派の中でも腕利きの技師さんの連絡先です。きっと、あなたの延命に力を貸してくれると思います」

「でも、西晒胡は……」

達彦さんの視線の先には、作務衣《さむえ》姿の静樹君がいます。

「ああ、大丈夫だいじょうぶ。そのときになったら、僕から上に口添えしておくし。それより御戸時家がなくなってしまうことの方が峨東にとって痛手だから、まあオーケーでるよ、たぶんね」

「何から何まで、ありがとうございます」

私と静樹君にそれぞれ頭を下げながら、達彦さんは言いました。

「あと、これをお返しします」

静樹君は、制服のポケットから麻痺銃《スタン・ティザー》を取り出して私に差し出しました。

「そんな大怪我をさせてしまったのに、変な言い方かもしれませんが」

怪我というのは、私の右肩のことでしょう。

「銃を交換しておいてよかった、と思います。もし短針銃《ニードルガン》を持っていたら、僕はそれを西J.R.C.D.の人たちに向けてしまったかもしれません。でも、ポケットの中で指がこれに触れるたび、思いとどまることができました。あなたとの約束を信じていれば、きっと道は開けると思えたから」

はにかむ達彦さんから麻痺銃を受け取ったとき北側の鏡状門が輝いて、十輛編成の定時列車がゆっくりと進入してきました。

私の合図で列車が停止し、ドアが開きます。

「その――」

何か言いかけて躊躇《ためら》った達彦さんの前に歩み出て、

「くるくるくる〜、くるくるくるくる〜」

宙に円を描くように、私は指を回します。

「それをしてくださったのは、これで二度目ですね」

「あら、そうでしたっけ？」

そういえば百年前にも達彦さんはこの駅にいらしたとのことでしたので、そのときにしてみせたのかもしれません。

「あのときは、願いが叶いますように、と」

ちょっと気恥ずかしいですね。

「じゃあ今度は、お二人の未来に幸あれ。いつまでも仲睦まじくあられますように。それと――」

そのとき、私はちょっと意地の悪い笑みを浮かべていたかもしれません。

「ポケットの中のものを、紗弥さんが受け取ってくれますように」

かっと、達彦さんの顔が赤くなって。それからちょっと間を置いて、何かを察した紗弥さんも顔を俯かせてしまいます。

なんといいますか、羨ましいやら、微笑ましいやら。

こんなにも初々しい二人の旅立ちを見られるのは、駅員としてとても幸せです。

「それでは、また」

列車に乗り込んで振り向いた二人は、私たちの方へ小さくお辞儀をしました。

二人は互いの手をしっかりと握りあっています。

「はい、東京駅11番ホームはあなた方のお帰りをお待ちしています。いつでも、いつまでも、何年後でも」

二人の乗り込んだ列車が動きだし、やがて加速しながら鏡状門の中へ消えていくまで、私たちは見守りました。

「やれやれ、一段落だな」

後ろ足で首を掻きながら、義経が言います。

「あの、とても今さらなんですが」

「ん、僕？　なに？」

作務衣姿で腕を組んだ静樹君が、私の方へ振り返って首を傾げます。

「静樹君がこのタイミングで11番ホームにいらしたのは本当に偶然なのですか？」

　今回の件、静樹君がいなくてはとても丸く収まらなかったと思います。

「んー、それは僕も少し考えてたんだけど。百年前、達彦君一人を残して御戸時家が惨殺された事件ね。あれ、峨東宗家連中の差し金だったのかもしれない。もとより御戸時家は峨東に不信感を抱いていたわけだから、西晒胡か水淵みたいな他流派への移籍を目論んでいたのなら、峨東の武闘派は素早く動く」

　峨東流派は身内に極端に厳しく、内部粛清の多い流派だと言われています。静樹君の音無家ほどの名家でさえ、油断はならないほどです。

「だとすれば、僕が今ここにいるのも峨東宗家たちの思惑のうちだろう。そういう背景があって、もし当時の〝夢紡ぎ〟――紗弥ちゃんが、達彦君の身の安全を守るために峨東宗家に保護を求めた結果、あの一家殺戮事件が起きたのなら、紗弥ちゃんは責任を感じただろうね」

　はじめ、達彦さんに対して紗弥さんが余所余所しかったのは、そういう事情もあったのかもしれません。

「これからさ――」

　一方、静樹君は顎を撫でながらなにやら意味深な笑みを浮かべていました。

「こういうケースは増えていくと思うよ、いくらでもね」

「と言いますと、紗弥さんのような？」

「紗弥ちゃん自身のこともあるけれど、人間と人工知能の中間のような存在と、人間の関係みたいなことね」

「おいおい、あの紗弥ってのは状況が特殊すぎるだろ。あんなのそうそういるわけねぇ」

「まあ、そうだねぇ」

口を挟んだ義経に、静樹君はうんうんと大げさにうなずいてみせました。

「たしかに紗弥ちゃんは例外中の例外だ。完全オフラインの第七世代人工知能が、幼い子供と二人きりで八年も軟禁されるなんてそうそうあるわけがない。けれど——」

からんからんと下駄を鳴らして歩きながら、静樹君は言葉を続けます。

「人工知能の技術は今も着実に進歩してて、そう遠くないうちに大きなステップアップが起きる」

「第九世代の人工知能、ですか？」

「いや。第十一世代までは業界のロードマップがだいたい決まっててね。まあ、そんな小手先の改良をいくら重ねても、ここのアックスコ……じゃない、アリスちゃんみたいな二式の第七世代ほどのスペックにはとうてい及ばないんだけれど、僕たち峨東には峨東の計画があってね」

「今の第七世代のままでも、順当に改良していけば十分に人間の代わりぐらいできるだろうに、なんだってそんなものが必要になるんだ？」

「そう、人類の手助けをする、という人工知能の初期のコンセプトは現代の水準ですでに満たされてる。でも、人類を恒久的に危機から守り続けるには、人間の代わりではなく、人間をはるかに超える存在にまで人工知能の『意識』を高める必要がある」

たぶん、人工知能が人間にいつか反旗を翻す、と信じている時代錯誤な反人工知能信者が聞いたら発狂してしまうでしょう。それくらい衝撃的なお話でした。

「どうしてそこまでの高機能を求めるのですか？　そんな万能な人工知能ができてしまったら、人類が依存してしまうこともありうると思うのですが」

「たとえば——そうだね、さっき言った『天上星霊《Over Ghost》』やら、なんやら、人類とは次元の異なる生命体とこれから遭遇するようなことがあったとき、人類だけではとうてい対応できないだろうからさ」

「宇宙からの侵略者か？　お前の口から出てくる言葉とは思えんな」

「冗談なんかじゃないよ。それに宇宙からとは限らないし、僕たちはもうとっくに『ソレ』と遭遇しているのかもしれない。たとえ目の前にいても気づくはずがないさ、なにせ人間のふりをすることぐらい、彼、彼女たちには造作もないことだろうからね」

義経の視線がこちらに向けられます。私は短いアイコンタクトの後、ごく小さく首を横に振りました。

「別に人工知能に限らなくてもいい。西晒胡の義体技術がこれからも進歩していけば、遅かれ早かれ、人間と見分けのつかない人工生命体が生まれてくるだろう」

「んな高コストなロボットなんぞ作ってどうすんだ」

そう、人型の人工生命体を本格的に作ろうとするとき、いつも問題になるのはコストです。人間らしさを実現するためには、どうしても人間より高コストになってしまうという皮肉なジレンマを、人類は今も解決できていません。

「ホムンクルスを否定するときに必ず出てくる論拠だね。けれど、人工生命体のコストを大幅に下げる技術には、人類がすでに先鞭をつけている」

思い当たることがひとつ。

「それが微細機械《マイクロマシン》ですか？」

「面白いじゃないか。人類史上、はじめて人間と人工知能の融合を果たした〝夢紡ぎ〟が、これからたくさん生まれ来るであろう人工生命体たちへの橋渡しの役割を果たすことになる。あるいは母体と言ってもいいかもしれないね。それはきっと『天上星霊《Over Ghost》』の分身にも等しい存在になるだろう」

もしかすると――今日お見送りした二人が、人類の新たな可能性を示す最初の連れ合いになるのかもしれません。私たちはその歴史的な瞬間に居合わせたことになります。

「ところで、将棋の賭けって、結局なんだったのですか？」

「ば、馬鹿！　だからその話はやめろって」

いつも明瞭な言葉を発する静樹君には珍しく、まるまる一分くらい、おでこを撫でながら悩んでいました。

「うーん……」

「君のこと」

「私？」

自分を指差し、首を傾げてしまいます。

「将棋に勝ったら、T・Bに告白していいよね、っていう条件で、義経君の勝負を受けたんだ」

「くっ……」

義経は居心地悪そうにそっぽを向いてしまいます。

「あ、あの……でも、静樹君にはお家の決めた婚約者がいるのですよね？」

「僕にじゃないよ、静奈にだ。僕の人格はね、あと四、五年で消える」

不言——いえ、音無の本家に生まれた静奈さん。その別人格として作られた静樹君の宿命です。

「知っているかもしれないけれど——当主、不言志津恵の名前を受け継ぐ才能を持って生まれたら、子供のうちに人格を二つに分離して、後から生まれた方の人格には不言の長年の記憶のすべてを叩き込む。それから時が満ちれば若々しいままの元の人格の方に、不言